2008 年被列入第二批国家级非物质文化遗产名录

巴拉根仓的故事

Balagencang

芒·牧林 ◎ 编译

内蒙古出版集团
远 方 出 版 社

图书在版编目(CIP)数据

巴拉根仓的故事/芒·牧林编译.—呼和浩特：远方出版社，2012.12
ISBN 978-7-80723-868-3

Ⅰ.①巴… Ⅱ.①芒… Ⅲ.①蒙古族—民间故事—作品集—中国 Ⅳ.①I277.3

中国版本图书馆CIP数据核字(2012)第302170号

巴拉根仓的故事

编　　译　芒·牧林
责任编辑　云高娃
插　　图　哈日巴拉
装帧设计　晓　乔
出版发行　内蒙古出版集团　远方出版社
社　　址　呼和浩特市乌兰察布东路666号
　　　　　(电话 0471—2236466　邮编 010010)
经　　销　新华书店
印　　刷　内蒙古爱信达教育印务有限责任公司
开　　本　710×1000　1/16
字　　数　266千
印　　张　19
版　　次　2013年4月第1版
印　　次　2013年4月第1次印刷
印　　数　1—5 000册
标准书号　ISBN 978-7-80723-868-3
定　　价　32.00元

智斗昏庸的王爷

捉弄伪善的官吏

智惩为富不仁的白音

目 录

智斗昏庸的王爷

特种锅

王爷每次跟巴拉根仓斗智都失败，于是他怀恨在心，总想找个机会把巴拉根仓弄死。他想来想去，终于想出个好办法。

王爷把巴拉根仓叫来说："巴拉根仓，你是个足智多谋、善辩能干的人。我有一件非常重要可也有点难办的事，想叫你去做，可以吗？"

"王爷吩咐的差事，下人哪敢不从。"巴拉根仓毕恭毕敬地回答道。

王爷装出庄重、认真的样子说："明天，迈达尔召[1]的活佛驾临本府。活佛用餐特别，我一时又找不到合适的厨师。"

巴拉根仓心想：老牤牛撅尾巴，能拉出什么东西来！这老东西又不知要什么花招整我呢。他回问道："迈达尔召的活佛用的是什么膳食？"

"嗯，他呀，用餐有点特别呢！"王爷故意说，"既不能咸，也不能甜；既不能腻，也不能淡；既不能辣，也不能酸；咸、甜、辣、酸还都必须有点。做的时候，不能焙烤，不能烙煎，不能水煮，不能气蒸，不能火烧，不能油炸。做出来的饭食，又必须是不干不稀，不硬不软，不冷不热，不咸不淡，不香不酸。迈达尔召

[1] 迈达尔召：梵语，即弥勒佛庙。

的活佛最喜欢吃的就是这种饭食。”

巴拉根仓听罢王爷的胡诌，说道：“这原来是个特种膳食哩！”

“是啊。”王爷装出很认真的样子说，“活佛么，神人喽！神人怎么能跟俗人一样吃素食粗饭呢！可是话又说回来，这是一件关乎到全旗官民命运和声誉的大事。如果不完全按照方才我告诉你的这种要求做出特种膳食来，那你就是要弄活佛，怠慢王爷，我就定你砍头罪！”

“我明白了。”巴拉根仓答应道，“我可以给活佛做这种特别膳食。不过，常言道：‘刀子再锋利，削不着把柄；人再灵巧，没有工具雕不出精品。’王爷既然要我给活佛准备特种膳食，那就请王爷给我准备一种锅吧！”

王爷想：给他弄个锅有何难哪！可是，你巴拉根仓要不按照我的话做出特种膳食来，我可就不客气，算你的总账。于是，他满口答应道：“行啊！你要什么样的锅呢？海布[1]、海苏[2]、海比[3]、道尔布格[4]、吉勒巴其[5]、塔什马格[6]、漫金锅[7]、毛林农卡[8]、酿奶酒锅……你要哪一种，尽管说好了。我随时给你准备。”

巴拉根仓摇了摇头说：“不，不！王爷大人，做特种膳食，就得需要特种锅呀。”

“那……那是一种什么样的锅呀？”王爷不高兴地问道。

巴拉根仓回答：“既不是金锅，也不是银锅；既不是黄铜锅，也不是紫铜锅。不是钢制的锅，也不是铁铸的锅；不是锡制的锅，也不是陶烧的锅。一句话，

[1] 海布：蒙古语，长途运输者旅途中用的一种带有提环的小锅。

[2] 海苏：蒙古语，小锅或小铜锅。

[3] 海比：蒙古语，煎饼用的小平锅。

[4] 道尔布格：蒙古语，单人用的小锅。

[5] 吉勒巴其：蒙古语，酿制奶酒时用的窄边小锅。

[6] 塔什马格：蒙古语，烧水用的无漏嘴的细长铁壶。

[7] 漫金锅：蒙古语，寺庙里的喇嘛烧茶、做饭用的特制大锅。

[8] 毛林农卡：蒙古语，直径约三尺的大深锅。

不是用金属制作的锅，但也不能没有一点金银铜铁；不是用泥土制的锅，也不能没有一点沙石泥土。请王爷给我弄来这样一种锅，我就一定能做出您说的那种特别膳食。”

王爷听了巴拉根仓的话，“啊啊啊”地张着个大嘴，瞪大了眼睛，半天说不出一句话。

精明强悍的随从

有一天，王爷要进城，想带一个精明强悍的人做随从，选来选去，选中了巴拉根仓。

王爷和随从走着走着，日头偏西了，马也累了，人也饿了，便停下来歇脚。巴拉根仓先服侍王爷吃饱喝足，刚掏出牛肉干要吃，王爷却说："天色已晚，赶紧上路！"

巴拉根仓慌忙收拾东西，一不小心把牛肉干掉在地上了。他刚要捡，被王爷看见了。王爷很不高兴，觉得有伤自己的体面，就命令道："掉在地上的肉是臭肉，一块臭肉还捡它干什么。"

"是，把掉在地上的臭肉扔掉！"巴拉根仓重复了一下王爷的话，跟着他走。

王爷和高其格[1]二人快马加鞭飞驰，不一会儿就来到城里。这座城镇可真是热闹，街市上，店铺摊亭鳞次栉比，东西琳琅满目，装红挂绿；大道上，人群滚滚，川流不息，车来马往，繁华异常。正当王爷观赏着城市美景时，巴拉根仓趁其不

[1] 高其格：蒙古语，随从，勤务兵。

备，用马棒捅了一下王爷的马屁股。王爷的马立刻受惊，猛地一蹿，“扑通”一声，王爷像喇嘛爷扔出的面鬼[1]，头朝下来了个倒栽葱。

“哎哟哟！哎哟哟！”王爷摔得鼻青脸肿，痛得乱叫。跟在王爷身后的巴拉根仓，若无其事地从王爷身旁走过去，东张西望，仍看他的热闹。

王爷见此情形，气得大声吼道：“喂！高其格！哎哟！快来搀我！”

巴拉根仓不理王爷，仍然看他的热闹。

王爷受了伤，躺在人群堆里，成了人们观赏的玩物，气得肺都要炸了，大怒道：“大胆的奴才！王爷掉在地上起不来，你不来搀扶我，还看热闹，该当何罪！”

“哎，王爷，您别生气呀！”巴拉根仓慢腾腾地回答，“掉在地上的肉都是臭肉，一块臭肉要它干什么！”说罢，催马向前走了。

“你……你……你……”王爷气得下巴颏儿直抖，干冒火说不出话来。

[1] 面鬼：喇嘛念咒驱鬼怪时，用面捏制的替身鬼。

抽签比赛

高傲的王爷跟巴拉根仓打了好多次赌，没有胜过一回，又生气又憋气。他绞尽脑汁苦苦想了半个月，终于又想出了制服巴拉根仓的妙策。

一天，王爷在高台上摆了长几，长几上扣了两个银碗，又在桩上拴了十匹骏马。然后，他召集臣民、喇嘛，宣布道："今天，我要当着众人的面，跟撒谎大王巴拉根仓比比智慧！"

人们知道王爷没安好心，可又不知他要的什么鬼把戏，就提心吊胆地站在一旁看热闹。王爷把巴拉根仓叫到跟前说："巴拉根仓，咱俩再打一次赌。这两个碗里各扣着一张纸条，一个碗里写的是'输'字，另一个碗里写着'赢'字。你先去揭碗，随便揭哪个碗都行。但有一条，要是揭开扣有'赢'字的碗，算你走运，我给你十匹骏马；如果你揭开的是写有'输'字的碗，算你倒霉，你要给我十匹骏马，给不了马，给我干十年苦差。"

巴拉根仓听了王爷提出的条件，细思谋：老家伙，他又要要什么花招。想到这儿，他既没有答应"是"，也没有回答"不"，就说了一声"知道了"，便安静地坐在那里琢磨着对策。这时，站在巴拉根仓身旁的放羊娃识破了王爷的鬼计，对着他的耳朵悄悄说："两个碗里扣的准都是'输'字。"

“谢谢，小弟。”巴拉根仓说罢，大步走去，跳上高台，冲着众人说，“诸位乡亲们，方才王爷提出的打赌条件，大家都听清了吧！我现在宣布应战！”

说完，巴拉根仓用指头敲了一敲扣在桌上的两个银碗，又用鼻子闻了闻。大伙看他这些奇怪的举动都感到不解，又替他捏一把汗。突然，巴拉根仓揭开一个碗，拿起纸条就放进嘴里嚼了嚼咽了下去，回头对王爷说：“我抽了自己的签，剩下的那一个，该是王爷您的份儿了！”

王爷被巴拉根仓这一突如其来的行动弄得很尴尬，急得牛眼骨碌碌直转，坐在那里一动不动。这时，巴拉根仓灵机一动，对王爷的笔帖式[1]说：“不用劳驾王爷大人了，你就替王爷把那个碗里的签儿拿出来念给大家吧！”

“对！就请笔帖式给咱们念一念！”官民百姓齐喊起来。王爷的笔帖式无奈上前，揭开桌上扣着的那个银碗，拿起纸签一看，愣住了，上面写着的是“输”字。

“王爷，您又输了！”说罢，巴拉根仓跳下高台，走到马桩旁，牵走了那十匹骏马。王爷像个吞了蛤蟆的草蛇，一动不动地瞪着两眼，望着远去的巴拉根仓的背影。

[1] 笔帖式：办理文书、文件的人。

吹嘘打赌

赫赫有名的王爷从未向人低头认输过，可是跟巴拉根仓斗智，屡次交锋都吃败仗，实在憋气得不行。有一天，他又想出个置巴拉根仓于死地的绝招，便派人叫来巴拉根仓，说："巴拉根仓，今天咱们俩来一次吹嘘比赛。"

"遵命！"巴拉根仓说，"怎么个赌法？"

"这样吧，"王爷说，"谁要是听到对方吹嘘的话，说一声'不对'或'胡说'那就算输了，罚一百只羊。你敢跟我打这个赌吗？"

别看巴拉根仓连一只羊也没有，却一口答应道："行！"

王爷先开口吹嘘："前天夜里，我们这儿刮起大风。这风大得可怕，一搂粗的大树被连根拔掉，蒙古包般大的岩石被刮入山沟里。这还不算，我们家畜圈里的几百只羊，也都被卷到天上刮走了。风停后才发现，我那些羊群全落在你家畜圈里了。"

说到这儿，王爷想：我看你巴拉根仓怎么回答。只要一声"是"，你就得还我几百只羊；说个"不"就算输，得罚你一百只羊。他捋着胡子，得意洋洋地说："是这样吧！"

巴拉根仓听了王爷的吹嘘，冷静地回答："是的。您说得完全对。"

“那好啊！你先把落到你家畜圈里的几百只羊送回来吧！”王爷威逼道。

“尊敬的王爷，您急什么呀！”巴拉根仓冷笑道，“这回该轮到我吹嘘了。”

“好，好！你说吧！”王爷无奈地说。

“前天夜里风刮得确实很厉害。早晨我起来一看，风不仅把我家的马桩子给刮断了，连我家南面的大山也给吹出了好多个豁口子。风停的时候，眼瞅着我家畜圈里落下好几百只羊哩！我这高兴啊——”

“对！”王爷忙插话，“就是我那群被风卷走的羊。”

巴拉根仓没有理睬王爷的话，继续吹嘘：“我以为是老天爷恩赐给我巴拉根仓的呢！我刚要去畜圈捉一只羊杀了吃，可哪儿想到又起了大风。原来刮的是西北风，这回风向一转，刮起了东南风。这风比夜里刮得还凶猛，竟把落到我家畜圈里的那几百只羊，连同我家的一百只羊，一起卷到天上去了。”

“啊！”王爷听到巴拉根仓的话，差一点喊出“胡说”。

巴拉根仓继续说：“这风把羊群吹到天上，刮呀，飞呀，旋呀！嘿，说也巧，又把这些羊送到您家的羊圈里了。是吧，王爷！”

“你这个骗子，完全是胡说八道！”王爷忍不住喊叫起来。

“对不起，您输了。”巴拉根仓抬腿走出王爷的屋，大摇大摆地走到羊圈里，数出一百只羊，赶回家去了。

谁的过错

从前，巴拉根仓在王府当用人的时候，曾发生过这样一件事。巴拉根仓干活的时候，明明是知道的事，他就说不知道；本来是会做的活，他硬说不会干；要他快点做，他偏要磨磨蹭蹭慢慢来；人家要他向东，他却故意往西；人家要他往上，他非朝下不可。这样，他没有做好一件事，还惹出了不少风波。巴拉根仓干活尽出差错的事，传到了王爷的耳朵里。

一天，王爷把巴拉根仓叫去问："看你的长相很机灵，不像是个白痴；就你能吃能喝来看，是个很健康的人嘛！可是，你一干活总出差错，干不成一件事，尽惹事生非。这到底是怎么回事？难道你脑子就那么愚笨？"

巴拉根仓听了王爷的斥责，回答："王爷说得完全对，我干活确实老是出差错，从未干好一件事，惹了许多麻烦。不过，这可不是因为我的脑子不好使或手脚不灵的结果，而是另有缘故呀！"

"什么缘故？"王爷追问。

"说起来，根源就在王爷您身上。"

"啊？"王爷听了巴拉根仓的回答，大吃一惊，"你干活好出差错的事与我有何相干？"

“可敬的王爷呀，”巴拉根仓郑重其事地回答，“请您想想：我们旗里出个好骏马，就变成您的坐骑；谁家要出个漂亮的姑娘，您又拿来当用人；百姓有了几头牲畜，您又抽捐收税，全给搜刮干净……总之，凡是您看上或相中的东西，您都千方百计弄到手里。所以我想，如果您知道我的脑子好使，又相中了，岂不是我又要遭殃？因此，我干活时故意弄错，免得被您……”

“住嘴，给我滚！”王爷再也听不下去了，怒吼一声，扭头就走。

神泉仙水

从前，有一个残暴、古怪的王爷。虽然他已经活了六十大几，快到七十岁了，可他就怕老死之后，不能再享受富贵尊荣的生活。他异想天开，想永生不死。于是，他派了许多使者、差官到处寻找长生不老仙药，并且命令道："谁要是找不回长生不老仙药，就砍谁的头。"

这样，过了不久，安分守己的官员、百姓成批成批地被王爷杀害了。可是，长生不老仙药始终没有找到。

这件事一传十，十传百，很快被巴拉根仓知道了。他想了数日，终于想出了一个治死昏庸的王爷，拯救臣民的妙招。在一个三岁犍牛犄角冻裂的三九天的早晨，他身穿单袍，提着一桶井水从家里一直跑到王爷府，出了一身汗。巴拉根仓把提去的凉水倒在王爷住的蒙古包前冻裂的地缝里，大声喊道："王爷，请您快出来！王爷，快出来！"

喊罢，他便趴在地上大口大口地喝起水来。

"喂！大清早这么冷，你在这儿干什么呢？"王爷披着狐皮长袍走出来说。

"王爷呀，您可真是宏福无边啊！这可是神佛为您效劳呢！看，数九寒天，平地上冒出了个神泉！"巴拉根仓一边说一边继续喝水。

王爷到跟前一看，果真大地裂了缝，正冒着清凉的水，而巴拉根仓只穿了单袍，却喝得满身大汗，直冒热气哩！

“你喝这水有什么用？”王爷问。

“这是神泉流出来的长生仙水，谁要是喝了这仙水，他越活越年轻，可以返老还童，长生不死。”巴拉根仓擦了擦脸上的汗，又继续喝起来。

王爷一听喝了可以返老还童，长生不死，高兴极了，也顾不得询问，就忙说：“快起来，让我也喝一喝。”

王爷趴下刚要喝，巴拉根仓向前拉住王爷说：“王爷大人，这神泉的仙水火性大，您不能穿着这身衣服喝。您没有看见我只穿了一身单衣还热得直出汗吗？要是穿着皮衣皮裤喝，您会烧坏心肠的。”

王爷一心想着要返老还童，哪儿还想得到别的，一听就信以为真，连忙把狐皮袍子和皮靴子全脱下来，光着身子趴在地上喝。

“喂，这长生仙水怎么这么凉呀？”

“那是因为王爷刚喝一点儿，喝多了就会出汗的。您喝的时候别让嘴离开水面，那样神水劲儿就更大了。”

王爷按照巴拉根仓的话，把嘴紧紧贴在地上，大口大口地喝开了。不一会儿，王爷被冻得皮肉发紫，浑身发麻，浓密的大胡子冻结在冰上。他再也抬不起头来了。

巴拉根仓不慌不忙地穿上王爷的狐皮袍子和靴子，说：“尊贵的王爷大人，祝您喝这种泉水永生。我巴拉根仓失陪了，告辞，告辞！”说着，他就大摇大摆地走了。

一心想永生不死的王爷，就这样被冻死，去见阎王了。

赞美王爷

有一年，内四十九旗举行了一次赞美王爷的赛诗比赛。各旗都选派一名口齿伶俐、能说能唱的歌手或好来宝[1]艺人参加比赛，赞颂各自的旗王爷。

蒙古勒斤旗的王爷，选来选去，最后选定了机智善讲的巴拉根仓。临走前，他嘱咐道："只准你在比赛中全力赞颂我，胜过所有对手。"

"遵命！"巴拉根仓不得不接受这个"美差"。

比赛的日期到了，敞亮的丘岗上，扎起了无数帐篷。各旗的贵族，赶集来看热闹的百姓，成千上万，好不热闹。

比赛一开始，就是喀尔沁旗和蒙古勒斤旗的歌手对赛。

喀尔沁旗的歌手先开口赞美起自己旗的王爷：

喀尔沁旗的王爷，
学识渊博超过所有学者。
说起他那尖利的目光，

[1] 好来宝：蒙古语，又作"好力宝"，蒙古族曲艺之一。

看得远，看得准。
高山丛岭中的野鹿獐狍，
旷野草丛里的灰兔红狐，
茂密森林中的山雀黄莺，
深潮江河里的大鱼小虾，
既便站在二十里开外，
一个一个都能认得出来。

巴拉根仓立即接过对手的话，赞颂起本旗的王爷来：

你们喀尔沁旗王爷的本事算什么！
听蒙古勒斤旗王爷的本领吧，
蒙古人里数他有才能。
说起老爷的两只眼睛，
远近明暗都能看得清。
锁在箱柜的财宝金银，
揣在怀里的元宝银锭，
藏在仓房里的米粮豆种，
放在草原上的牛羊马群，
只要他瞅过一眼，
就知道该征多少税金。

喀尔沁旗的歌手自然不服输，接着又赞颂起自己的王爷：

我们喀尔沁旗的王爷，

不仅眼睛锐利，
记性也超众。
万卷经书只要读一遍，
警句诗意全记在心中；
老幼官民只要见上一面，
十年八载全能认得出；
就说他自身的经历，
从娘胎下生到人间起，
直到今天全记得一清二楚。
像喀尔沁王爷这样记性的人，
世上能有第二个？

巴拉根仓不甘示弱，立即回敬道：

你们喀尔沁王爷的记性，
和我们蒙古勒斤旗王爷相比，
如同泥塘与大海比大小，
好似尼姑与我佛做比较。
说起蒙古勒斤旗王爷的记性，
清醒，准确，聪明无比。
将金字的《甘珠尔经》过目一遍，
一字不拉的全能背诵；
十年前征税纳捐的账单，
谁人欠下分毫他都记得清；
就是先人放下的高利贷，

从他祖父、父亲到今天，

一笔一笔他都记得毫不含糊。

世人啊！

你们谁曾见过，

蒙古勒斤旗王爷这样好的记性。

两位比赛者互不相让地赞颂各自的王爷。听众虽感觉出巴拉根仓话里有话，但谁也没表示出疑义。

喀尔沁旗的歌手也是一位出类拔萃的人物，当然不让步，当即接过话题赞颂道：

我们的王爷不仅眼睛锐利，

记性超众，

而且手巧技艺高。

挥笔舞文弄墨，

能书古今史书；

对色描绘作画，

山水花鸟样样能；

搭箭张弓论射猎，

飞禽走兽都逃不过——

巴拉根仓打断对手的话：

那算什么本事！

要说起手艺，

你们的王爷和我们的相比，
好似脚丫子跟巧手。
我们的王爷呀，
挥笔拨珠算起账来，
分毫不差，从不吃亏；
双手划拉起金银财宝，
如同用篦子梳头；
挥动黑鞭抽打起百姓，
指鼻子准打不到眼珠上。

众人听到这儿，“哗”地哄堂大笑起来。蒙古勒斤旗王爷听着也不是滋味，但也不好说什么，强压住性子听下去。

喀尔沁旗歌手又赞颂道：

我们王爷的脾气再好不过。
他心地善良，胸怀慈悲，
万物生灵他都施恩赐福；
他重义忠仁，孝敬祖宗，
对黎民百姓像亲戚般相待；
就是对过路的人们，
也要安排住宿，招待饭菜。

巴拉根仓抬高嗓门唱道：

嘻嘻！那算什么！

说起蒙古勒斤旗王爷的人品，
唱到明早日出也唱不完。
他不仅胸怀仁义孝忠，
每天在嘴上也祷念上千万遍。
他为了表慈悲心肠，
卖力气多放高利贷。
这还不算，
他为了积德聚财，
从房顶上飞过的大雁身上，
也要拔下几根羽毛——

“住嘴！”蒙古勒斤旗王爷实在忍不住了，暴跳起来。

狗咬狗

从前，在一次那达慕[1]大会上，赛马刚刚收场，看热闹的人们呼啦一下围住了扎木苏老人的姑娘其木格，庆贺她赢得了第一名。正在这时，一件意外的事情发生了。

原来，蒙古镇王爷府的小王吐勒，见其木格姑娘长得美貌非凡，想带她回府成婚。吐勒指派管家带上两个府兵，钻进人群中给其木格道喜。人们以为这是给赛马获胜的人道贺呢，谁知管家却道出了王爷要将其木格娶回去当媳妇的话来。其木格一听这事，含泪扑在父亲的怀中哭道："阿爸，女儿我死活也不去……"

扎木苏老人对王府抢男霸女之事早已怀恨在心，如今灾难降临到他头上，一股怒火涌上心头，不由自主地就给了管家一个嘴巴。在场的人们一哄而上，准备帮助扎木苏老人打管家。管家和府兵看样子要吃亏，就逃走了。

管家回府之后，把这件事禀报给王爷。老王爷一听不禁大怒："不识抬举的下贱奴才，去把扎木苏父女俩捉来处死。"

吐勒王子一听父王的指令，以为父亲真要杀死那个美丽姑娘，慌忙对父王

[1] 那达慕：蒙古语，意为"游戏"或"娱乐"，是蒙古族一年一度的传统体能运动竞技节日。

说：“阿爸息怒，万万不能杀其木格姑娘啊！孩子自有办法娶她。”

“不成器的东西，那你自己看着办吧！”老王爷狠狠地瞪了儿子一眼，拂袖而去。

扎木苏和众乡亲预料到一场大难就要临头，但一时也想不出避难的法子，大家急得团团转。正在这时，巴拉根仓赶到了。乡亲们看见巴拉根仓，便七嘴八舌地说：

“小王吐勒要抢其木格姑娘，这可怎么办？”

“你来得正好，快给拿个主意吧！”

巴拉根仓和往常一样，笑着对大家说：“我听到这事就赶来了。大家也别怕，有办法惩治他们就是了。”

“巴拉根仓阿扎[1]！”其木格姑娘听了这话，上前拉住巴拉根仓的手说，“有什么办法，快说说吧！”

巴拉根仓走到扎木苏老人面前悄悄地耳语一番，说罢，扎木苏一家和乡邻们各自回家了。

巴拉根仓独自来到蒙古镇王爷府，对小王吐勒说：“我给小王子说亲来了。您想要和其木格姑娘成婚，明媒正娶那该多好啊，何必硬逼婚呢！”

吐勒巴不得中间有个说媒的人，听了巴拉根仓的话，便眉开眼笑地说：“巴拉根仓，你真是有智慧的人。若是明媒正娶成功了，我必以黄金白银重赏于你！”

“人怕见面，树怕扒皮呀！”巴拉根仓说，“三天头上有劳小王亲自去一趟其木格家，我好从中说媒。”

吐勒听了十分欢喜。巴拉根仓离开王府后，马上又来到那达慕大会的另一角——吐默特王爷的帐篷里，向吐默特王爷的儿子根得打了招呼。根得神气十足地来到巴拉根仓跟前说：“怎么样啊，那其木格姑娘乐意嫁给我吗？”

[1] 阿扎：蒙古语，哥哥。

巴拉根仓笑道："别说您是王子，单凭您这堂堂相貌，那还不是一提就妥呀。"

根得仰天哈哈大笑道："就算她有福气吧！我说巴拉根仓啊，下一步该怎么办呢？"

巴拉根仓回答："三天头上，我请几位老乡邻为您作证。您去后不必开口，专去相相美人就是了。"

"你可真有高招啊！"根得高兴地拍拍巴拉根仓的肩膀，说着就从马褡子里掏出二十两银子，交给他备办酒席。

原来，巴拉根仓得知扎木苏老人打了蒙古镇王爷的管家一事，就想好了良计，给根得提了媒。根得一听说女方就是那个赛马夺魁的美丽姑娘其木格，乐不可支，当即答应了巴拉根仓，并说事情办成后，赏巴拉根仓一匹草原上飞得最快的海溜马。所以，巴拉根仓才找根得商量婚事。

到了第三天头上，巴拉根仓在其木格家里，首先迎接了吐默特王府的小王根得。他在暗地里对根得说："大事不妙啊！蒙古镇王爷的儿子吐勒也相中了其木格姑娘。昨天吐勒小王还亲自带管家来说亲呢！当我们对他说其木格姑娘已经许身给了您时，那吐勒蛮不讲理，还骂您不如一条恶狗……小王您先别生气。昨天他们临走还扔下几个钱，要我办酒席。他今天就来强抢其木格去成婚哪！您看这事怎么办好呢？"

"好啊！"根得跳得老高骂道，"这个癞巴子，竟敢如此欺侮我根得。你怎么不早对我说呢！今天我来不及回王府领兵，没有人马可怎么办啊？"

见根得又气又急，巴拉根仓说："今天早上我正想去禀告，您就先到了一步。不过，我在这儿，您不必搬兵。我们这儿有好多牧民乡亲，大伙会帮这个忙的。"

听了巴拉根仓的这番话，根得七上八下的心这才算是安定下来。

不大一会儿，吐勒小王真的带着四个府兵来了。巴拉根仓在根得的耳朵边悄声说了几句，根得听了咬牙点头，回避起来。巴拉根仓又转身跑到大门口迎接吐勒的到来。吐勒进屋一看，宴席齐备，酒肉满桌，非常高兴，暗夸巴拉根仓有本事。巴拉根仓将吐勒和府兵请上宴席，开始饮酒。突然，根得持刀破门而入，大骂吐勒癞蛤蟆想吃天鹅肉。没等吐勒动手拿刀，根得一刀就结果了吐勒的性命，又接二连三地砍杀府兵。正当根得举手欲斩最后一个府兵时，巴拉根仓喊："住手，刀下留人！王子息怒啊，这个兵是我的表弟。您要留他一条命，我日后永生不忘小王之恩。"

根得听后收起利剑说："看在巴拉根仓的面上，我饶你一命。"

原来这是巴拉根仓特意安排的。巴拉根仓把府兵送出大门说："我保你未死，是要你回府禀告王爷，请王爷火速发兵来报仇。"

那府兵点点头道谢，翻身上马回府。

"刀杀抢亲者无罪，我们百姓作证！"

根得听了得意忘形，乐得忘乎所以，接着又喝起酒来。日落西山，他还不下酒桌，最后醉成了一堆泥。正在这时，蒙古镇王爷府的卫队已经把根得喝酒的小屋包围起来。接着，十几个府兵持刀进屋，砍下了醉鬼根得的脑袋，然后提着人头跑回去见王爷请赏。

从此，蒙古镇与吐默特两个王府结下了仇恨，狗咬狗，官司一直打到了京都。

种羊难产

常言道："秃头牛爱顶架，绝望者好寻短。"昏庸的王爷跟巴拉根仓比智慧，每次都输，气得连觉都睡不好了。他挖空心思地想啊想，终于想出个把巴拉根仓赶入深山老林，永远不让他再回到草原的妙计。

王爷命令手下人把所有的公种羊都挑出来，然后对巴拉根仓说："你不是多智善谋嘛。我交给你这群羊，你把它赶到后杭盖山里放牧。什么时候它们产了羔子，你再来见我，不然不准你下山！"

"是！"巴拉根仓看了看种羊群，二话没说，便接受了王爷的旨令，赶着羊群到后杭盖山放牧去了。

王爷自以为得计，每天便安心地睡觉。

哪成想，第二年春天，巴拉根仓突然下山来拜见王爷。

王爷问："是不是连羔子一起赶回来了？"

"抱歉，王爷，"巴拉根仓露出愁眉苦脸的样子说，"我只身一人回来了。"

"什么？"王爷一听巴拉根仓空着手回来了，暗想：这回轮到你巴拉根仓倒霉了，便厉声问道，"羊群没有产羔，你胆敢下山，该当何罪！"

“咳，王爷，”巴拉根仓说，“不知是我巴拉根仓倒霉，还是王爷的命运多舛，一入春，王爷交给我的那群羊正要产羔，可个个都难产，结果全都死光了。”

“混账，你骗人！”王爷一听说他的种羊全死光了，心痛地嚷道，“岂有此理，我给你的全是种羊，它们怎么会难产？”

“尊敬的王爷，”巴拉根仓不慌不忙地说，“您既然要叫种羊产羔，它们难产有什么奇怪的。”

王爷知道自己说走了嘴，无话可回答，扭头钻入内室。

捉弄伪善的官吏

请君下马

从前，有一位残暴的诺颜[1]，谁要是从他身旁走过，稍不顺眼，他就挥鞭抽打；谁要是在路上遇到他不赶紧下跪，就得挨罚。所以人人都惧怕他，一旦看见他，打老远就跪下磕头。

有一天，残暴的诺颜率领亲朋、随从到野外骑走马，正好碰上了巴拉根仓。巴拉根仓看见残暴的诺颜，不仅没有闪到路旁下跪磕头，连路都没让，倒背着手赶他的路。残暴的诺颜见此情形，觉得受到了莫大的侮辱，气得吼叫道："给我抽打那个不懂礼貌的穷鬼！给我惩罚那个蔑视诺颜的奴隶！"

随从们围了上来就要动手打他，巴拉根仓转身对残暴的诺颜说："未能认出诺颜固然是愚民之过，没有戴顶珠孔翎那可是诺颜之错，不向路人介绍主子则是随从之误，你我他都有过错，为何单要惩罚我？"

"你从他的派头上认不出是诺颜大人吗？"一位随从辩解道。

"若是一头犍牛，可从卵蛋上认清；若是一只公驼，可从保乞[2]上辨明。身为朝廷官员，既没戴顶珠孔翎，也没穿蟒袍马褂，叫愚民从何辨认？"

---

[1] 诺颜：蒙古语，首领，长官。

[2] 保乞：蒙古语，公驼的分泌物。

残暴的诺颜听了这话，厉声厉色地问："你叫什么名字？家住何方？是谁的属民？"

巴拉根仓一本正经地回答："众人送给我的绰号叫答兰胡达勒齐[1]，师傅给起的名字是巴拉根仓。本人以绿原为毡，蓝天为帐，拿白音[2]、诺颜开心是我的专长。"

残暴的诺颜听了巴拉根仓的回答，忽然想起了什么，眨巴了一下眼睛说："啊，想起来了，人们常说的那个撒谎大王就是你呀！"

巴拉根仓站在大道正中昂首回答："一个人活在世上扬名为贵，大雁飞在天上留声为美。可惜我这个无家可归的流浪汉，无法跟残暴闻名的诺颜相比。不过，尽管是个持拐棍的乞丐，自由地漫游草原真痛快。虽然是骑骏马玩的诺颜，受众人唾骂实在是悲哀。"

残暴的诺颜心里想：啊，你小子是在指桑骂槐地说我呢！好，看我如何报复你。他挑战道："喂，巴拉根仓，听人们讲，你很能撒谎骗人。如果你真的有那么大的本事，现在就把我骗下马，我就饶了你拦路辱官之罪，不然的话，立即砍下你的头！"

"诺颜大人！"巴拉根仓很诚恳地说，"把诺颜大人骗下马，愚民福薄，不敢，不敢！我倒可以把您骗上马，这对诺颜大人也很体面。"

"那也好，看你如何骗我上马。"说着，残暴的诺颜就跳下了马。

诺颜的双脚刚落地，巴拉根仓便说："实在对不住您了，这不就把您骗下了马吗？"

"呸，真是个恶毒的骗子！"残暴的诺颜面红耳赤，转身上了马，下令道，"快赶路！"

"喂，诺颜大人，有机会咱们再比试吧！"巴拉根仓在诺颜背后喊道。

残暴的诺颜怕再上当丢脸，连头也没回就跑掉了。

---

[1] 答兰胡达勒齐：蒙古语，撒谎大王，善于说谎者。

[2] 白音：蒙古语，有钱人，富人。

上天赴宴

有一年，巴拉根仓被拉德那诺颜招去当上了木匠，修建房舍。别看拉德那诺颜家的畜群要用山谷量，金银财宝成箱满柜，成了远近最出名的财主，可他仍然是个想把自己粪蛋子晒干当点心吃的吝啬鬼。他招来许多泥瓦木工，盖好了高大的瓦房和庭院，待完工结账时，发起愁来了。他盘算：工程一完，就得支付木工、瓦工的工钱，少说也得开销带犊母牛五六十头，稍不打紧，也许破费带驹的骡马四五十匹哪！这开销可太大了，怎么办呢？

拉德那诺颜日夜苦思，想啊想，终于想出了既不花钱，也能把木工、瓦工通通打发走的妙计。有啦！与其花费钱财喂肥这帮穷鬼，倒不如把他们通通烧死算了。

于是，他夜间闭门关窗，用朱砂在黄表纸上写了一个告示，偷偷贴在新盖好的瓦房墙壁上。

第二天早上，木瓦工们来上工，看见告示上面写着——

玉皇大帝圣旨：

祝愿人间太平安康，

祝福众生繁衍兴旺。

为万物生灵积德，

天母特发此圣状。

托上天众神之福，

天母无忧，身心健康。

为修缮天宫殿阁，

广请人间能工巧匠。

委派拉德那诺颜，

调遣一批木瓦工上天堂。

众人读了这个告示，惊奇万分，议论纷纷。这消息你传我，我传你，很快就传到拉德那诺颜的耳朵里。他佯装惊恐不安地说："哎呀，能有这等事？"说完，他便急急忙忙跑来看。当他读完告示，又装出一副虔诚相，叫人点香、磕头，回头招来木瓦工们说："你们大家都看见了吧，玉皇大帝在邀请你们哪！你们就赶紧做好准备上天宫吧！"

"我们怎么上天呢？"有个泥匠信以为真地问道。

平素在诺颜手下当走狗，夫人面前当哈巴狗的毕策齐[1]钻出人群，贼眉鼠眼地献策："依奴才愚见，笼火生烟，腾云驾雾前往如何？"

"聪明的毕策齐先生的主意好。不过，那得需要笼多少木柴，才能腾云驾雾啊？"拉德那诺颜反问道。

"这一趟就去十几二十人，至少得百十多车干柴！"毕策齐说。

拉德那诺颜当下决定派遣所有参加修建宅第的木瓦工上天，他说："扎！托佛爷保佑，诸位上天修筑天宫，可谓福星高照啊！既然玉帝邀请大家，你们就前往

[1] 毕策齐：文书，书吏。

吧！趁备柴的工夫，各位先回去跟家里老少高高兴兴住上七天！”说完，他便把他们都打发回家了。

巴拉根仓看透了拉德那诺颜的险恶用心，回到家就请来几位要好的木瓦工弟兄商议：“什么玉帝圣旨邀请木瓦工上天修天官，这都是那个该死的黑心肠家伙想出的害人毒计。他想把我们烧死，吞掉我们的工钱！”

“对！是这个意思，真恶毒！”大伙赞同巴拉根仓的看法。

大伙商量对策时，巴拉根仓想出了将计就计惩治黑心肠拉德那诺颜，把他致于死地的妙策。于是，木瓦工们连夜悄悄地挖起地洞来，一直挖到准备上天的地点。

七天的限期已到，木瓦工们都到拉德那诺颜家。黑心肠的坏种一见大伙，心想：嗯，这帮牛粪脑瓜的穷种，还真没有看破我的神机妙算哩！他装出一副殷勤的样子，向人们问了问好，立即杀牛宰羊，摆上酒席，给大家饯行。当大伙举杯畅饮，挥刀猛吃的当儿，拉德那诺颜笑眯眯地开言道：“诸位，明晨虎时[1]，旭日东升之际，欢送各位能工巧匠，腾云驾雾赴天堂！”

巴拉根仓露出兴高采烈的表情，慷慨地回答：“谢诺颜大人想得周到。明天正是日曜[2]猴日[3]，出门远行最吉利。卜算寻问启程地，蛇龙坝下三岔路口最适宜！”

拉德那诺颜听了巴拉根仓这一席话，暗自思忖：好！妙极啦！我让你们这帮穷小子趴在蛇龙坝去见阎王。想罢，他笑嘻嘻地举起酒杯说：“好，说得好！就依照各位的心愿办。”

酒宴一结束，巴拉根仓就带领木瓦工弟兄们和诺颜家的家丁，将准备好的一百车干柴运到三岔路口，堆在事先挖好的地道洞口上。

---

[1] 虎时：寅时。

[2] 日曜：七曜之一，日曜为一周的第七天，即现在的星期日。

[3] 猴日：在古代，年月时用天干地支来代表，猴日对应的就是申日。

第二天早晨，当红日冉冉升起之时，巴拉根仓和木瓦工弟兄们登上垛得几丈高的柴垛，盘腿坐下，像是真的要上天成佛的样子，合掌祈祷道：

一碗米的回礼应在当天，
一匹马的谢礼该在当年。
仁慈的诺颜大人赐给之恩，
只好待到来年清明偿还。
祝愿您幸福平安，
祝愿您财宝无限。
愿您圈中五畜兴旺，
明春良辰吉日再见！

拉德那诺颜听了这话，说：“祝各位一路平安，请早去早回！”说罢，他又回头下令，“快！赶快点火，要从四面八方一起点。快！赶快升火，从前后左右一起燃。”

百十来车干柴，从四面八方一起点燃，火势之猛很是壮观。火焰冲天，浓烟滚滚，来看热闹的人离得远远的。此时，巴拉根仓和木瓦工弟兄们顺着柴垛里事先挖好的通道下到地道，回到洞穴里。

拉德那诺颜打发木瓦工们上天之后，心满意足地回到家中。他跟心腹毕策齐对坐畅饮，庆贺胜利。拉德那诺颜说：“该死的穷鬼们，尸体已变成灰烬。这就叫聪慧者坐高堂享清福，愚蠢货劳筋骨吃骨头。”

岁月如流水，时日似飞箭。秋去冬来，很快又到了第二年春天。

一天夜里，拉德那诺颜睡得正香，忽然从他房顶上传来喊声：“拉德那诺颜在家吗？”

黑心肠的诺颜被喊醒了。

“拉德那诺颜在家吗？”

好熟的声音哪，谁呢？拉德那诺颜迷迷糊糊，光着脚丫子跑出来一看，只见被他烧死的巴拉根仓和木瓦工们，身穿黄缎神袍，头戴金丝纱帽，站在房顶上。

“您好啊，诺颜大人！”巴拉根仓问安道。

“啊……”此时的拉德那诺颜弄不清这是做梦，还是真事，吓得眼珠子都快冒到脑门上了。他像一只癞蛤蟆似的趴在地上说：“你……你们怎么回来了？”

巴拉根仓一甩袖子，向前跨步回答道：“播下的种子得五谷，供奉的佛爷会报应，吞下的酒肉要消化，出门的人儿终要上归程。去年，我们驾着您升起火的烟雾上了天，当天就到了天宫。如今我们修完了天母的宫殿，领了工钱从天上降到人间来。”

说着，巴拉根仓就打开箱子，亮出黄澄澄的金子和白花花的银子，五颜六色的锦缎丝绸，请拉德那诺颜欣赏。贪心的拉德那诺颜看见那么多的金银财宝，涎水流出三尺长，态度立即变得和顺起来，点头哈腰道：“你们平安归来，真是有福分呀！请，请到寒舍歇息！”

大伙进屋之后，巴拉根仓又从怀里拿出一个外裱金丝棉布，内贴丝绒里的长方书套，当着拉德那诺颜面打开，宣读道——

阿弥陀佛！

玉皇大帝圣旨：

祝愿人间安宁，

祝福世间太平。

承蒙拉德那诺颜相助，

苍天感怀欣喜。

你派遣来的能工巧匠，

圣母天神甚为满意。

为答谢你的盛情，

圣母将设宴招待，

特请拉德那诺颜，

上天赴宴。

现托返世的木瓦工，

转递此请柬。

拉德那诺颜恭恭敬敬地用双手接过玉皇大帝的圣旨。呵！红缎上金字几行，闪光耀眼。不过，说它是蒙古文吧，行文是横写的；是藏文吧，笔划勾勾圈圈，连笔草书，很特殊；是汉文吧，不是方块字。是什么文字呢？尽写了些什么呢？拉德那诺颜左看右瞧，怎么看也不明白，也没读懂。尽管他从圣旨上什么也没有看出来，但是看见巴拉根仓他们活着回来，还抬着成箱成箱的金银财宝满载而归，再看看手中宝贵的请柬，相信这是玉皇大帝在邀请自己，便装模作样地说：“扎！鄙人高兴地承受上天的圣旨！谢谢各位给本人带来福音！”

拉德那诺颜想到自己上天赴宴会得到比巴拉根仓他们多得多的奖赏，心中兴奋不已，忙问：“我该何时前往？如何上天？”

见吝啬鬼动心了，巴拉根仓立即回答道：“踏着木瓦工走过的老路，从蛇龙坝三岔路上，笼起干柴腾云驾雾，明日马时[1]启程最为吉利。”

“好的，好的！就依照诸位的办法走吧！”拉德那诺颜满口答应了。

到了第二天晌午，在蛇龙坝前三岔路口处，已架好干柴垛。人们纷纷前来欢送拉德那诺颜上天赴宴。这时，拉德那诺颜在紫缎袍上套了黄马褂，头戴绿宝石顶珠的蘑菇帽，好似要以老丈人的身份去参加女儿的婚礼。他大摇大摆地爬上柴垛顶，如同坐享的佛爷，盘腿一坐，双手合十，向送行的人们告别：“大家听着，要

[1] 马时：午时。

节省我的米面肉茶，要饲养好我的牛马羊群。我拉德那此行虽成不了神仙，也要发财归来变成大富翁。”

巴拉根仓说：“诺颜大人说得对！玉皇大帝决不会吝惜他的财宝，就怕赴宴者心不满足。祝诺颜一路顺风，早日上天赴宴，速去速归！”

说罢，大伙一齐动手点燃干柴垛，把黑心肠的拉德那诺颜送上了西天。

还本付息

早先，有一个狡猾的高利贷者，每当草原上闹黑白灾[1]或人们遇到困难时，他就趁人之危借出钱财，然后逼人以成倍的利息偿还。

巴拉根仓恨透了这个家伙。一天，他来到高利贷者家里说："诺颜大人，请借给我一些虱子好吗？"

"借虱子？"诺颜一听巴拉根仓的话，十分奇怪，人们不是借钱，就是借粮食物品，从未见过借虱子的，这人可真是个傻瓜蛋。想到这儿，高利贷者想戏弄戏弄巴拉根仓，开开玩笑，便叫用人抓了一些虱子借给他。

没过几天，巴拉根仓拿着一小口袋东西来拜见高利贷者，问："诺颜大人，我听说谁要是从您手里借了银子或财物，必须得以成倍的利息偿还，是真的吗？"

"那当然。"高利贷者理直气壮地回答，"这是我家的规矩。"

"若是那样，今天我是特地来偿还借诺颜的债，连本带息全在这里，请您过目！"巴拉根仓说着把手中小口袋打开，往诺颜面前的桌上倒去。

"呸！快收回去！快！"高利贷者一见桌上乱爬的东西便喊叫起来。

[1] 黑白灾：黑灾，牧区冬半年积雪过少或无积雪带来的畜牧气象灾害；白灾，冬季降雪过多，对农作物、牲畜造成的灾害。

原来，巴拉根仓从小口袋里倒出的虱子、臭虫、跳蚤，直往高利贷者身上爬，弄得他满身都是。高利贷者一边拍打着身子，一边喊道：“你这是干什么？”

“诺颜大人，”巴拉根仓不慌不忙地回答，“借一个要成倍偿还，这不是您家的规矩吗？我这是老老实实按您家规矩办哪！请您好好过过数吧！”

听到巴拉根仓的这番话，高利贷者再也无话可说了。

雨淋挑战者

俗话说："不自量的牛犊爱跟牤牛顶架。"世人中就有那么些不自量力的蠢货，偏来找巴拉根仓斗智，结果都败下阵来，还闹出不少笑话。

有一个高傲的诺颜自以为比别人聪明，向来不服任何人。有一次，他听说巴拉根仓是个"以其智慧胜过所有对手，用他巧舌战胜任何能者"的人物，心中不服：巴拉根仓真的有那么大本事？我去试试看。他带上几个随从，去找巴拉根仓比高低。

高傲的诺颜来到巴拉根仓家的马桩前，骑在马上耀武扬威地喊道："喂，看狗！"

他喊了一声，没人出来，又叫了第二声，也不见人影。诺颜细细查看巴拉根仓家的蒙古包，说是没人吧，天窗[1]冒着烟，包门也未上锁；说主人在家吧，叫了半天不见人露面。正在这时，西北天空乌云滚动，眼瞅着要来一场暴雨。

高傲的诺颜在巴拉根仓的门口等了好一会儿，气得对随从说："你进去看看，巴拉根仓若是在家，就告诉他，本诺颜前来跟他比智慧，叫他出来骗我。如果

[1] 天窗：蒙古包顶上透光、通风的圆形窗。

骗不成，我就杀他的头，烧掉他的破蒙古包！”

随从进包一看，巴拉根仓披着袍子正坐在那里喝奶茶，就向他转达了诺颜的旨意。

“行，行。”巴拉根仓听了随从的话，立即答应道，“请你转告诺颜大人，我巴拉根仓愿意接受他的挑战。不过，我喝茶出了一身汗，待我换上缎袍马褂。噢，天阴了，可能要下雨，我得披上斗篷，套上水靴。请诺颜等候片刻。”

高傲的诺颜听说巴拉根仓要应战，便骑在马上等他。不一会儿，乌云低垂，雷声阵阵，急风卷着暴雨横扫而来，把高傲的诺颜和随从们淋得像个落水狗。可是，左等右等，诺颜还是不见巴拉根仓出来。诺颜被雨淋透了，不耐烦地对随从们说：“哼！别看巴拉根仓撒谎骗遍了草原上的所有智者能人，今天他就不敢出来跟我较量，怕被杀头哩！走，咱们进包看看。”诺颜走进包里一看，巴拉根仓还坐在那里喝他的奶茶呢！见此情形，诺颜气坏了，“喂！巴拉根仓，你不是说穿上缎袍马褂，披上斗篷，套上水靴出来应战吗？怎么……”

“啊！实在对不住您了，请诺颜原谅！”巴拉根仓披着破单袍，光着脚丫站起来回答，“周游草原的穷巴拉根仓，不要说有缎袍马褂之类的衣裳，连棉袍子都穿不上，我哪里有斗篷、水靴。您不见我还在光着脚……”

高傲的诺颜听了更加生气，怒斥道：“那你方才——”话没有说完，诺颜猛然醒悟过来，自知是上当了，扭头走出蒙古包。

老天爷摩顶[1]

从前，有个最怕打雷的诺颜。这个诺颜一听雷声，马上面容失色，心惊肉跳，恨不得一下子钻进老鼠洞里。

这个诺颜为什么这么怕雷声呢？众说不一。有的人说："诺颜脑袋里有个磕睡虫，一打雷，那条瞌睡虫就来回爬动，弄得诺颜不得安睡。"有的人说："诺颜平素尽吃油性大的食物和糖果，五脏、脉络都被油脂堵塞了，一打雷，就头昏脑涨，不知是死是活。"还有人说："这位诺颜任意压榨百姓，吮吸穷人血汗，造孽过多，他的心变黑了，血生锈了，所以，最怕天箭[2]落到自己头顶上。"

对于诺颜怕打雷的原因众说纷纭，可谁也说不清那究竟是由于什么原因。

一天，这个怕打雷的诺颜要赴王爷的婚宴，让巴拉根仓做他的随从。诺颜和随从相伴赶路，走到半路，突然狂风四起，乌云遮天，眼看就要下暴雨。霎时，这个怕打雷的诺颜心惊胆战，不时地望着天空发愁。这一切，早被巴拉根仓看在眼里。他故意说："哎哟，老天爷就要打雷下雨，该怎么办呀？"

[1] 摩顶：佛教习俗，活佛等人用手掌或经卷在磕头者的头上摩一下或点一下，以示赐福。

[2] 天箭：蒙古族认为被雷击的树木、牲畜等是被天箭所击。

本来就怕得心神不宁的诺颜，一听这话，愈发魂不附体，很生气地斥责巴拉根仓："愚蠢的奴才瞎嚷什么，当心惊着我的马。"

巴拉根仓仍然一本正经地说："尊贵的诺颜啊，请抓好缰绳。您不看这老天爷的脸色，眼瞅着就要闪电打雷了。天箭是有眼睛的呀，说不定它专门对准那些造孽人的头顶落下来呢！"

"巴拉根仓！你……你……"诺颜气得半天没说出一句话，吓得浑身直发抖。见巴拉根仓不往前走，他又大声嚷道："你这奴才唠叨什么，还不快赶路！"

"诺颜啊，我这三岁小马哪能跟得上您那膘肥体壮的走马。"巴拉根仓故意说。

诺颜骂道："没出息的奴才，连自己骑的马都不会喂养啦！难道在这么大的草原上，就缺了你的马儿吃的草不成？"

"我的好诺颜啊！浩特[1]上一有体健英俊的壮小伙子，就成了诺颜的奴隶；畜群里一出膘肥体壮的好马，就被诺颜牵走；山野上一出现水草丰美的草场，也被诺颜的畜群霸占去——"

没等巴拉根仓说完，诺颜就恼怒起来，命令道："快走，别啰嗦！"

"俗话说得好：'大羊不知羊羔的苦处。'老天爷只知闪电打雷，哪里晓得怕雷声人的苦衷。"巴拉根仓的话音未落，"轰隆隆！"一道闪电，紧接着一声响雷，震得地动山摇。怕雷声的诺颜"哎哟"一声，身不由己地从马背上滚了下来。

随着闪电雷鸣，顿时下起了倾盆大雨。当巴拉根仓回过头来看诺颜时，老家伙用蒙古袍的前襟紧紧裹住脑袋，钻进草丛里一动不动，打一声雷，他打一次战。一看他这狼狈的样子，真叫人好笑。巴拉根仓看到这情形，心想：今天老天爷给的机会实在难得，我得痛痛快快地给咱们穷苦人出出气。他对诺颜说："看来，天箭就要落到您头上了。您一定要用虔诚的心，赶快向佛爷祈祷啊！"说罢，他就操起

[1] 浩特：蒙古语，聚居地，定居点。

藤鞭，打一声雷，他就往老家伙头上猛抽一鞭，一连打了他十几鞭。

怕打雷的诺颜吃了巴拉根仓的鞭子，越发吓得屁滚尿流，紧闭双眼，一个劲儿地向老天爷祷告：“老天爷呀，坑害百姓是我的罪过，请饶恕我的罪孽吧！压榨奴隶是我的过错，请留下我这条老命吧！”

诺颜哭丧着脸，苦苦哀求，不大一会儿就连吓带怕地晕过去了。

夏天的疾风暴雨来得猛，停得也快，不一会儿，雨过天晴，金灿灿的太阳露出了笑脸。怕雷声的诺颜慢慢苏醒过来，从草丛里钻了出来，起身一看，巴拉根仓却伸直四肢，仰面朝天，躺在草地上昏迷不醒。诺颜心想，这小子准是被雷声吓昏了，就凑到跟前喊：“巴拉根仓啊，巴拉根仓，雨过天晴了，快起来吧！”

巴拉根仓听后，好像如梦初醒，说：“哎哟！ 我的老天爷，差一点送命。”他又瞅了瞅诺颜，装出很吃惊的样子问，“诺颜大人， 您怎么还健在？ 我以为您被天箭击中离开了人世哩！”

“有福人的头上，是不会落天箭的！”

巴拉根仓有些不解似的问：“刚才天箭不是落在您头上了吗？”

“你知道什么， 那是老天爷在给我摩顶。”诺颜昂起胸，若无其事地说。

巴拉根仓指着诺颜头上大大小小的鼓包、伤痕，故作正经地问：“那您前额上的鼓包，后脖颈上的伤痕，是老天爷给您摩顶时留下的印记吗？”

诺颜没等巴拉根仓说完，摸着脑袋，“啊啊”地支吾了半天，什么话也没说出来。

黄羊与山羊

一天，巴拉根仓外出打猎，不大一会儿打死两只黄羊，驮在马上，高高兴兴朝家走去。在路上，他不巧碰上了好占便宜的毫布达格[1]诺颜。

毫布达格诺颜一见巴拉根仓鞍后驮着的又肥又大的黄羊，当下就拉下脸来，气势汹汹地叫道："这明明是我家的山羊，你小子凭什么给打死了？快给我放下！"

"要下要刮随苍天，要砍要杀由诺颜。"巴拉根仓一听毫布达格诺颜的话就明白了他的意思，"噢，原来诺颜家的山羊是这个模样。"说完，他把自己猎获的黄羊放下来，交给了毫布达格诺颜，背上猎枪，翻身上马去了。

毫布达格诺颜倚仗权势白白得到两只黄羊，得意洋洋地往家走。没走多远，"砰砰"，突然从西边山梁后传来几声枪响。毫布达格诺颜寻思：巴拉根仓这小子一定又打住了黄羊。他调转马头，朝枪响的方向奔去。上山梁一看，巴拉根仓果真打死了两只黄羊似的东西，正在往马背上驮。毫布达格诺颜又想霸占他的猎物，便飞奔到巴拉根仓跟前，一看，哪里是黄羊呀，是他家羊群里的两只羯山羊。

[1] 毫布达格：蒙古语，贪得无厌者。

毫布达格诺颜不看则已，一看打死的竟是自己的山羊，一下火冒三丈，气呼呼地质问巴拉根仓："你这畜牲，凭什么打死了我的山羊？"

巴拉根仓一边驮着山羊，一边漫不经心地答道："尊贵的诺颜，别那么不讲理啦，难道您连黄羊和山羊都分辨不清了吗？您的山羊不是在您的马背上嘛。我打死的是黄羊啊！"

毫布达格诺颜听后，"你……你……"支吾了半天，一句话也说不出来。

智慧囊

巴拉根仓的机智是出了名的，人们一提起他就说：“王爷的牛羊最多，巴拉根仓的智慧最多。”有一个傲慢自大的诺颜听了这些话很生气，忿忿地说：“岂有此理！天下的奴隶能有比我们台吉[1]更聪明、更有智慧的吗？我倒要看看这个巴拉根仓长着几个脑袋。”从此，这个诺颜就到处寻找巴拉根仓，想和他比比智慧。

一天，诺颜骑着一匹快马，在荒滩草甸子碰见了巴拉根仓。巴拉根仓正倚着一棵斜长的爬爬树吸烟哩！

诺颜没有下马就问：“你是巴拉根仓吗？”

巴拉根仓翻眼一看是诺颜，动也没动，说：“我就是巴拉根仓。”

诺颜说：“听说你最能撒谎骗人，是吗？”

巴拉根仓说：“这可不敢当，诺颜老爷，不过人们都说我最有智慧。”

诺颜说：“好吧！今天我要与你比比智慧。你要当着我的面骗我一次，我算输给你；要是骗不了我，我要用马刀把你的头砍下来。”

“今天可不行，”巴拉根仓故作惊惶地说，“我的智慧囊放在家里没有带

[1] 台吉：旧时蒙古王公的爵位名号，后亦用作军衔和行政长官的称号。

着。要是它在身边，别说您是诺颜，就是皇帝我也能当面骗他。”

诺颜一听更冒火了，说：“那就赶快取你的智慧囊去，我在这里等着你。”

“我走着去得什么时候回来啊？算了，为了不让您猜疑我胆小不敢比，还是另找个日子吧，再说我今天也没有工夫。”

“不行，”诺颜暴躁地说，“今天非比不可。你要嫌走得慢，把我的马骑上。”

“不行，不行，今天实在没工夫。”

“怎么没工夫？”

“您没看见嘛，诺颜老爷，这棵爬爬树眼看就要倒了，我用身子顶着它，怎么能走开。”

“来，我先替你顶着树！”诺颜把马交给巴拉根仓，站到树下用力地顶起来。

“唉！”巴拉根仓无可奈何地说，“看样子您是非逼着我骗您不可呀！”

“别说大话，巴拉根仓，要是输给我，小心你的脑袋！”诺颜冷笑着说。

“好吧，那我就骗一次给您看。诺颜老爷，您要好好顶着树，小心别被狼叼了，等着我去取智慧囊……”巴拉根仓跳上诺颜的快马，用脚蹬狠狠往马肚子上一踢，马像箭一样向远处飞去。不过，巴拉根仓再也没有回来。

活捉“偷马贼”

从前，骟马群苏木[1]有一个叫阿格登嘎的章京[2]。这个章京生性很坏，是个有名的贪财迷。他的马群多得三个山谷都装不下，他却舍不得扔掉粘在口袋上的酸奶渣，要让用人刮下来拌炒米吃；他的羊群多得在草原上一眼望不到边，他却舍不得扔掉一只死羊羔，硬让放牧的人们煮着吃。这还不算，这位章京待人既刻薄又残暴，就连自己的老婆孩子也虐待，因此没有人敢靠近他。别看这位章京癖性赖，但他财底厚，先后娶过七个老婆。最后娶的那个小老婆，比他原配夫人的儿子还小十几岁。

命运常常是好捉弄人的。这一年，巴拉根仓到章京府上当了马倌。事情偏偏出在这里，阿格登嘎章京最小的老婆相中了巴拉根仓。这位娇美的贵夫人，一听巴拉根仓那掷地有声的声音，一见他匀称结实的身板，启明星般的一双大眼睛，红润的脸膛以及他那整齐雪白的牙齿，便不由自主地倾心于他。年轻的贵夫人爱上了巴拉根仓之后，再也无心跟那位年过六旬，满头白发的章京大人寻欢作乐了。一有点

[1] 骟马群苏木：清朝时，因专门放牧皇室马群而得此名。苏木，是一种高于村级的行政区划单位。

[2] 章京：清朝武官的一种，另外四品文书官员也称章京。

闲空，她就跑到巴拉根仓跟前，不顾自己的身份，放肆地说说笑笑，挑逗送情，差一点钻到巴拉根仓怀里。

可是，巴拉根仓打心眼里讨厌这位贵夫人，一见她那挂了厚厚一层的“石灰粉”脸蛋，透射着贪婪目光的三角眼睛，大肚溜肩膀，以及她那卖弄风骚的下流相，就像看见了癞蛤蟆似的恶心。所以，一见章京夫人的影子，巴拉根仓就赶紧躲开。可是，少妇人还是死缠住他不放。巴拉根仓实在没有办法，不敢到府上露面，就东邻西舍串门来消磨时光。

这样一来，章京夫人因多时见不到巴拉根仓的面而苦闷。虽然她费尽心思想把巴拉根仓吸引住，结果是拿月亮光取暖，凉透了心。一气之下，她那炽烈的情火便变成了悔恨的嫉妒。于是，女人特有的嫉妒心驱使着她常常在章京跟前说巴拉根仓的坏话。

有一天，少妇人对老章京说：“听下边的人讲，巴拉根仓把咱家的马群撒开不管，还到处串游去追女人胡闹呢！”

“是吗？”老章京装糊涂问道。

“可不是嘛！”少妇人进一步解释，“据说，他已经有十来天没有去下夜守马群了。章京，您也不管一管！”

老章京对自己这位小老婆跟巴拉根仓眉来眼去的事早就有所察觉，总想整治一下巴拉根仓，就是找不到机会。方才听了少夫人一席话，他觉得可以一箭双雕，便来了个顺水推舟，说道：“怪不得我在府上好久没有见到这小子的影儿呢！”

章京夫人见老头子果真有点动肝火了，就趁机煽风点火道：“是啊！人们在背地里议论您，说您没有管住自己的用人，丢失了不少马。章京啊，我们可不能信赖狗儿在家里拉屎啊！巴拉根仓这个人，是个靠不住的东西啊！”

“那么……你说该怎么办？”章京故意问道。

“您不会去偷偷巡视他下夜的情形嘛。只要您抓住他丢下马群去串门的把柄，就狠揍他一顿，把他赶走！”少妇人出了个鬼点子。

女人强烈的报复心理与章京阴险狡诈的意图正合拍，老头子满口答应道：“对，对！今儿晚上我就亲自去察看他下夜的情形。这小子真要是丢下我的马群去串门子，我就活剥他的皮，再赶走他。这样，你我都静心，对别的用人也是个教训。”

说罢，章京把手头使唤的小差夫叫来：“今儿晚上我去巡视马群，你去把我的追风乌龙驹牵来备上鞍。”

小差夫到马群里牵章京的追风乌龙驹时，把章京要夜间来巡视马群的事儿告诉了巴拉根仓。

巴拉根仓得知少夫人和老章京的阴谋，便骑上自己套马时骑的千骥之首——广流星枣红马，又去找了自己要好的几个朋友，商量对付章京的妙主意。

到了晚上，巴拉根仓把马群赶到后边的丘岗上，几个小伙子躲在一个大岩石后面，等候着章京的到来。那天夜里，稀薄的网状云遮住残月，向远望去一片昏暗，察看近处山石树木隐约可见。

快到半夜时，阿格登嘎章京骑上他的追风乌龙驹巡视马群去了。他走过平原，涉过溪流，越过高山，穿过丛林，来到巴拉根仓放牧的马群跟前。章京把马群仔细察看一遍，虽然不见下夜的马倌，马群却在安静地吃草。为了慎重起见，章京绕着马群前前后后转了一圈，又从马群中间左左右右穿走了两趟，仍然没有见到巴拉根仓的影子。这一下，章京的脾气可就上来了。他暗自想：嗯，少夫人讲的倒也贴点边儿。该死的巴拉根仓，果真丢下我的马群不顾，去找女人寻欢作乐了。好吧！既然你犯到我手里了，只能怪你自己活该倒霉，可怨不着我阿格登嘎心毒手狠。今儿晚上，我先把马群移开，到明儿早上我再来收拾你巴拉根仓，看你还勾引女人不！想罢，章京扯缰驱马，将马群向北赶去。

正在山岩后面观看动静的牧马小伙子，一见此情形，都冒火了。

“喂！马群里进贼了，快捉贼！”

巴拉根仓这么一喊，几个小伙子一齐出动，追赶阿格登嘎章京和马群。章京一见小伙子们包围上来，深怕被认出后吃苦头，就低头哈腰抱住鞍桥钻进马群中间，想找个机会溜走。哪成想，牧马人的眼睛再敏锐不过，怎么能放走“偷马贼”呢！几个小伙子明知是章京，却装作抽打马群，一会儿，这个过来用套马杆的皮绳子抽他几下；一会儿，那个又追上来抡起马鞭猛打他两下，边打边追。

老家伙被几个小伙子抽打得实在受不住了，趁着月亮落下，黑幕降临的机会，猛抽两鞭追风乌龙驹，离开马群，顺着芨芨滩逃走。

巴拉根仓一眼就看见章京逃跑了，故意大吼一声：“偷马贼跑啦！”随即放开广流星枣红马紧追过去。

阿格登嘎章京的这匹追风乌龙驹真是名不虚传，确实是一匹超众的好马。“哒哒……哒哒……”只听它蹄响，像一只顺着地面俯冲下来捕食的老鹫，在那一人多高的芨芨草顶上“嗖”地腾空奔驰。可是，巴拉根仓的广流星枣红马是千骥之首，“嗖嗖嗖”，只见它四蹄下火星飞溅，一眨眼工夫就追上了追风乌龙驹。

“偷马贼，看你往哪儿逃！”巴拉根仓追上了章京，挥动套马杆就要套“偷马贼”。

阿格登嘎章京知道自己逃不脱了，急忙说道：“我……我……我是阿格登嘎章京，巴拉根仓老弟，可别——”

“你这偷马贼，被人捉住了，还要扯谎骗人，办不到！今天，非把你扭送到我们阿格登嘎章京那里问罪不可！”说罢，“唰”地一甩套马杆，将阿格登嘎章京拦腰套住，拉下了马。然后，他就像套住饿狼似的把老家伙一直拖到家门前，大声喊到：“喂！快来人哪！我们捉来了个偷马贼，快去报告章京大人！”

正在甜睡的用人、差夫和侍女们被吵醒后，跑出来一看，哪是偷马贼哟，原来是府上的主子阿格登嘎章京。大伙急忙上去扶他，他快不行了。此时，阿格登嘎章京被巴拉根仓拖得脊背和屁股上的皮肉蹭掉一片又一片，他那骷髅般的瘦脑袋肿得像个柳罐斗。当人们抬起章京时，他像是一条被人打伤了的老狼，全身瘫痪，有气无力，只见他那小眼睛投射着仇恨的凶光，却说不出话。

常言道："恶有恶报，善有善报。"阿格登嘎章京本想惩治巴拉根仓，不成想自己反倒成了偷马贼，被痛打拖伤。他又是憋气，又是愤恨，再加上他那娇媚的小老婆不时地来纠缠他，弄得他伤势越来越重，不久便一命呜呼，见阎王去了。

贪心的塔哈拉[1]

有一天，巴拉根仓回家时，在三岔路口遇到了一个伤心哭泣的牧童，关切地问道：“喂，小兄弟，你为什么如此伤心落泪啊？”

“您没瞧见嘛，塔哈拉把我的马抢走了。”牧童指着前面的骑马人回答道，“唉，在衙门里干事的塔哈拉可真厉害呀！”

巴拉根仓听了小牧童的话，想了想，说：“小兄弟，不要垂头丧气，哥哥设法把你的马要回来。”说罢，跃身上马奔驰而去。

巴拉根仓兜了个圈子绕到塔哈拉的前面，来到一个池塘边。这是塔哈拉必经之路。巴拉根仓把马牵到湖边芦苇中藏起来。他解下马笼头回到湖边，找来一块大石头，用绳子捆住，然后扔进了湖里。接着他双手紧拉缰绳，装出往外拉的姿势，等候塔哈拉的到来。

不多时，塔哈拉晃晃悠悠骑着马走了过来。他看见巴拉根仓后感到好奇，问道：“喂！你这是在做什么呀？”

巴拉根仓擦了擦汗，唉声叹气地回答：“唉，还能有什么事呀，真倒霉！我

[1] 塔哈拉：旧时称专门传达扎萨克旗衙门的通告及诺颜命令的小官吏为塔哈拉。

正在湖边饮马的当儿，忽然从苇塘里飞起了一群该死的野鸭子，马儿受惊，猛一跳就掉进湖里，陷到淤泥里了。这不，好歹我还没有撒开缰绳。马儿淹死倒没什么，要紧的是马鞍上驮着诺颜布施给庙会的三百两白银呢！这么多的银子，我拿脑袋也抵偿不起呀！老兄，帮个忙吧！事成后小弟一定酬劳你。"

塔哈拉听说马背上驮着三百两银子，垂涎三尺，顿时起了贪心，说："来，我帮你拉！"跳下马来就要动手拉缰绳。

巴拉根仓赶忙制止说："我的老兄，千万不能硬来！你没见我这缰绳已经使旧了嘛，吃不住使劲儿拉呀！万一断了，拉不上马来，银子也就白扔了。"

"那怎么办？"塔哈拉焦急地问。

巴拉根仓低头沉思了片刻说："这样吧，你先拉着缰绳站在这里，千万不要松开手，但也不能使太大的劲。我到附近找几个年轻人，再弄点绳子、杆子什么的。等到把马捞上来，我就给你一百两银子！"

"哪里，哪里。快去快回！"塔哈拉乐呵呵地接过缰绳，把抢来的马交给了巴拉根仓。

巴拉根仓临走时还说："只要不松手就行啊，可千万不能生拉硬拽呀！"说罢，他绕行到芦苇丛里，把自己的马牵了出来，一溜烟向三岔路口驰去。

巴拉根仓来到三岔路口，把马还给牧童，自己悠然自得地回家去了。

可是，那个贪财的塔哈拉仍然站在湖岸上，死死地抓住缰绳，呆头呆脑地等着巴拉根仓回来呢。

金马驹和火龙衣

在科尔沁草原，有个乌珠穆台吉。他家的马群、羊群、牛群、骆驼群布满了两个草库伦[1]，阿斯尔[2]里的金银财宝堆到顶。可是这个台吉又狠毒又贪心，就是手攥着摇钱树，他还不满足。牧民们都叫他蟒古思[3]。有一天，他听说巴拉根仓把西拉木伦河里的金马驹捉住了，馋得流口水，恨不得马上弄到手，就派百岱[4]去找巴拉根仓。

巴拉根仓早就想惩治一下蟒古思。他放出金马驹的口风，就是为了使乌珠穆上钩。

乌珠穆的百岱来了，巴拉根仓故意不理他。可是，巴拉根仓越是不理他，这个百岱越是急着催巴拉根仓去见乌珠穆。最后，巴拉根仓来到乌珠穆的家里。

"你来了，巴拉根仓。"蟒古思乌珠穆半睁半闭着眼睛说，"上次，你把我骗了。我掉进西拉木伦河里差点儿被淹死，辛亏我的百岱来得及时，才把我从河中

[1] 草库伦：围起来的草场。

[2] 阿斯尔：蒙古语，阁楼。

[3] 蟒古思：古代神话、史诗中的邪恶势力的代表人物，现在指魔鬼、恶魔。

[4] 百岱：管家，侍从。

间拽出来。你得赔偿我的损失。”乌珠穆的眼睛立了起来。

巴拉根仓笑了，他看出乌珠穆不过是想要讹他的金马驹。

“乌珠穆台吉，我没有骗您，是您太心急了。”巴拉根仓慢条斯理地说，“您连玛尼珠[1]、法棒[2]、卓拉[3]这些东西都不预备，怎么能捉住金马驹呢？您的不敬，得罪了阿日特神，受到了一点惩罚。您看，我从索胡尔老班达[4]那里借来了玛尼珠，从依古塔大班达那里借来了法棒，又从阿岱格小班达那里借来了卓拉，还向阿日特神祷告，这才从西拉木伦河里捉到了金马驹。”

巴拉根仓说得有声有色，蟒古思乌珠穆听得呆了，立起来的眼睛也就慢慢放了下来。他贪婪地想得到金马驹，可是似乎又有点不相信，因为巴拉根仓叫他吃了不少苦头。他撇了撇嘴，怀疑地说：“我不相信你的话。瞧你这匹瘦马，都要被风吹倒了，能是金马驹吗？”

“您知道，”巴拉根仓不慌不忙地说，“我穷得连奶子也喝不上，喂不起金马驹，所以它才一天一天瘦了下来。可是，乌珠穆台吉，您别看它瘦，它可是一匹地地道道的金马驹。您要不信，咱就点上卓拉，摇起玛尼珠，当场试试。”

蟒古思乌珠穆巴不得亲眼看一看金马驹怎么拉金子。他吩咐百岱摆香案，点卓拉，又请巴拉根仓把金马驹拉上来。

巴拉根仓故意不着急，他仰着头对天咕哝了一阵，这才把金马驹牵上来。这时候，只见瘦马慢慢地把两胯叉开，尾巴一掀，哗哗地拉了起来。

蟒古思乌珠穆见瘦马果真拉出了黄澄澄的金子，眼睛瞪得比铜铃还大，下巴耷拉下来，好半天没合上去。他决定要这匹金马驹。他还想挽回声誉，给巴拉根仓几匹大马或者骆驼，但是又怕巴拉根仓不干，就先吓唬他：“巴拉根仓，你一个穷

[1] 玛尼珠：由一百零八颗木制的珠子串起来，计算念咒次数。

[2] 法棒：佛教寺院中的住持手持的带铜箍的短棒。

[3] 卓拉：神灯，佛灯。

[4] 班达：佛教未出徒的小僧。

小子，担当不起使唤金马驹这个福分。你把它卖给我，或者换给我。要不然三天以后，你这匹金马驹饿不死也得丢掉。”

“非丢掉不可。”百岱怕巴拉根仓听不明白，也帮腔补充了一句。

巴拉根仓摸着脑袋，不吭声，不点头。乌珠穆和百岱急得团团转。

“咱们换马群吧。”巴拉根仓开言道，“不过，还得找些人来作证。”

乌珠穆乐不可支，嘴咧得老大。巴拉根仓提出要他所有的马群，乌珠穆不干，只给一个马群。后来，在牧民们的说合下，乌珠穆同意拿出十个马群交换，巴拉根仓才点头，到草库伦赶走了马群。

乌珠穆看着扬尘而去的马群，真有点心痛。百岱说：“划得来，有了金马驹，一百个马群也不愁。”

大家临走的时候，乌珠穆还说：“你们给我起了个蟒古思的外号，蟒古思能给你们马群吗？”大家哈哈大笑。

这天晚上，蟒古思乌珠穆美美地做了一个梦。他梦见金马驹哗哗地给他拉的金子多得没地方放，五畜占满了大草原，他当上了大可汗，取了好几个福晋，诺颜、梅林[1]们围着他转，无数的美女唱啊、跳啊……

乌珠穆一觉醒来，天还没亮。乌珠穆起来，把全府上下人等都轰起来。他们摆香案，端贡品，铺红毡，烧高香，把卓拉供得高高的，把玛尼珠摇得响响的，好让金马驹拉多多的金子。忙活了一阵子，仆人才把金马驹牵了上来。乌珠穆托着大盘子，嘴里虔诚地祷告，双膝一下跪了下去。等啊等啊，这匹马什么动静也没有。乌珠穆急了，掰开瘦马的后腿，又把它的尾巴提上去。等啊等啊，还是没见什么动静，急得乌珠穆头顶上都冒汗了。不大一会儿，他忽然听见马肚子里面传来几声咕咕的叫声。乌珠穆高兴了，又是叩头又是礼拜。他让百岱提起马尾巴，自己仰着脸等着接金子。又过了半个时辰，乌珠穆脖子也酸了，腰也软了，腿跪得也疼了，脑

[1] 梅林：清代官职名，都统。

袋仰得也有点累了。就在这时，只见金马驹把后腿一蹬，“哧”地一声，拉出来一屁股稀屎，喷了乌珠穆一嘴一脸一身。原来，这匹瘦马平时连草都吃不上，这回冷不丁吃了那么多好豆料，肚子就吃不消了，拉得满屋臭气熏天。

蟒古思乌珠穆气得胡子撅得老高，连忙命令百岱去捉巴拉根仓。巴拉根仓被捉回来之后，蟒古思乌珠穆大喊：“吊起来往死打！”

“乌珠穆台吉，您太性急了。”巴拉根仓还是慢吞吞地说。

“我怎么性急？”

“您想，这个金马驹不到午时三刻不拉金银，您连时辰都没到，就劳了金马驹的大驾。何况您连法棒也没有学会，金马驹不怕您，它怎么会拉金银呢？”

蟒古思乌珠穆余怒未消，气哼哼地说：“等午时三刻再不拉金子，我就要你的命。”

“呵呵呵！”巴拉根仓笑着说，“您的性急惹恼了阿日特神，再拉金子得等三天以后呢！”

“什么？你还想骗我蟒古思吗？”乌珠穆一急眼也喊起了自己的外号，“你想在这三天里逃跑吗？”

“我为什么要跑呢？”巴拉根仓说，“等金马驹拉了金子，您必须得举行一次敖包会，请我做上宾。”

“好！”乌珠穆斜了巴拉根仓一眼说，“若是三天后金马驹拉了金子，我可以举行敖包会，请你做上宾。不过，今天你得先进我的牛群，跟牛过夜吧！”

巴拉根仓请求道：“台吉，天气太冷，能不能——”

“冻死才好。”乌珠穆恶狠狠地说。

“可是出了意外，您可别眼红。”巴拉根仓平静地说。

“什么意外？”乌珠穆弄不清巴拉根仓的意图，连忙给百岱下命令，“你带上十个高其格，把他给我看住。”

巴拉根仓被赶进了牛群，牛儿都好奇地望着他。他摸摸这个牛的头，挠挠那个牛的背。大黄牛都很驯良，有的牛还走上前来舔他的手哩。夜里，北风呼呼地刮，真要冻死人了。巴拉根仓只穿了一件旧衫，冻得上牙打下牙。他紧紧地贴在牛身上，把脚塞到牛肚子下面，还是冷得不行。看守他的百岱和高其格们，也都冻得钻进了毡包。巴拉根仓想逃跑，又一想，不行，到处都是台吉、白音们的天下，跑到哪里也得被抓回来。可是，他不能就这么冻死啊！他忽然看见一条冻死的牛犊，想出办法来了：我把这尸体扛着跑，跑上几圈，不就暖和了吗？他就扛着小牛尸体跑起来。就这样，巴拉根仓不但没有冻着，还跑得浑身出了大汗。

第二天早上，蟒古思乌珠穆刚起来，百岱就跑来报告："奇事，奇事，巴拉根仓不但没有冻死，还一个劲儿地喊热呢，您快去看看吧！"

乌珠穆半信半疑，跟着百岱来到牛群，果然，高其格们冻得缩头缩脑，巴拉根仓却坐在雪地上用破帽子扇凉风呢。

"这是怎么回事？"乌珠穆瞪大了眼珠子问。

巴拉根仓看了看乌珠穆，笑了笑，不告诉他为什么。乌珠穆跑前跑后，请巴拉根仓回府。他又准备奶酒、手扒肉给巴拉根仓吃。巴拉根仓吃喝一顿，才慢慢地说："我昨天不是说过出了意外的事，您别眼红嘛。您怎么不信守诺言？"

"诺言？啊！信守，信守。"乌珠穆见巴拉根仓话里有话，就急着追问，"不过，这到底是怎么回事？"

"说起来话长。"巴拉根仓这才慢声细气地说，"我这件衫子，您别看它破旧，它可是火神爷的火龙衣。这是我在火云岭放羊时，火神爷化作白胡子老班达送给我的。它跟了我多年。您看见我哪年冬天穿过皮袄？全靠我这件火龙衣过冬。天越冷，它越热。天要下大雪，这件火龙衣就更能保暖了，简直像暖炉一样。"

巴拉根仓瞄了一眼乌珠穆，只见他两个眼珠子一动也不动，双手托着张开的下巴，涎水流出老长。老家伙眼红了，巴拉根仓故意不讲了。这时乌珠穆可就不罢休了，他死缠着，非得要用他的皮衣换巴拉根仓的火龙衣。巴拉根仓说什么也不干。后来，乌珠穆又让百岱找来不少牧民说合，巴拉根仓这才答应用乌珠穆府上的所有新衣换这件火龙衣。百岱絮絮叨叨地说，总得给府上的每人留一身穿的呀。巴拉根仓勉强同意了。虽然蟒古思乌珠穆心疼，但为了这件宝衣也就同意了。巴拉根仓让牧民们分走了乌珠穆家的衣服，自己也选了一身穿上。

第二天，蟒古思乌珠穆要去拜访依古塔班达，顺便把法棒借来，好让金马驹拉金子。他想：这回我要穿上火龙衣，让依古塔班达见识见识。他穿好火龙衣，对着大铜镜前后照了照就上路了。这时，太阳下山，渐渐地下起雪来，北风越刮越大。蟒古思乌珠穆走在半路上，冻得连脑袋都打哆嗦了。正好，路旁有一棵被雷劈的大树，里面刚好能进一个人，蟒古思乌珠穆忙躲进去。可是，没用上半个时辰，他就冻僵了。

再说，乌珠穆府上的人们左等右等不见台吉返回来，连忙派人去找。高其格们找到树洞，看见乌珠穆冻死在里面。他们又去抓巴拉根仓。

“走，咱们一块儿去看看。”巴拉根仓跟乌珠穆家里的人来到枯树跟前，看了看说，“咳！他是被烧死的嘛。”

“明明是冻死的嘛。”

“你们不懂，火龙衣怎么能见木头呢？火见木就着哇！这不，大树也被烧掉了半棵呢！”

乌珠穆的家里人一听，哑口无言。

吃双俸禄的诺颜

很久以前，曾有过一个吃双俸禄的诺颜，名字叫达尔玛。要问起他为什么吃双俸禄，是有缘由的。达尔玛诺颜平素上穿偏衫，下围裙衣，手拿念珠，嘴念玛尼经，早晚祈祷，活像个佛爷的化身。可是，遇上旗官聚会，处理政务，他又穿上蟒袍玉带，头戴顶翎帽，回到衙门挥笔批文，又装作朝廷的命官。这样，政教两项大权握于他一人之手，故从国库领取双份俸禄。

一天，吃双俸禄的达尔玛诺颜从旗衙门回来，换上佛徒沙弥装，手中摆弄着念珠，正在散步，遇上了巴拉根仓，便打招呼："喂！周游草原的答兰胡达勒齐，有何传闻消息？"

"没有什么新鲜传闻！"巴拉根仓回答，"不过，我可遇到了一件怪事。"

达尔玛诺颜满不在乎地说："你又想撒谎骗人哪！"

巴拉根仓却一本正经地说："这是我亲身经历的事情，怎么会有假！前两天，我为了进城办年货，正在修理干裂的勒勒车时，有一只布谷鸟落在马桩上，'布谷布谷'地鸣唱起来。于是，我捡起一块冻牛粪抛了过去。说也巧，被牛粪蛋击中的布谷鸟'扑通'一声，落在灰堆旁边的青草堆里了。"

"哈哈哈！"达尔玛诺颜听了巴拉根仓的叙述，仰脸大笑，"人们常夸你是聪明的撒谎大王，原来你是个大笨蛋呀！你就是如此说谎的人哪！”

“怎么啦，诺颜大人？”巴拉根仓问。

“我问你，”达尔玛诺颜得意地反问道，“寒冬腊月能长青草，布谷鸟能鸣唱吗？”

巴拉根仓立即回答道：“不，不是寒冬腊月，是春天，春天！”

“那么，长了青草的春天能有冻牛粪吗？”达尔玛诺颜紧追不放。

巴拉根仓露出一副难为情的样子，说：“是啊！是啊！不是春天，是冬天，冬天。”

于是，达尔玛诺颜自以为难住了巴拉根仓，高傲地说：“我的答兰胡达勒齐哟，你可笨得出奇呀！原来你是个弄不清冬和春，分不明南和北的愚蠢家伙呀！”说罢，他哈哈大笑起来。

巴拉根仓不理睬达尔玛诺颜的挖苦讽刺，申明自己的理由：“聪明的诺颜大人，我看您戴上顶珠孔雀翎，在百姓面前耀武扬威那股劲儿，可是被视为皇朝的重臣哩！可是，我又见您披上袈裟，手持念珠，嘟哝起玛尼经的那股神气劲儿，只好认为是金顶寺的佛爷喇嘛呀！像您这样一位居于高位的诺颜大人，可以不顾法纪，骗取双俸禄，我一个平民俗子，混淆冬春，分不清冷和热，能算得了什么呀？”

达尔玛诺颜这才醒悟过来，原来，巴拉根仓是在挖苦、抨击他。他羞得急忙钻进家。

“黑猫”与“黄猫”

巴拉根仓的媳妇长得很漂亮，算不上是盖世无双的绝代佳人，却也是个名扬四方的俊秀女子。常言说：“花香招蜂蝶，人美惹风波。”巴拉根仓的媳妇只因长得美，引出了一段故事。

巴拉根仓家的北头，住着一位满脸大胡子的图斯拉格其[1]；南头，住着一位留着细长胡子的大喇嘛。别看图斯拉格其和大喇嘛都是年过半百的老头子，这两个不要脸的老东西，却对巴拉根仓的媳妇起了坏心。不是今天这个跑来，花言巧语地卖弄风情，就是明天那个溜来，东拉西扯地纠缠不休。巴拉根仓的媳妇被这两个老东西缠得又讨厌又气愤。后来，她索性就把两个老色鬼纠缠的事告诉了巴拉根仓。巴拉根仓听罢，便给他老婆出了个惩治他们的好主意：“如果肥头黑牲口和偏头黄野种[2]再来纠缠，你就告诉他们……”第二天早晨，巴拉根仓骑上马大摇大摆地进城去了。

留着细长胡子的大喇嘛一听说巴拉根仓进了城，就坐不住了。他捻着稀稀拉

[1] 图斯拉格其：蒙古语，旗王爷的协理。

[2] 黑牲口、黄野种：蒙古人通常把喇嘛教称作黄教，而把未当喇嘛的一般男子叫作哈拉昆，即俗人的意思。这里所用的“黑”、“黄”，以及下文“黑猫”、“黄猫”，是指图斯拉格其和大喇嘛。

拉的几根胡子，笑嘻嘻地串到巴拉根仓家，又来纠缠巴拉根仓的年轻媳妇。巴拉根仓的媳妇按照丈夫告诉的办法，说道："咳！住庙供佛的喇嘛爷，您简直成了离群的犷牛。好吧，就看您的福气了。今儿晚上在我家高粱地里见面吧。等天黑，您先到地南头等着我。我到了地北头像老猫似的叫一声'嘛呜'，您就学着猫崽回叫一声'咪哟'。如果我不再继续叫，那就是我的丈夫回来了，只怨您没福气，您就赶紧溜回去吧！"

留着细长胡子的大喇嘛连连答应："是，是。"高兴地回去了。

没过一会儿，满脸大胡子的图斯拉格其也摇头晃脑地来逗弄巴拉根仓的年轻媳妇。巴拉根仓的媳妇同样按照丈夫告诉的办法，说道："咿！坐在高桌上装模作样的您，原来也是个发了情的野兽哩！好吧，就看您有没有福分了。今儿晚上在我家高粱地里相见吧。待天黑，我到地南头等您。您到了地北头，就学着公猫叫一声'嘛呜'，我就像母猫似的回叫一声'咪哟'。如果我不再继续叫，那只好怨您命不好，因为我丈夫回来了，请您回家去！"

大胡子图斯拉格其急忙答应："好，照办。"他欢天喜地地回家了。

到了晚上，满天乌云，伸手不见掌，眼看就要下雨了。可是，这阴天的黑暗，对于偷偷摸摸干勾当的图斯拉格其和大喇嘛来讲，那可是个再好不过的良机哩！

天刚黑，大喇嘛就撅着他那细长胡子，像一条冬月里起群的公狗，一溜烟往巴拉根仓家高粱地跑去。

这时，图斯拉格其也扬着他那满脸大胡子，像屎壳螂似的轱辘着，奔向巴拉根仓家的高粱地。

不等这两个人赶到巴拉根仓家的高粱地，一阵闷雷，哗哗下起了瓢泼大雨。两个人为了达到多日的心愿，不用说下雨，就是下刀子也不回头。不一会儿，留着细长胡子的大喇嘛来到高粱地南头，被雨淋得像一条落水狗，蹲在地头等待巴拉根仓媳妇的到来。

这时候，大胡子图斯拉格其也来到高粱地北头，像一条寻死尸的饿狼，四肢趴在地上，扯开他那大嗓门学着老公猫哑声粗气地叫了一声“嘛呜”。

蹲在地南头竖着两个耳朵等候的大喇嘛，一听见大猫叫声，高兴得用四肢朝地北头爬去，亮开他那诵经练就的响亮声调，尖声细气地叫了一声“咪哟”。

图斯拉格其一听到母猫的回声，心想：天神啊！我的心肝哟！今天你可算到我手里了。他兴奋得连叫两声“嘛呜嘛呜”，急忙顺着高粱地垄沟向前爬去。

大喇嘛听到叫声，心想：佛爷啊！今儿晚上可把美人送到我怀里了。他便欢欢喜喜地连叫两声“咪哟咪哟”，顺着高粱地垄沟向前爬去。

两个人在那哗哗淌水的垄沟里迎面爬着，刚看见彼此的身影，就急不可耐地站起来向前冲去，一下子搂住对方，你啃我，我咬你，互相亲开嘴了。哪想到，图斯拉格其的大胡子让大喇嘛啃了一嘴乱毛，大喇嘛的细长胡子也扎进图斯拉格其的鼻孔里，直打喷嚏。

“你……你……”

“你……你……”

两个人大吃一惊，正要互相责问，“呼隆隆咣”，一道闪电照得田野雪亮，这一下两个人都认出对方。

“呸！你怎么跑到这儿来了？”

“啊嚏！你来这儿干什么？”

他俩正要吵闹时，巴拉根仓突然从高粱地里冲了出来，大喝一声：“谁？”

一见来人了，“黑猫”和“黄猫”彼此分开，撒腿就逃。

“喂！地里进贼了，捉贼呀！你们往哪儿跑！”巴拉根仓骑着大马，抡起马鞭边追边打，把“黑猫”和“黄描”打个痛快，把他们都赶跑了。

自找没趣

六月天，地蒸日烤，热得人喘不过气来。巴拉根仓把放牧的牛群赶到一个水草丰美的地带，想回家喝点茶歇息一会儿。他骑马赶了十多里路，口渴得十分难受，催马来到喇嘛庙前的井台。他正要喝水的时候，庙里的堪布[1]喇嘛，头上戴着花六十两银子买来的金丝纱帽，两手抱着他那最心爱的水晶宝石瓶来井台打水。

“嗬，是巴拉根仓啊！你慌慌张张跑得满头大汗，干什么去呀？”堪布喇嘛斜眼看着巴拉根仓。

“大喇嘛爷，您好。”巴拉根仓向堪布喇嘛问了个好，继续喝他的水。

“巴拉根仓，”堪布喇嘛嘲讽地说，“人们都称赞你有本事，不但机灵聪明，还会撒谎捉弄人。百闻虚，眼见实。你如果真有这种本事，现在就骗我一次。要能骗成，我才信服你真有本事和才智。”

“唉呀呀，”巴拉根仓猛地挺身站起，生气地说，“都说出家人心慈性善，现在是什么时候还开玩笑。您没看见天上起了大荒火，眼看人畜都要烤死了。我正忙着喊人打荒火呢，哪有闲空和您撒谎玩！”

---

[1] 堪布：原为藏传佛教中主持受戒者的称号。后来，只要是深通经典的喇嘛，是寺院或扎仓的主持者，皆称堪布。

大胖喇嘛一听天上起了荒火，吓得面容失色，说："哎呀，真的？"他急忙抬头看，没成想用劲过猛，凉纱帽掉进了井旁泥泞里。堪布喇嘛急忙伸手去拿，慌忙中"啪啦"一下把宝石瓶掉在石头上摔得粉碎。

"哎！完啦，完啦！我的宝石瓶啊！"他心痛地哭喊着，跺着脚，用拳头捶打开胸脯，不成想心里着急，用劲过大，又把揣在怀里的大玛瑙鼻烟壶也给捶烂了。

巴拉根仓看着堪布喇嘛发疯似的可怜相，哈哈大笑道："聪明的喇嘛爷，您念了这么多年的佛经，读到过哪本经书写着天上还能着荒火呢？"

堪布喇嘛被问得羞愧难饰，哑口无言。

巴拉根仓跨上马，回头说："喇嘛爷，您这是自己扬土迷自己眼啊！"说着，他一溜烟飞驰而去。

献给权贵们的祝词

从前，有个名叫巴德尔呼的诺颜。巴德尔呼诺颜有个癖好，每年要举行几次聚宴，拿搜刮来的酒肉摆宴，招待那些远近的豪门权贵们，以此消遣作乐。

在他举行聚宴时，不用说让穷人入席，就是从他家门前走过都不准。一天，巴拉根仓听说巴德尔呼诺颜又举行聚宴，便穿上破袍，骑着瘦马，来到他家，想亲身体验一下诺颜如何赶穷人。

巴拉根仓走进正在举行宴会的蒙古包一看，嚇！满屋坐着高官权贵。巴拉根仓挤了进去，站在西南角。巴德尔呼诺颜一眼就看见了巴拉根仓，立即叫道："从哪里钻进来这么个破衣短衫的怪物，在我们上层富人中间乱挤？"

"说的是！"一个驼背、黄脸的胖妇人附和着说。看样子她可能是诺颜哈腾[1]。

这时，坐在首席位置上的大个子喇嘛开了言："他们是给了脸就往你头顶上爬的穷鬼，把他赶出去！"

"嗨！" 像是个店铺掌柜模样的人接着喊道，"你来干什么？想吃酒？真是

[1] 哈腾：蒙古语，是帝王、贵族、官吏及富人们的夫人的尊称。

不自量力！把这个血葫芦脑袋货推出去！”

巴拉根仓听了这些恶言烂语，气得血直往上涌。不过，巴拉根仓压住了火，心里想：是胜是败走着瞧，尽管蒙古草原落入了你们这帮皇亲贵族手里，遭受磨难，但终归有一天，百姓会自已当家做主的！

这时，有人手捧旺旦哈达[1]和奶酒走了进来，向贵宾们从头到尾挨个敬酒，并请求他们献祝词。可是，满屋权贵们就知道喝酒吃肉，没有一个接受奶酒、哈达、祝词。当敬酒者端着哈达、奶酒要退出时，一位歌手模样的老人指着巴拉根仓说道：“先别走。叫这个孩子唱一段祝词怎么样？”

“不行！”巴德尔呼诺颜挥手说，“在我们贵人的聚宴上，让这么一个穷光蛋献祝词，实在有损体面。”

“这有什么！虽然他穿戴很破烂，但是人聪明善讲嘛！草原上的名歌手，哪个不是穷人。就叫他说说看吧！”老人坚持说。

“好吧。”巴德尔呼诺颜被说服了，便让步，“如果你会说几句什么，那就唱上一段吉利的词吧！”

“或多或少，给他掌上放点什么吧！”老汉又提议，“据说唱祝词、吟赞诗的人手中没有东西，就像说好来宝没有四胡一样，引不出诗句来呢！”

尺把长的散白[2]上放着个小木盅，是破碗好盅分不清。碗底是有一点清淡液体，是酒浆还是凉水分不明。人们把哈达和碗递到巴拉根仓手中。

巴拉根仓接过哈达和碗正在想唱什么好呢，呼啦啦，有不少人挤进了蒙古包。

“喂，小伙子，你就给巴德尔呼诺颜的夫人唱一段赞美词好哩！”

“对！对！至于怎么赞颂，做歌手的自己会知道的，你就唱吧！”

人们你一言我一语地议论起来。巴拉根仓听着这些话，再次仔细端详了一番

---

[1] 旺旦哈达：一种带有圆形图案，质地较好的丝制哈达。

[2] 散白：一种织得粗疏，涂有白粉，质地较差的哈达，长一般只有半尺。

哈腾，她是挺着个大肚子，驼背，蜡黄脸，细眼睛的女人。巴拉根仓灵机一动就开口唱起来：

啊！诺颜大人的贵夫人，
脸面秀丽犹如花朵，
聪明伶俐超众无比，
身材袅娜恰似杨柳，
细腰挺胸健美俊秀——

“住嘴！”巴拉根仓刚开口赞美几句夫人，巴德尔呼诺颜跳了起来，咆哮道，“我知道我老婆长得丑，也明白她愚笨迟钝。她弯腰驼背看得清，肥胖大肚也明摆着，你为何指东道西地讽刺挖苦？”

“尊敬的诺颜大人，那么我该怎样赞美才是？”巴拉根仓故意问。

“我不知道怎么赞美。不过，歌手唱歌，应当是看见什么就照实唱才是！”巴德尔呼诺颜被问得说不出所以然，就这么搪塞巴拉根仓两句。

“说得对！”

“赞美什么，就按她的面貌如实讲才对。”

人们纷纷表示赞同诺颜说的话。

“不过，我若是真的把所见事物都按照诺颜的旨意照实唱，您准许吗？我方才唱的赞词，对您的哈腾来讲，也许过分了一点……”

“就照实说吧！”

“就按照实情唱吧！”

人们又吵吵嚷嚷地说道。

“照实说总比胡讲乱唱好嘛！”巴德尔呼诺颜见众人都附和着他，越发显得自命不凡了。

巴拉根仓放开嗓门唱起来：

啊！诺颜大人的贵夫人，
躺在床上犹如装毛的口袋，
坐在垫上好似一堆软棉花，
肥胖得像一只秋天的旱獭，
走起路来活像个林中熊瞎，
鸡胸脯，麻杆腿，
脸色苍白涂了一层蜡，
滚圆的脑袋好似吹起的尿泡，
说起话来嘶嘶哇哇像秃鼻乌鸦。
但愿贵夫人继续发富，
油膘要超过催肥的猪。
但愿——

“住嘴！”巴德尔呼诺颜听了巴拉根仓照实唱的祝词，气得脸都发青了，咬牙切齿地吼道，“你可真是个照实赞美的人哩！好啊！那么你现在就看看这些在坐的贵宾，针对每个人的职业、身份和特征，就像刚才赞美我老婆那样，照实颂唱一番。待你唱完祝词，定会给你应得的奖赏！”

巴拉根仓听出他话里有话，没安好心，心里想：你想利用众权贵来整我呀。一个是骂，一群也是骂，有何了不起！管他呢，反正多不过挨一顿鞋底。与其不讲话挨揍，倒不如通通快快地臭骂他们一顿，出出气。巴拉根仓便对诺颜说：“遵命，我按照诺颜的吩咐照实赞美就是了。”说罢，巴拉根仓向坐在巨大蒙古包里的权贵们扫了一眼，嚇！有人挥刀吞食着肥羊尾，有人拿着整块骨头像狗似的撕啃着，有人举碗仰脖子往嘴里倒着奶酒，有人喝得面红耳赤，有人醉得直摇晃……一看他们身份，有皇亲、王公、贵族、胡图格图[1]、活佛、占卜者、跳神者、巫师[2]、杜勒代齐[3]、巴达尔钦[4]、富商、高利贷者、掌柜、使臣……却不见一个平民百姓。

看着这帮寄生虫，巴拉根仓不由得义愤填膺，就放声唱起来：

坐在正位高座上，
是一群残暴成性的魔鬼。
有用巴灵[5]糊弄人的骗子，
有索取供品施物的秃头驴，
有贪得无厌的吸血壁虱，
有诡计多端的阴谋家，
有愚弄老少骗钱谋财的巫师。

坐在东北角的一伙里，
魑魅魍魉样样齐备。
有翻脸不认人的衙门官吏，
有拿针尖刺人的狠心巫医，
有胡言乱语咒诅人的佛门弟子，
有不远千里来投机的商贩子，
有昏庸度日的废物台吉，
有制造谎言坑害良民的密探，

---

[1] 胡图格图：蒙古语，清朝政府给喇嘛教中有势力和地位的活佛的封号。

[2] 巫师：这里专指萨满教中以宗教活动为职业的人，蒙古语称“勃”。

[3] 杜勒代齐：蒙古语，意为摇锡杖者，是指随身携带九环锡杖，漫游草原传播佛教的托钵僧。

[4] 巴达尔钦：蒙古语，托钵僧。

[5] 巴灵：梵语借词，用米、面等做的贡品，或做替身用的神鬼形象。

有铁嘴钢牙的强盗土匪，
有滚在油上的富人子弟，
有剥削成性的吝啬鬼，
有蛮横作孽的暴君协理，
有银虫、玉蛆和官迷，
有抢占民女的畜生恶驴，
有欺压百姓的王公贝子，
有挥鞭打人的打手章京，
有高利盘剥的旅蒙奸商，
有淫荡虚伪的巴达尔钦，
有传播瘟疫的梅毒媒[1]，
有不显神灵的活佛堪布，
有蹂躏穷人的白音牧主，
有矫揉造作的哈腾妖妇，
有仗势欺人的官府走狗，
有阿谀献媚的拍马屁货，
有贪婪无度的台吉贵族，
有看衣饰待人的虚伪君子，
有追求地位的爬虫官迷，
有装扮神佛的喇嘛秃头，
有行贿枉法的罪犯恶棍，
有大腹便便的商号掌柜。

[1] 梅毒媒：指放荡的喇嘛。旧时，他们是在草原上传播梅毒病的主要祸根，故民间如此称呼他们。

遵照诺颜大人的旨意，
依据碗中酒浆的滋味，
量着散白的尺寸，
针对诸位身份的高低，
本人做了如此称颂赞美，
但不知合不合你们口胃。

祝愿你们的不义之财兴旺，
如同正月初一的月亮；
祝愿你们聚集的财宝茂盛，
如同毒疖子成熟浓血齐淌；
祝愿你们金帐毡包宽敞，
如同山沟里的窝棚四面透光；
祝愿你们官位高升权势大，
如同沙滩上建起的楼宇。

祝愿你们发财致富，
除了骑乘没有别的马；
放牧的草场不过十里宽，
煮饭的烧柴只有马粪蛋；
挤下的牛奶不满一碗，
炼出的奶酪犹如火柴匣；
好吃懒做得馋贪病，
好逸恶劳变得更小气；
刮风天里不讨灭，

拿着月亮光当明灯；
穷人面前没有威风，
社交官场上不占分量；
立灶煮饭缺米少面，
换季更衣只有一身；
串门亲友日渐减少，
债主恶棍逐年增多；
靠山落营不敢见人，
常年累月逃债不停；
流浪草原当乞丐，
套旱獭，捕草鼠，
放空枪，伤透心，
无骑乘，捶胸口，
喝山茶，啃酸酪，
捡残骸，煮头蹄，
避熟人，躲孩童，
为了明天省今日，
为了日后勒裤带。
但愿你们像我这般，
变成草原上的穷流浪汉，
挨饿受冻年复一年，
吃尽人间苦辣和辛酸。

满屋的权贵们听了巴拉根仓的祝词，一齐站起来，向他冲来，叫唤开了：

“打死这个恶言伤人的穷鬼！”

“对！处死他！”

“诸位，我是遵照主人的旨意照实唱罢了，你们大伙也是赞同的呀！”巴拉根仓说。

众权贵一听此言，全哑口无言了。

斗额木呼勒代[1]诺颜

在场院过夜

从前，有个叫额木呼勒代的诺颜。这位诺颜秉性极坏，平素有谁触怒了他，轻者遭一顿毒打，重者掉脑袋。他财资万贯，牛羊成群，可是他特别吝啬。

有一年，巴拉根仓到额木呼勒代诺颜家做工。到了年底，他想算完账拿上一年的工钱，回家跟老婆孩子过个痛快年。谁知，额木呼勒代诺颜为了吞掉他的工钱，想出个毒计，准备害死他。

这天，巴拉根仓走进诺颜的屋子问："快过年了，您给我结账吧！"

"结账好说，咱们俩先打个赌吧！"诺颜眯缝着眼睛佯笑着说。

巴拉根仓一听老家伙要打赌，就知道他没怀好意，便问："打什么赌？"

"你穿上单衫能在场院上过一夜，我就在你一年的工钱上再加一百两银子；要是过不了夜逃走了，你一年的工钱全部归我不说，还要抽你一百鞭子！"

[1] 额木呼勒代：蒙古语，好吞食者。

巴拉根仓沉思了一会儿说："打赌可以，可空口无凭不行。您请您的证人，我找我的保人，得立个状。"

额木呼勒代诺颜见巴拉根仓答应打赌，心里暗暗高兴，以为巴拉根仓上了他的圈套。

于是，二人各自找了证人，并当众立了状。

日头一落，巴拉根仓在众人面前换上单衣单裤就到诺颜的场院过夜去了。伙伴们都为他捏一把汗，在这寒冬腊月，别说单衣，就是穿上皮袄在场院过夜也受不了啊！可是，额木呼勒代诺颜恨不得巴拉根仓赶快冻死。巴拉根仓一进场院，他就叫来几个年轻力壮的家丁，命令道："今夜，你们要好好守住场院，要是巴拉根仓从里面跑出来，就给我打死。"

第二天，诺颜起了个大早，叫来下夜的家丁问："巴拉根仓出来没有？"

"没有。"一个小头目回答。

"这小子肯定冻死了。你们把他的尸体扔到西山脚下喂狼好啦！"

去抬尸体的家丁不一会儿跑了回来，上气不接下气地说："诺颜啊，巴拉根仓那小子没冻死，正在睡觉，浑身还冒汗呢！"

诺颜哪肯相信，说："你们准是没看清楚。"说罢，他亲自赶到场院，看见巴拉根仓果然躺在柳条耙上枕着一块石头磙子，正在打呼噜哩！诺颜和众人看罢都惊呆了。

原来，入夜后，巴拉根仓冻得难受，就拉起石磙子在场院上一个劲儿地跑，等跑到浑身发暖，就钻进谷垛里躺一会儿。就这样，他拉一气磙子，躺一会儿，熬到太阳露了头，他才躺在柳条耙上假装睡觉。

巴拉根仓见额木呼勒代诺颜和众人来了，伸了个懒腰，揉揉眼睛说："大家都睡得好吗？"他爬起来，走到额木呼勒代诺颜眼前说，"保人、证人都在，就请诺颜按立的状子办吧！"

这个用穷人的肉和血养肥了的吝啬鬼，这次可亏了本。俗话说："毒蛇因自身的毒而发黄，恶人因自己的奸诈而遭殃。”额木呼勒代诺颜无奈，只好付给巴拉根仓一年的工钱外加一百两银子。

宝坛显灵

一天，额木呼勒代诺颜又来收税，百姓们实在没东西可交。一些穷朋难友到巴拉根仓家诉苦：

“额木呼勒代诺颜今天要这税，明天收那租，把我们仅有的钱财、牲畜搜刮得一干二净，这可怎么办呀？”

“有这样的诺颜，我们这些穷人就别想活了！”

巴拉根仓听了众人的诉说，寻思了一会儿，便说：“大伙儿别垂头丧气，别看诺颜的样子很凶，其实是个蠢货！我设法让他把吞下的东西吐出来，分给你们。”

“放入锅里的盐，扔给狗的肉，想收回是不可能了！”

“老弟呀，要想从诺颜手里要回钱财，好比从阎王那里招魂，没门儿，拉倒吧！”众人纷纷劝巴拉根仓。

“大伙不必担心，常言道：‘只要肯用心，可以拿金碗喝水。’”巴拉根仓说完，从一个朋友家里借了个红坛子，骑上马就走了。

巴拉根仓到了野外，揪下几根马尾毛做成套子，套住一个肥大的旱獭。他料定额木呼勒代诺颜回家时要经过这个路口，便坐在一棵大榆树下，剥了旱獭皮，把肉放入红坛里，支起三块石头做火撑子[1]，煮起肉来。到了下午，他就在烧过火的地方挖了个坑，把烧红的石头埋在土里，又把坛子放在上面，等待额木呼勒代诺颜的到来。

[1] 火撑子：火架子。

额木呼勒代诺颜东走西转，收了一天税往回返时，可巧在三岔路口大榆树下碰上了巴拉根仓。他走到跟前一看，巴拉根仓正从坛子里捞着热气腾腾的肉吃哩！诺颜觉得很纳闷，不见火，坛子里的肉却滚开着，便问："你小子又在搞什么鬼名堂？"

巴拉根仓抬起头来，瞅了瞅额木呼勒代诺颜说："我以为是谁呢，原来是诺颜大人！"巴拉根仓指着坛里的肉说，"今天挺走运，打了个旱獭，就在这儿煮熟了。猎物共尝，您也来尝尝吧！"

诺颜下马一看，没有升火，可坛里的肉还冒着热气，便奇怪地问："你没烧火，怎么就弄熟了肉？"

"诺颜大人，您知道它是什么玩意儿吗？不瞒您老人家说，我这是世上无双，不用烧火的宝坛子。想吃点什么，把食物放进里面，再倒入一些水，挖个小坑放在里面，然后嘴里念几遍咒：宝坛宝坛请显灵，福泽吉祥快降临；宝坛宝坛请沸开，肉食米面快煮成。这样一祈祷，坛里的水自然滚开，食物很快就熟了。"

额木呼勒代诺颜细细观看了一会儿，将信将疑地说："你这小子又在骗人，世上哪有不升火就烧开水煮熟饭食的坛子？"

"您看！"巴拉根仓生了气，当下就把坛子拿出来说，"这坑里有火吗？不用说火，连柴也没有啊！"

诺颜蹲下来摸摸土坑，果真没有火，坛子却热得烫手。见此情形，诺颜想：嗯，我要是有这么个宝坛该多好，煮肉的时候又省柴又省事。他不由地又起了贪念，便说："喂，巴拉根仓，要多少钱？"

"这坛子是我的传家宝，不能卖。"巴拉根仓摇摇头。

额木呼勒代诺颜便拉下脸，威胁道："你小子要知好歹。你要是客气一点，可以给些银子买你的；你要是硬顶，翻了脸，那可没你的好！"

巴拉根仓显出无可奈何的样子，搓着手说："法权握在诺颜手里，小民怎敢抗拒呢？好吧，把宝坛卖给您。"

“要多少银子？”

“不必讨价还价了，干脆给这么一坛子就行啦！”

额木呼勒代诺颜一听只要这么一点银子，非常高兴，立即从马背上拿下褡裢，把从老百姓那里搜刮来的银子灌满了坛子，倒在巴拉根仓前襟上，拿起宝坛，骑上马就走了。

巴拉根仓赶回去，把银子分给乡亲们。

额木呼勒代诺颜一回家就拿出宝坛，叫老婆孩子、用人奴仆们观看一番。

事也凑巧，第二天就是这个诺颜的五十大寿。老家伙想借这庆祝大寿的机会，顺便夸耀一下心爱的宝坛。于是，他在家门前小山丘上搭起个大黄帐篷，摆好宴席，邀请了附近的白音、诺颜和活佛们。

这天，当宾客就座以后，额木呼勒代诺颜在大帐正中挖了个小坑，把宝坛安上去，叫人倒入水，放进羊肉，宣布：“当本人五十寿辰之际，各位贵友光临，深表谢意，特用宝坛煮肉酬谢各位。”在坐的贵客们听了他的话，个个惊奇，想看看不升火怎么个煮法。

额木呼勒代诺颜面对宝坛跪下，紧闭双目，合掌祷告道：“宝坛宝坛请显灵，福泽吉祥快降临；宝坛宝坛请沸开，肉食米面快煮成。”他一边念叨，一边不住地磕头祈祷。他念叨一会儿，揭开坛盖看一次。他看了又看，坛里的水就是不沸腾。被邀请来的宾客从中午等到后晌，也不见宝坛显灵。人们饿得实在受不了，就七言八语地发起牢骚来：

“你请我们来，是吃席还是叫饿肚子啊？”

“你就给那宝贝好好磕头吧，我们回家吃饭了！”

人们纷纷走光了。

额木呼勒代这才知道又上了巴拉根仓的当，本想显摆一下自己，反倒出了丑，一气之下把宝坛摔个稀巴烂。

没有水斗的井

乡亲们看到巴拉根仓把宝坛卖给额木呼勒代，要回了搜刮去的银子，都很高兴，可另一方面又担起心来，老家伙吃了那么大的亏，绝不会善罢甘休。乡亲们来劝巴拉根仓："额木呼勒代诺颜上了两次当，迟早要来报复，你还是搬到别处去躲一躲吧！"

巴拉根仓觉得也有道理，与其硬挺着吃亏，不如避开他。他离开世世代代居住的大草原，搬到了沙浪起伏的沙窝子里躲藏起来。大伙说的真灵，额木呼勒代诺颜当众丢了丑，对巴拉根仓恨之入骨，下决心处死他。

一天，老家伙气呼呼地来到巴拉根仓家住的地方一看，什么也没有了，向左邻右舍一打听，谁也说不知道。诺颜心想：这小子躲到哪里去了呢？他急忙回家，派人四处打听，终于探听到了巴拉根仓的去向。额木呼勒代诺颜便骑上马找巴拉根仓去了。

恶人自讨苦吃，蝙蝠被日晒死。黑心肠的额木呼勒代一走进茫茫大沙漠，便转向了。他走呀走呀，走了一整天，也没有走出无边无际的大沙漠。正是三伏天，烈日头顶烤，明沙脚下燎，弄得黑心肠的诺颜口干舌燥，浑身冒汗，饥渴交加，实在难熬。他爬上沙梁东瞭西望，方圆几十里不见人烟；跑上沙丘东寻西找，四周沙丘层层，连个小溪、水泡子也看不见。他渴得嗓子冒烟，连气也喘不上来，眼看就要渴死在无边沙漠里，越发焦急，就拼命挣扎着寻找人家。走了一会儿，诺颜瞭见了一个在沙丘顶上割柳条的人。老家伙便兴冲冲地奔到跟前，一看，哟！真是冤家路窄，偏巧又碰上了巴拉根仓。额木呼勒代一见巴拉根仓就想撕碎他，可是，此刻他不用说跟别人撕打，连命都顾不上呢，转念一想，不如先叫他弄点水喝，解解渴再收拾他。他装出十分温和亲热的样子说："巴拉根仓老弟，你好啊！"

"好不好，与您有何相干？"巴拉根仓没好气地顶了他一句。

“好歹我们是老交情啊！你怎么跑到这儿来了？老哥我赶了一天路，快渴死了！行行好，附近有井没有？”

巴拉根仓瞅了瞅额木呼勒代诺颜，抿嘴笑了笑说：“我家就在这东沙梁下面，在我家旁边就有一口清水井，跟我来吧。”

“常言道：‘有来则有往，有骨则有筋。’巴拉根仓老弟，过去的事就别提啦，对你的好处，日后我报答就是了。”额木呼勒代表面上装出一副没事的样子，跟着巴拉根仓。

其实，巴拉根仓一见额木呼勒代就知道来者不善，但是表面上装作若无其事的模样。

两人一前一后绕过沙丘，翻过沙梁，穿过柳丛，不一会儿就到了用茅草搭起的窝棚前。巴拉根仓说：“这就是我的住处，可家里没水喝，想喝水得到水井去打。”他又看了看诺颜的马说道，“去水井的小路上尽是泥泞，不能骑马，最好是步行，您看如何？”

额木呼勒代诺颜一心想着弄水喝，哪顾得上考虑别的，马上答应：“行，行！”他把马拴在窝棚前面的小桩上，然后紧跟在巴拉根仓后面。

他们爬丘下坡，越梁过沙，又不知走了多少路，才来到一口井边。

巴拉根仓对诺颜说：“井就在这里，请您痛痛快快地喝吧！”

额木呼勒代诺颜一见水井，就欢喜异常，急忙左右寻找，问道：“水斗呢？”

“咦！”巴拉根仓突然想起了什么似的说，“啊呀！我光顾跟您说话啦，忘了拿水斗了。走，我们回去取水斗吧！”

本来转了向，赶了一天路，又累又渴的额木呼勒代又步行了半天，连气都喘不上来呢，一听没有水斗喝不上水，一下子就瘫在那里动不了啦！他哭丧着脸哀求道：“我……我……实在走不动了，你……你快去取来吧！”他摆着手用微弱的声音说，“老……弟呀，我……渴……死了！快……快……”

“好吧！”巴拉根仓答应道，“请诺颜忍耐一下，小民我速去速回！”说罢，巴拉根仓从原路返回。

额木呼勒代诺颜趴在井口，一直等到太阳下山，也不见巴拉根仓的影子。原来，巴拉根仓回到窝棚，骑上诺颜的马漫游草原去了。

等到天黑，额木呼勒代诺颜才醒悟过来，又上当了，心里一气，两眼一黑，就昏倒在井旁。

两只靴子和一头羊

巴拉根仓骑走额木呼勒代诺颜的马，在草原上流浪。当他听到老家伙没有渴死，被人救了，就时时提防他暗算报复。一天，巴拉根仓来到一户贫苦牧人家。只见一位白发苍苍的老人，满面愁容，心事重重地坐在那里叹气。巴拉根仓向前请安道：“老阿爸，您为什么愁眉苦脸？是身子骨不舒服，还是出了什么事？”

“咳！”白发老汉长叹一声说，“如今这个世道，像我这样孤苦伶仃的穷老头儿哪有顺心事啊！孩子啊，我们这儿的额木呼勒代诺颜，你没见过他，也许听说过吧！”

巴拉根仓答道：“是不是那个见了生在肉里的蛆就想往嘴里捡，看见粘在皮上的肉就想去舔的额木呼勒代呀？”

“是呀！就是那个吃人肉、喝人血的额木呼勒代。先前，我们这一带的牧人谁家都有二十来头牲畜。可是，他今天抽一头，明天赶两头，结果牲畜全被他搜刮光了。他刚刚又把我送葬用的一只羊也拉走了。我老伴舍不得羊，就去苦苦哀求他，求他留下这只羊，可狠心的诺颜却把我老伴儿一脚踢倒就走了。如今我们老两口一点活路都没有了！”没等老人说完，老伴儿又边哭边说：“唉！青天在上，据说文殊菩萨长着千只眼，可菩萨怎么不搭救搭救我们呢？”

巴拉根仓听完二位老人的不幸遭遇，对于额木呼勒代诺颜的蛮横行为非常愤怒，气愤地说：“阿爸，额吉，别伤心了，埋怨老天和佛爷也没有用，我们还是想法子把羊要回来吧！”

“唉，算了吧，孩子，别惹额木呼勒代诺颜啦！谁要惹了他，那不是拿自己的脑袋玩命嘛。为一只羊去惹诺颜，犯不上啊！”老两口极力劝阻道。

巴拉根仓站起来，对二位老人说：“不要怕，我这就要羊去！”说罢，他气冲冲地追赶额木呼勒代诺颜去了。

巴拉根仓跑上山岗，放眼眺望，只见老家伙牵着羊正在前面草滩里走呢！他绕过额木呼勒代诺颜，走小路，跑到诺颜的前面。他脱下一只靴子，涂上泥巴，扔在路上，继续赶路。走到河边一棵大树下，他又脱下另一只靴子，坐在额木呼勒代诺颜要经过的路旁。然后，他捡来一个羊头，光着脚钻进河湾芦苇丛里藏了起来。

不久，额木呼勒代诺颜牵着羊走过来，可巧，看到巴拉根仓扔下的那只带泥巴的靴子，便捡起来。他翻过来倒过去，看了又看，十分惋惜，说：“多好的一只皮靴啊！为什么全是泥？不过，靴子再好，不成双又有什么用！”

额木呼勒代诺颜把靴子扔掉，又往前赶路。当他走到河边那棵大树下时，看见巴拉根仓丢下的另一只靴子，便喜出望外，拿起来自言自语道：“这只靴子和方才碰上的那只正好是一双嘛！今天可真走运。”

老家伙越想越高兴，就把羊拴在树上，回头找那只靴子。

额木呼勒代诺颜走后，巴拉根仓从芦苇丛里走出来，急忙折下一根长树枝，把羊头插上，立在河水中，回头上岸，解开树下拴羊的绳子，牵进芦苇丛又藏了起来。额木呼勒代诺颜跑回去找到那只靴子，又上气不接下气地返回大树下，一看，羊不见了。老家伙又着急又奇怪，左顾右瞧，不见羊的影子，放耳静听了一会儿，也没个动静。他心里寻思，就这么一会儿工夫，它能跑到哪里呢？他正在发愁时，从河边传来“咩咩”的羊叫声。额木呼勒代诺颜顺着叫声一看，哟！羊儿掉进河里，只露出个头挣扎呢。额木呼勒代诺颜心想：可能羊渴了要喝水，掉进河里出不来了。于是，他走到河边，脱下衣服，下到齐腰深的河水里，一步三晃地向羊走去，好不容易走到羊跟前，伸手正要去抓，一个浪头打来，脑满肠肥的诺颜一下子滑进深水旋涡里，再也没有爬出来。

这时，巴拉根仓从芦苇丛里牵着羊走出来，穿上自己的靴子，拾起额木呼勒代诺颜的衣服，对着滚滚的大河笑着说："诺颜啊，您来世可别干这种坑害百姓的勾当了！"说罢，给两位老人送羊去了。

巧答哈盖诺颜

洞里的糜子

一天，哈盖诺颜突然下了一道紧急命令，叫巴拉根仓马上到台吉府去服劳役。

尽管狗在那里叫，骆驼照样赶它的路。巴拉根仓知道哈盖诺颜是贪得无厌的家伙，叫他去准没有好事，就没理他。隔了一天，没有去，第二天，他也没去，一连过了好几天。最后，他杀死两只大鹌鹑和一只大雁，剥下皮，拿着去台吉府。

“诺颜大人，巴拉根仓向您请安来了！”说着，他把大雁皮子当作见面礼递上去。

哈盖诺颜正在为巴拉根仓迟迟不到而生气呢，又见他送上了个死大雁皮子，更是火上烧油，暴跳如雷，大怒道：“巴拉根仓，你好大的胆子！为何敢违抗本诺颜的命令？难道我向你要过大雁皮子吗？来人，把这个狡猾多端、欺富骗官的答兰胡达勒齐给我拉下去狠狠打，用胡木藤鞭抽断他的大腿筋！”

“请诺颜大人息怒。”巴拉根仓和和气气地说道，“我本想接到您的命令就来，可是一看我那黑骒马肚子扁扁的，就想，尽管春荒时节枯草难寻，还是叫马儿啃点宿草[1]吃饱肚子，连夜赶来拜见您，就把马儿拴上绊子放了。到晚上我去牵那黑骒马，马却跑得无影无踪了。我跑啊，找啊，急出一身冷汗，才找到了黑骒马。可是黑骒马老远看我，甩着尾巴一个劲儿地躲，怎么也不让我牵。它蹦啊，跳呀，逃得很快。我使劲儿喊它，它却越跑越远。我有点奇怪，平时老老实实的马，今天为什么变得这么难捉？

“马在前面跑，我在后面紧追。跑啊，追呀！正在这时，黑骒马的前边出现了一团黑糊糊的东西。是什么呀？我趁着弯月的光凑到跟前时，‘呼’地卷起一股白烟，两只乌鸦‘唰’地一声从我头顶飞了过去。再一看，黑骒马也不见了。就在眼前走着的带绊子马，刹那间怎么就没影了呢？我吓得浑身发软，累得两腿发沉。不过，捉马要紧哪，好赶到府上服役报效呀！于是，我又继续寻找黑骒马。

“这时，我觉着刚才冒白烟的地方离我不远，便放慢脚步，一草一木地仔细寻找，尺把宽的地方都不放过。突然，我觉得脚下的土地忽闪一颤，一条腿被陷进坑里，拔也拔不出来，越拔越陷，好像有什么东西在吸引着我，似乎脚下有个软绵绵的东西在动。是什么东西呢？我伸手顺着大腿往下一摸，嘿！我摸到了黑骒马的脊梁骨，仔细一看周围的地形，原来我那可怜的瘦马掉进了深洞里，只露着个头呢！这荒草野甸子哪儿来的洞呢？是野狼窝，还是一块旧坟坑呢？我越想越慌，心差一点从嘴里跳出来。我心想：管他是什么洞呢，还是赶快把黑骒马从洞里拖出来要紧，好骑上去台吉府呀！于是，我使出全身力气想拔出自己的腿，可就是拔不出来，就这样拔呀，拉呀，拔呀——”

“住口！”哈盖诺颜听得不耐烦了，生气地打断巴拉根仓的话，“你这答兰胡达勒齐骗过我多少次，今天还想再让我上当吗？”

“不，诺颜！”巴拉根仓心平气和地说，“这都是实情。我怎么敢无缘无故在台吉府说谎骗人呢！您还是叫我把话说完，信不信由您。唉，这趟出门，遇到的

[1] 宿草：隔年的枯草。

事情确实多，可是收获也不少啊！”

哈盖诺颜一听收获不少，忙问：“什么收获？”

巴拉根仓见诺颜动心了，接着讲起那天夜里所遇到的怪事：“我拔了一阵腿，没能拔出来，感到奇怪，到底掉进什么洞了呢？我又伸手往下摸，竟摸到了一些碎面状物。是沙子？不像，颗粒比沙子粗；是碎石头？也不像，既不硬，也没棱角。于是，我抓上一把拿出来看，哎呀呀，原来坑里全是干花花一色儿没有碾的糜子。我心里一高兴，顿时觉得浑身是劲儿，身上的困乏也消了。

“我想弄清洞里有多少糜子，就钻进坑里摸。哟！向前摸呀，摸呀……前后左右全是糜子，摸了半天也没有摸到头。我又返回方才掉进坑里的洞口看，黑骒马正在那里‘呵波呵波’地吃着糜子呢！我想把马拖出去，谁料想黑骒马吃得大肚溜圆，站也站不起来了。平素不备囊，得财无处装。这么多的糜子，我可怎么处置，又怎么把黑骒马拉出这坑呢？又一想，凭我巴拉根仓哪有这运气，是托诺颜的福，我才掉进这糜子坑里，应该把它献给您才对。”

哈盖诺颜越听越高兴。巴拉根仓喘口气又接着说：“我爬呀爬，费了很大气力才出了糜子洞。我跑到家拿上火铲，挖出黑骒马，然后又用土把洞口埋住，在附近堆了几个土包留作记号才回家。到家时，已经快天亮了——”

“那么第二天你怎么没来？”哈盖诺颜没有好气地打断巴拉根仓的话，着急地问。

“唉！”巴拉根仓说，“谁知第二天又发生了一件预想不到的事。”

“别啰嗦，快讲！”

“您别急呀，诺颜大人！”

鹌鹑和大雁

巴拉根仓不慌不忙地接着讲述第二天的遭遇——

“人活着真不一定遇上什么怪事呢！说起来，这事儿真叫人百思不解。因为追马掉入糜子坑，挖马，又埋洞口……整整忙活了一夜。我又累又饿，困得眼皮都抬不起来了。可是，诺颜的命令要紧呀！

“我想烧点茶喝了赶紧上路吧！我把马拴好，进蒙古包一看，家里没有一点柴火，又出去捡牛粪。这时，天刚蒙蒙亮，影影绰绰能看清路了。我爬上丘岗，走豁谷，好不容易才捡满了一衣襟干牛粪。回到蒙古包，我往火撑子前一倒，啊呀！不知怎么回事，只听得‘噗哧啪喳’一阵响，全飞起来了！这一飞不要紧，满屋腾起团团烟雾！”

“怎么全飞起来了？”哈盖诺颜听着，也感到奇怪。

“我也弄不清是怎么回事。那些东西在蒙古包里横冲直撞，弄得满屋子灰尘，迷得我两眼难睁，呛得气都喘不出来。我一着急，摸黑抄起火剪乱打了一气，可是什么也没有打着。过了不一会儿，那些东西从天窗和门缝飞走了，其中有两个撞在道特高[1]上死了。我没有顾得上看是什么东西，就揣在怀囊里给诺颜送来了。”说着，巴拉根仓从怀里掏出两个毛茸茸的东西来，送给哈盖诺颜。

诺颜接过去，眯着他那对近视眼一看，原来是两只鹌鹑，心疼得连连叹息：“多可惜呀，多可惜！鹌鹑可真不少啊，可以肥肥地炖上一大锅。唉，你呀，一点也不细心、沉着，把弄到手的好东西白白丢掉了！”

哈盖诺颜教训了一顿巴拉根仓。巴拉根仓见诺颜被自己讲的故事吸引住了，气也不像刚才那样粗了，接着又说：“谁说不是哩，我也后悔得要命啊！这时，天已经大亮了，得赶紧到诺颜府上报到呀！于是，我不顾自己又累又饿，急忙背上猎枪，骑上黑骒马启程了。

“来到洪格尔敖包下的渡口，刚要过河，河对岸飞来一群大雁。这大雁多得遮天盖地，黑压压一大片。我心想，尽管我丢掉了拾来的鹌鹑，可不能丢掉这个机

[1] 道特高：蒙古语，蒙古包门上横额木上边的接缝处。

会，赶紧打一些大雁送给哈盖诺颜吧！于是，我摘下猎枪，装好火药和沙子，朝着大雁最密的地方一勾，没打响。我扳开击火拴一看，原来接火孔被堵住了。我折一根芨芨，捅开接火孔，重新放进引火药。正在这时，一群大雁紧贴着我头顶掠过去。我来不及打枪，就急中生智，嘴里喊道：'看哈盖诺颜的口福吧！'从口袋里抓了一把铁砂，朝雁群打去。

"说也奇怪，到底是诺颜大人有福气呀！许多大雁被我打死打伤，又都朝诺颜家的方向纷纷落地，铺了好大一片。我高兴得下马去捡大雁，一看，每只大雁的脖子上都有一颗铁砂。

"这意外的收获怎么能丢掉呢？捡呀，拾呀，从早到晚，我整整捡了一天。我想把射死的大雁驮来，可雁太多了，黑骒马驮不动。因为我足足捡了一天大雁，又累又饿，实在是走不动了。那么多大雁，拿来吧，驮不动；丢在野甸上吧，又怕饿狼、金雕来吃掉。我实在没办法，就在洪格尔敖包南坡挖了个大坑，把大雁埋在里面。不过，我想最先捡到的这只大公雁应该献给诺颜大人。作为野味的德吉[1]，我用活泉水洗净，剥下皮带来了，望请诺颜收下！"说着，巴拉根仓把大雁皮呈上去。

哈盖诺颜听巴拉根仓说得有道理，接过大雁皮，问："噢，第二天捡大雁耽搁了，那么第三天为什么不来见我？"

"唉！诺颜大人，"巴拉根仓低着头解释道，"我方才不是对诺颜说了，一路上接二连三遇到了稀奇古怪的事嘛。"

"又遇上什么了？快点说！"哈盖诺颜不耐烦地问。

奇怪的刺猬

巴拉根仓接着讲起第三天的奇遇——

---

[1] 德吉：蒙古语，即将食物中第一个（如第一碗饭、第一盅酒，首次所获猎物等等）献给神，以示尊敬的风俗。

“那天晚上，我只好在洪格尔敖包上吃着干炒米过夜了。独自一人躺在草原上，望着满天星斗，心想：明天我该怎么把这些大雁送到诺颜府上呢？我想着想着，迷迷糊糊地入睡了。

“第二天，天刚蒙蒙亮，我醒来就骑上黑骒马回家。我到家放开马儿，又套上那辆吱吱呀呀乱响的破牛车，准备上洪格尔敖包，去把埋在地下的大雁拉到诺颜府上来，忽然，又想起前一天夜里埋好的糜子。于是，我把牛车拴在蒙古包外的桩子上，又牵来黑骒马，没有鞴马就骑上，大颠小跑地赶到糜子坑旁，一看，做记号的几个土堆原封未动，埋住的洞口也不见有人动过的痕迹，这才放了心，左左右右转了两圈就往回走。

“我翻过丘岭，驰过草滩，快要到家时，远远看见顺着大路前行的从我家后边往西去的一长串勒勒车。看样子，好像是移场搬家的人们，车上装着蒙古包和干草。在这些车后边，有一辆没人赶的空牛车扬起烟尘，跑得可欢哩！我有点奇怪，这辆车怎么没人赶呢？我走到自己蒙古包前一看，才知道，原来是我那头没有套过几次车的四岁犍牛，弄断了缰绳，跟着那队车跑了。我急忙鞴上马去追赶牛车。可是，牛车已经走得无影无踪了。我穿过西南大草滩，爬上南岗一看，什么也不见；又翻越南岗，跨过沙岭，登上峰顶，只见哈盖滩的边缘上有一长串牛车在慢慢蠕动，我那辆破车被扔在前边不远的地方。小犍牛跟着搬家的车队走了。

“我快马加鞭向前追去，可是，越接近那一长串搬迁的勒勒车，越觉得不对劲儿。那个装干草、货物的车黑糊糊一团，分不清车辕和车架，看不明役畜和轱辘。这车怎么这么怪，到底是怎么回事？我细一查看，走过的路上连车辙都没留下，牲口脚印周围全是水。再往前走，水印变成了泥泞，最后变成了一长条稀泥沟。我的小犍牛被陷在泥泞里。

“当我快要走到小犍牛跟前的时候，那一长串勒勒车最后的一辆，忽然调过头直奔小犍牛走来。我急忙催马冲到跟前，一看，哪里是移场搬迁的勒勒车哟，原来是刚刚从冬眠洞里爬出来的一群刺猬在搬家哩！哎呀！这么大个儿的刺猬，不用说看见，我连听都没有听说过。不用讲个头有多大，身上的每根硬毛根就有马蹄子粗，尖刺像拉草用的缆棍。那路上的水印是怎么回事呢？原来是因为天气炎热，那群肥刺猬跑热了，流下的汗汇成了一道深深的泥沼沟。

“前头的刺猬看见我的小犍牛陷在泥泞里走不动了，回过头来咬住它的头就拖开了。小犍牛‘哞哞’直叫，刺猬把它从泥泞里拖出来，叼上就走。我一看不妙，催马急上，抡起带三道银箍的铜尖布鲁[1]，照准刺猬的獠牙使劲猛打几下。也许刺猬被打痛了，‘呼哧哈哧’地躲避，把小犍牛放开了。我趁机拔出腰刀向它那对黑罐子似的眼睛直刺过去。那东西大概真痛了，像雷鸣般大吼一声，抖了抖脑袋，蜷缩着身子变成一团，滚动几下，便安静了。

“我顾不得那刺猬是死是活，转身把昏倒在烂泥中的小犍牛拖了出来，牵着黑骒马，赶着牛，往家走去。人心里的想法，牲口是不知道的。我急着要到诺颜府来，可是小犍牛偏偏和我找麻烦，它慢慢腾腾地老半天才迈一步，一摇一晃，压根儿不着急。我就这样慢慢地赶着牛往回走，走着走着，日头落了西山。没办法，当天晚上我又露宿在沙窝子里。

“第二天早晨，我起来一看，哈盖滩变成了一片水地，那群刺猬不知都钻到什么地方去了，只有被我捅了几刀的那只刺猬还待在原地。这么一来，我就难住了，是把牛赶回家，还是去看看那窑麋子呢？那埋在洪格尔敖包上的那堆大雁又该如何处理呢？眼前这个趴在哈盖滩里的大刺猬又该怎么办？我怎么把这些东西送到诺颜府上呢？若是忙乎着搬运麋子、大雁和刺猬，又不能如期到诺颜府上来，真是左右为难啊！我想，最要紧的还是不能丢掉这些东西，通通送到台吉府上来。于是，我每天都要去各处看一下，弄得我一点空闲也没有。

“唉！穷人的难处比草木还多哪！一下得到了这么多的东西，事情就更难了。如果车子不坏，小犍牛不被刺猬咬伤，那我一定不分白天黑夜地把这些东西给

[1] 布鲁：蒙古语，牧民狩猎用的猎具，用弯形木制作而成，用它来抛击猎物。

诺颜拉来。现在要叫我拉来，没有两辆牛车是办不到的。诺颜大人，您生气也好，惩罚也好，我都心甘情愿接受。因为诺颜每生一次气，我就会交一次好运。今年一开春，遵诺颜之命，来府的路上就遇到这么多好事，就是因为去年冬天为丢马一事使诺颜生了气，挨了一顿打的缘故呀！

“今年过大年的时候，我曾找哈盖庙的堪布喇嘛卜卦，算过一次命。活佛说：‘答兰胡达勒齐，虽说你生来就是个多灾多难的人，可是今年的运气好。你托诺颜的福，百事会顺利。假若你让诺颜大人常生你的气，那就会宅地拾宝，而且能够享受到得宝的福分。不过，享福要比空地拾宝困难得多。所以我现在就请求诺颜，先借给我两辆牛车，等我把糜子、大雁和刺猬都运到府上来之后，再严厉处罚我好啦！”巴拉根仓说罢低头，站在一旁，静候诺颜的答复。

哈盖诺颜呢，听了巴拉根仓有声有色的叙述，想到糜子、大雁和特大的刺猬，心里早发痒了，便满口答应道：“好吧！你先在这儿好好吃饱喝足，然后挑选两辆车，去把糜子、大雁和刺猬都拉到我府上来！”

“是，遵命！”

巴拉根仓在台吉府上，奶食啊，肥肉呀，饱饱地美餐了一顿，赶着哈盖诺颜的两辆车回家去了。到了家，他又收拾收拾东西，赶车出远门了。

哈盖诺颜每天等着喝刺猬油，吃大雁肉，一直等了几个月，不用说糜子、大雁、刺猬，连巴拉根仓的影子也没见着。诺颜气得咬牙切齿地直嚷嚷：“等着吧，待巴拉根仓一来，我非狠狠惩罚他不可！”

至于巴拉根仓到哪儿去了，什么时候回来，能不能把东西拉回来，这些后事儿，只有等巴拉根仓回来自己去说了。

危险的遭遇

几个月不见巴拉根仓，他上哪儿去了呢？原来，他驾着哈盖诺颜的两辆牛车，到额吉淖尔盐地拉了一趟盐，换回一年的吃穿。他套了两只沙斑鸡揣在怀里，路过哈盖庙时，又捡了一只铜钹带在身上，来到诺颜家。

诺颜和哈腾见巴拉根仓两手空空地走进来，非常生气，问："答兰胡达勒齐，你为什么才来？这几个月你赶着我的牛车去哪儿了？听说你拉盐去了，是吗？"

"唉！"巴拉根仓直直地站在诺颜面前，叹口气，叙说起自己的遭遇来，"请诺颜大人息怒。就是因为诺颜大人福气大，声望高，托您的福，我才能够活着回来见您的面。提起这次所遭遇到的事情，不用说拙嘴笨舌的巴拉根仓我，就是有鹦哥儿般巧语善言的贺勒穆尔齐[1]也难说清啊！说真的，这次我是全凭着对诺颜的一片忠心，不顾生死地坚持着，才闯过一道道难关的呢！"

哈盖诺颜听了巴拉根仓这一番夸奖他的话，气也就消了一大半，又猜想：巴拉根仓准是又得到什么更多的财宝了，不然，他为什么竟敢这么大模大样呢？想到这里，他马上换了一副笑脸问："到底是怎么回事呀？这次你又碰上什么好运气呢？快说！"

本来诺颜的哈腾非常爱听巴拉根仓讲故事，见诺颜满面笑容，也在一旁插嘴："你说吧，巴拉根仓，说说你都受了些什么苦。别人都说你是爱说谎的答兰胡达勒齐，我可从来没有相信过。"

"是的，还是夫人看得清楚。老天爷作证，我对诺颜一向如此，从未说过半句谎话。说起来也真有点奇怪，诺颜给我的差事越多，遇到的怪事也越多。就拿昨天发生的一件小事来说吧，"巴拉根仓从怀囊里掏出两只沙斑鸡继续说，"我昨天后晌喝完茶，吃完饭，心里想：离家几个月了，托诺颜的恩德才平安归来，明天该拿什么礼物去见诺颜呢？正在苦思冥想，忽然看见我阿爸在世时使过的一支髋头长

[1] 贺勒穆尔齐：蒙古语，善说能讲者，通常专指口头翻译者或婚礼上唱赞词、说祝词的歌手。

矛[1]挂在哈那[2]头上，心里觉着实在可笑。那时候的人拿这种笨东西，怎么能射死飞禽走兽呢？若是把它改成布鲁，岂不使着更灵巧便当。想罢，我拿着父亲的骲头长矛走出蒙古包，也没有个准目标，喊了一声‘看哈盖诺颜的福气吧’，就猛劲儿抛了出去。只见那长矛飞出好远好远才落下来。我跑去一看，什么也没有打着。我拾起来回到蒙古包里，又把它挂在哈那头上，钻进被子里蒙头大睡。

“一直睡到黎明时分，我突然梦见有两只刺猬在‘唧唧喳喳’地斗架，把我给吵醒了。我醒来一听，蒙古包哈那里有个什么东西正‘唧唧喳喳’地叫着呢。我赶忙点灯一瞧，原来挂在哈那头上的那个骲头长矛鸣孔里钻进两只沙斑鸡，正互相吵架哩！我一想，这可是我们诺颜的福气呀！我一高兴就顾不得睡觉了，急忙爬起来穿上衣服，捉住骲头长矛鸣孔里的两只沙斑鸡，揣进怀囊里，不等天亮就骑马上路，到府上叩见诺颜和哈腾来了。”说着，巴拉根仓把两只沙斑鸡送到诺颜、哈腾面前。

“嗬！这两只沙斑鸡可真肥啊！”哈腾惊喜地接过沙斑鸡。

“那么这几个月你到底干了些什么呀？”哈盖诺颜又追问起来。

“诺颜大人，您先别着急。您就是不问，我也要禀报的。”巴拉根仓递交了两只沙斑鸡，接着说，“上次我把诺颜的两辆车赶回去，到家又把自己的破勒勒车修好，一个人连夜赶着三辆牛车到糜子坑旁。我连挖带装，忙了大半夜，才装好三车糜子。我正要掩埋糜子洞口，突然跑出一长串车队——也不知从哪儿来的那么多车，光赶车的人就有百八十个——扎下了营，几十个帐篷把我团团围在了中间。他们又不言不语地来到糜子的窖上，七手八脚把我绑在车的辖辘上，打开洞口，开始往他们车上装起糜子来。

“诺颜、哈腾，见死尸的乌鸦怎么能不叫唤，获利发财之徒怎能不红眼。我好话说了千千万，他们只顾抢糜子，根本不理睬我呀！人们常说我巴拉根仓智谋多

[1] 骲头长矛：一种簇头带鸣哨的箭或矛，狩猎用具，也称鸣镝。

[2] 哈那：用圆形木头柱子组成的蒙古包围墙。

端，说实在的，一般的情况我都能想方设法对付得了，可是，百十号人中只有我孤零零一人，一点辙都没有。真是上天无路，入地无门！那些人兴高采烈地一个劲儿往车上装糜子，每辆车都装得很满。看他们议论的样子，洞里的糜子也许剩不太多了。不过，我心里想：哪怕你留得再少，我也不嫌少，全都送到诺颜府上。哪曾想，他们把洞底的糜子也刮出来喂牛了。他们可能怕以后犯案，用石头填满地洞，用土把洞口填得平平的，简直看不出一点痕迹来。然后，他们打开一坛坛酒，拿出大尾巴羊的肥肉，高高兴兴地吃喝起来。

"我看他们将要启程了，心想该放我了吧，就偷偷听他们的谈话。有个家伙说：'把他捆好带走！'另一个人说：'就在这儿把他掐死算了！'另一个人又说：'干脆就在这里活埋了他！'

"这可怎么办？不赶紧想办法，糜子也丢了，命也送了，岂不全完！我听他们口音，猜这是一伙乌珠穆沁人，就大声说：'老天和佛爷保佑！人要走红运，公牛也生犊，这话一点也不假呀！我们的诺颜可真有福啊！'

"他们一听，都觉着很奇怪，就问：'你在说什么呀？'

"'这洞里的糜子本来也不是我的，'我说，'是我们诺颜收藏几年的糜子。说是今年要往乌珠穆沁亲家运，先让我送上三车去，回头再叫他们派车来拉。这回你们给送过去，就用不着我费劲了。不过，杀死我这样一个给诺颜当差的人，你们也不会有好下场的！'

"他们听了我的话都有点发愣，问：'你们诺颜叫什么名字？跟西乌珠穆沁谁家是亲家？'

"我说：'诺颜大人的名字我不敢出口，所以无法奉告。不过，我可以告诉你们，旗里的人都称他为哈盖诺颜。提起我们哈盖诺颜的亲家，就是西乌珠穆沁的大王！'"

正在认真听着巴拉根仓叙述的哈腾从旁插话："可不，乌珠穆沁王爷的公主，不久就会成为我家的媳妇，你那样说不是假话。"

“是啊！”巴拉根仓接着讲道，“那些要威风的家伙们，一听我这话，便你瞧我，我看你，接头咬耳，嘀嘀咕咕私语了一阵子，放开了我，做出恭维的样子说：‘我们就是西乌珠穆沁王府的拉盐车，趁这趟进城办完货返回的时候，顺便把你们诺颜送给王爷的米拉回去。刚才我们以为你是偷米贼呢！这么说，我们都是为诺颜和王爷效劳的当差哩！那你就跟我们一块儿走吧！’

“不等我回答，他们连拉带推地把我塞进篷车里，又把我那三辆牛车夹在他们车队中间带走了。我就这样身不由己地被这些人挟持着走。车又重，牛走得又慢，三十里打尖，六十里过夜，越过高山广漠，涉过大江小河，穿过密林树海，跨过平坦草原。走呀走！我也没心思计算日子，不知道走了多少天，约摸着走了一两个月吧，忽然有一天，人们说到西乌珠穆沁旗了。那些赶车的人一进西乌珠穆沁旗之后，今天十个一伙，明天五个一帮，沿路分道而行了，最后和我同行的最多也不过二三十辆车。剩下的人非要把我送到王府，见见他们的王爷不可。原来，这些人是真正的王府的人。我一想，既然话已说出口，人也到了门口，见就见吧！我就跟着他们到了乌珠穆沁王爷府。

“人们把我带进一个高底台的有八个哈那的蒙古包里，向王爷介绍说：‘他就是哈盖诺颜的特使！’

“我抬头一看，面前坐着一位又高又胖，满脸大胡子的人，便向前屈膝请安：‘我叫巴拉根仓，受哈盖诺颜之托，给大王运送糜子，并转达主人对您的问候。’

“乌珠穆沁王爷一听，乐得连连点头说：‘扎！哈盖诺颜贵体可安康？诺颜夫人可健康？收到亲家送来的礼物，我很高兴。你赶远路很辛苦，在府上好好歇息几天再走吧！’

“就这样，托诺颜的福，我在王府享了几天清福。临走向王爷告别时，乌珠穆沁王爷吩咐手下人，给我装了三车额吉盐，又交给哈达、座垫、靠背毯、整羊等礼品，并告诉我：‘回去后向亲家转达我的问候，把礼物送上！’

“我谢别了乌珠穆沁大王，踏上了归途。想起这趟远行，我心里倒也很高兴，觉着这是件合算的买卖：不仅保住了命，车也没丢，而且还把从野地里捡到的糜子，替诺颜给他乡的王爷大人送了人情，张扬了哈盖诺颜的大名。这收获远比糜子大几十倍、几百倍呀！又一想，既然糜子没有了，就赶紧回去拉大刺猬吧！我也顾不得路途遥远，劳累疲倦，不管黑夜白天，往回赶路。可是，我初次出远门，人生地不熟，走了许多弯路，一个月的路程竟走了两个月。断粮缺食，我一路走，一路讨吃，把给您带的礼物都换了吃的或借宿用了。昨天我好不容易才赶到家。”

哈盖诺颜听了巴拉根仓的话，觉得他讲得合情合理，也没有说别的，就问：“那大刺猬怎么不拉来？”

“诺颜大人，”巴拉根仓回答，“离家几个月，我怕诺颜着急，怪罪下人，想今天先来拜个礼。说也奇怪，我又碰上了一件怪事！”

“又怎么啦？”诺颜问。

“我来府时路经哈盖滩，想去看看那个大刺猬，到滩里一看，沼泽地上起了荒火——”

“胡说！”诺颜打断巴拉根仓的话，“你可真是个答兰胡达勒齐！水上怎么能着荒火！”

“请诺颜听我慢慢讲，”巴拉根仓安安稳稳地说，“我今天不光是看见水上起荒火这种怪事，还捡到了龙王的宝钗呢！”

“龙王的宝钗？在哪儿？”哈腾的两只眼睛睁得滴溜儿圆，着急地问，“巴拉根仓，答兰胡达勒齐呀，把糜子送了人情，替诺颜传扬了名声，给你记一大功。再说，丢在滩上的刺猬和埋在洪格尔敖包顶的大雁，就算是全烂掉了，这都没有关系。今天捡到的龙王爷的宝钗，你可带来了吗？”

“是的。”

龙王的宝钗

巴拉根仓接着又给哈盖和哈腾讲述了自己获得龙王宝钗的经过——

“事情是这样的，我一清早骑马经过哈盖滩的时候，看见沼塘燃起了荒火，而且滩里的水泡子都被烤干了。谁听说过水面上着荒火呀！奇怪，真奇怪！我惊奇地走到跟前细看，果真，火源处有一片烧焦了的土地，火势继续向前蔓延。我顺着荒火的燃迹，穿过烟雾去看我那早先刺死的大刺猬。哦！刺猬的尸体不见了，可就在刺猬死的地方燃烧着一团大火。红火冒着黑烟，向四面八方扩散着。以前我也闻见过荒火烟味，可眼前的荒火烟味很特别，不是燃草烧木的味儿，完全是股燎毛烧骨的煳味。我越靠近那团火，越是能闻到强烈的油腥味和燎毛味，呛得我连气都喘不上来。为了弄清真情，我强忍着呛咳凑到跟前瞧。嘿！哪是水上起荒火哟，不知是那个死刺猬被烧而流出的油啊，还是因为它被烈日曝晒而烤出的油。不管怎么说，水上漂着几指厚的浮油。这油燃烧起来，就像一条条火龙被风卷着乱飞狂舞，形成了一片升腾的火海。我想绕过油火走过去，可不成，方圆几十里的哈盖滩都变成了火海。我心想：这下大雁、刺猬全完了！

“我遇上这个晦气的油火，无精打采地向前走去，糊里糊涂地来到一个被野火烧枯的深水坑。突然，我的眼前闪现出亮光，走到跟前一瞅，是一对光灿灿的铜钗在阳光下闪烁光芒哩！我把那么多的大雁和特大的刺猬都丢掉了，一对破钗顶什么用，真想把它扔掉。可我又一想，我们诺颜福气大，也许这是个什么宝贝呢，就捡起来向前走去。可是，我越想越觉着纳闷：哈盖滩是荒原野甸，哪儿来的一对铜钗呢？这玩意儿也许是个古货，说不定还是个神佛的经具呢！倘若是山水之神或龙王的器物，直接送给我们诺颜吉利不吉利呢？我一路思谋来思谋去，也拿不定主意，不知不觉来到洪格尔敖包顶上了。于是，我把一支钗埋在敖包后，拿着另一支去见哈盖庙的活佛了。

“我本想，荒滩野地上捡的东西，也可能是驱鬼逐邪的器物，也许是着魔附妖的东西，如果我弄不清楚就送给诺颜太冒险，是好物倒也没有什么，一旦是个邪物，岂不给诺颜带来灾难！这罪过我可担当不起呀！我越想越觉得还是请活佛过目，判明好歹为妥。

“哈盖活佛一看见我那支铜钗吃惊地问：‘你是从哪儿弄到这支钗的？’

“我如实地告诉他经过。喇嘛爷听罢说：‘哈，哈！你可是个有福气的人呀！这是世间绝无、天间仅有的龙王的宝钗啊！若是什么地方出现这对宝钗，那里的人们就会消灾免难，除害灭病，停戈解甲，世间太平，安居乐业。如果有谁得到这对宝钗，世世代代兴旺富足。假如他是个门前没有守家狗，圈中没有牲畜的穷人，只要把它一摇，就能唤来一年四季的吃穿用物，还能把龙王的财宝唤来发财致富哩！’

“‘谢谢活佛的指点！’我伸手就想拿回宝钗。

“‘别着急，答兰胡达勒齐！’哈盖活佛见我要钗，又补充道，‘你只听福，还没有听祸呢！这钗不能随便用，要想呼唤龙王的财宝，除非穷得连一根牛毛都没有的时候，它才灵验。不然，自己富足又贪财图宝，用它呼唤龙王的财宝，不但得不到财物，还会遭受家败人亡的大祸。你把它留在我这儿——’

“我一听宝贝要落空就急了，连忙哀求道：‘哈盖活佛呀，您知道我巴拉根仓是个流浪草原的穷汉，快把宝钗给我！’

“‘哈哈哈……’哈盖活佛见我着急的样子，大笑道，‘看你，一听说发财就神魂颠倒了。其实，你这单钗没有那么大威力。’

“我有点愣住了。

“活佛又说：‘龙王的宝钗原是一对呀，一对钗在一块儿才神力无边。’

“啊，原来如此。我心想，我先把每支钗的威力弄清再说，就问活佛：‘活佛，那么这对钗如果单个使用，它们有什么威力？我这一支有什么威力？’

“活佛不知道我捡到一对钗，就看了看手里的钗说：‘这两支钗，一支是能

呼唤龙王的财宝，另一支则是能调山水之神，求雨灭灾！’

“‘那么我捡到的这一支是哪一种啊？’

“活佛又拐弯抹角地说：‘你捡的这支钗是后一种，如果把它放在一个俗人家里，发挥不了它的威力，而且万一丢失了或弄坏了，怪可惜的，倒不如放在庙里好。像我这样修身养性的圣人，为世间万物积德，求雨灭灾，岂不更好！另一支才是真正呼财唤宝的钗，可惜你没有把它带来！’

“我一听连留给诺颜的这支钗他也要讨走，就赶紧撒谎：‘哈盖活佛呀，您的最深厚的知己朋友——哈盖诺颜了解我的为人，我可从来不敢在大人物面前撒谎，我只捡到这么一支钗，那一支真的没有得到。’”

“别怕，巴拉根仓！”诺颜的哈腾擦了擦汗说，“对不安好心的人就不该把胸怀畅开，在撒谎者面前撒谎没有罪。哈盖活佛是假正经，他在我面前就常骗人。哼！就不能告诉他还有另一支钗！”

“哈腾说得对！埋在洪格尔敖包顶的那支钗，我没有透一点风。不过，哈盖活佛倒说了一些真话，他说：‘按理龙王的一对宝钗不该相隔很远。若是在百里相距之内，它们就有走到一起的本领。要是把两支钗都找到并放在一起，可以唤风呼雨，除灾灭患，积德行善。现在只找到了一支，这也没有什么，另一支应该在有福气的人手里。”

哈盖诺颜听得心脏都“嗵嗵”直跳，急忙说：“巴拉根仓，你赶快骑我的马去，把埋在敖包顶上的那支宝钗取回来！”

“是，大人！为诺颜效劳，我巴拉根仓从没怠慢过，这您是知道的。”巴拉根仓说，“不过，我有一件事请求诺颜包涵，您可千万不能向别人透露这支钗的事，对活佛更要永远保密。活佛要是得知我把另一支宝钗送给了您，不仅对我的生命有危险，就是对诺颜也不利呀！”

“放心好哩！巴拉根仓，”哈盖诺颜发誓，“在这件事情上，我的嘴比庙上那些金佛银佛的嘴还闭得严紧哩！”

“我还要提醒诺颜大人一句，”巴拉根仓又一本正经地说，“这宝钗可千万不能随便拿出来使唤啊！哈盖活佛说的话，向来是很灵的呀，万一——”

“快去吧，别啰嗦！”哈盖诺颜有点不耐烦了。

“巴拉根仓，”诺颜的哈腾又插话，“你的忠诚，诺颜和我什么时候都会记着，快去快回！”

“谢谢诺颜和哈腾的恩情。”巴拉根仓骑上哈盖诺颜的大走马走了。

这次，巴拉根仓真的没有延误多少时日就跑到沙窝子里，用细沙把旧铜钗擦得明亮，返回来交给了哈盖诺颜。

诺颜和哈腾接过黄澄澄的钗，像得到无价之宝，高兴得立即设宴款待了巴拉根仓。在饮酒吃肉的时候，哈盖诺颜对他说：“你忠心为本诺颜效劳，可谓劳苦功高。从此，永远免除你当差和交税的义务！”说罢，又奖给了巴拉根仓许多牛羊和绸缎等物。

巴拉根仓就这样立下功劳，临别时很有礼貌地说：“聪明过人、智慧超众的诺颜大人和哈腾，以后有什么事要办，请随时吩咐，我愿为您二位忠心效劳。”说罢，巴拉根仓驮着奖品，赶着牛羊回家去了。

智斗县官

奇怪的偷米案

巴拉根仓小时候，家里只有三口人——父亲、母亲和自己，日子过得很穷，就靠他父亲种点瓜果的收入糊口。

他家东边是个蒙民屯，西边是汉族村，南面十多里远就是县城。巴拉根仓的家坐落在这两村一城的三岔路口处，是属县城管辖的户。

巴拉根仓七八岁那年的秋末，他父亲到邻近屯子收赊卖瓜果的米粮去了。一个穷园头儿，怎么收起账来呢？事情是这样：那年头，庄户人、放牧人手里很少有现钱。人们常常是以物换物，解决生活上的困难。再说，那时候的钱票子说不定哪天就贬值了，人们也不愿意做现钞交易。所以，巴拉根仓的父亲夏天把瓜果赊出去，秋天收回成粮，买卖两方便。

通常，巴拉根仓的父亲先到近处，后去远村，出去一趟至多三五天就回来。可是，这一次他父亲走了五六天也没回来，过了二十几天，还不见他归家。

收粮的父亲不回来，留在家里的巴拉根仓和他母亲可就断粮了。起初三五天，他们弄些瓜果籽种凑合着过去了。后来，家里什么吃的也没有了，他母亲除了整日痛哭着念叨他父亲外，再也想不出什么办法。巴拉根仓可没有哭，他想难道就干等着饿死？财主、富户家有那么多粮，何不去偷点来保住命。到谁家去偷呢？巴拉根仓想着想着，想起了一个富户人家。在离巴拉根仓家西面六七里远有个响窑儿[1]，这响窑儿里住着个姓郭的掌柜。这郭掌柜是个很狡诈的家伙。他不仅向穷人出租土地收取地租，还开了个烧锅[2]、杂货铺，做买卖赚钱。

这天晚上，等母亲睡着之后，巴拉根仓就悄悄走出家。他跑啊，走呀，不一会儿工夫就到了郭掌柜的响窑儿，一看，大门关得紧紧的。跳墙吧，土墙足有三丈多高，这可怎么进去！巴拉根仓思谋了一会儿，忽然想起了响窑儿墙根下的流水沟。他就顺着墙根走去，在东墙下找到了一个流水沟的沟眼，试着钻了钻，身子能进，往里一爬可就不通了，里面用大石头堵着沟眼。巴拉根仓本来就饿了好些天，又跑了很远的路，说什么也推不动那块大石头，急得直冒汗。他细一看，大石头旁边有一条小缝，摸了摸墙，土很松。巴拉根仓又退了出来，摸到一根断树枝。他回头又钻进沟眼，顺着石头旁的小缝一掘，挖开了个豁口，便爬进了院里。

这响窑儿的正房是七间瓦房，东西厢房也各有五间。郭掌柜就住在后面的小院里。巴拉根仓走呀，转呀，找啊，终于找到了米仓。这个仓房就在杂货铺里间。他到那儿一看，大锁头锁着门，推了推窗户，开了，便跳了进去。

郭掌柜这间杂货铺主要是卖烧酒、点心、糖果之类的东西，但是他还从口里买来一些稻米贩卖。这稻米就放在杂货铺的里间仓房内。巴拉根仓摸黑找到了放米的囤子。拿什么装米呢？往衣服袖子里装，大口子小眼，不成。他又黑灯瞎火地摸，说也巧，在墙角摸到了一条新布口袋。于是，他就爬上粮囤，又从窗户跳了出去。

巴拉根仓走出小院，又回到刚才流水沟的沟眼，先把米口袋推出去，然后自

---

[1] 响窑儿：指四角有炮台的地主院。

[2] 烧锅：酿酒房。

己向外爬，忽然想起一件事来：从娘胎生下以来，偷人家的东西还是头一遭。我又不是图财来偷的，是到了生死的关头，被逼得没法儿才干了这个勾当的。大人们常说，好汉做事好汉当。我不该这么悄悄偷人家的米就走，应当留下自己的名字。想到这儿，他又返回郭掌柜住的后小院。他一看，七间正房的东头一间有光。他摸到窗檐下，从窗缝里一瞅，那个郭掌柜一个人正在算账呢。他眼前放着一大堆银钱、钞票，“噼哩啪啦”、“噼哩啪啦”，手不停地拨拉着算盘。

巴拉根仓站在窗前想：我怎么留名字呢？写在纸上，没念过书；进屋当面告诉吧，不但弄不到米，反被捉住，可不成。他想不出个好办法，站了很长时间。

这时，郭掌柜算完了账，把银钱和钞票放进钱匣里锁起来。他拿出一壶酒和一大盘熏鸡肉吃喝开了。他吃饱喝足，上炕关了灯。过了不大一会儿，巴拉根仓就听到“呼呼”的打鼾声。于是，巴拉根仓悄悄推门走进屋。他想：左边抽屉里放着钥匙，钱就在桌上那个钱匣里，现在我要偷钱，想拿多少都可以。可他又一想，自己只是饿得没办法，才来偷米的，不该拿人家的钱财，就给他留下个五指印吧。想到这儿，巴拉根仓走到正在甜睡的郭掌柜面前，照着他的右脸使劲儿给了一巴掌，扭头就走了。

“谁？”郭掌柜被打醒，猛一起身，把放在枕边的油灯也打翻了。当郭掌柜摸黑忙乎的工夫，巴拉根仓早已从流水沟的沟眼钻出去，背着米口袋回家去了。

巴拉根仓回到家时，母亲还在睡觉呢。于是，他把偷来的米倒进破缸，把口袋藏起来，又回到母亲身旁睡下。早晨，母亲起来看见破缸里的白花花的稻米，非常惊奇哪儿来的米。她想了半天也没弄明白，就叫醒巴拉根仓。巴拉根仓说：“额吉，可能因为我们是好心肠的人，佛爷看见咱娘儿俩快要饿死，发慈悲给了点米接济咱们呗。”

母亲听了儿子的话，觉得也是，不然哪儿来的米呢！她立刻动手打水，洗米，煮上白净净的稻米，娘儿俩美美地吃个饱。

再说说郭掌柜，他在睡梦中挨了一记耳光惊醒后，摸摸索索点上了灯，叫来用人一看，屋里的东西没有丢，连桌上的钱匣子也原封未动。不过，郭掌柜觉着右脸火辣辣地痛，拿镜子一照，印着五个手指印痕，是个小孩子的巴掌印。

“嗯？这是谁家的孩子，为什么打我？”郭掌柜摸着腮帮子想了想，感到费解，就叫醒全响窑儿老老少少，一齐出动，搜查了庭院、房舍、店铺和粮仓，却连人影也没有找到。可他发现杂货铺里间稻米囤子里的米撒了一地，还缺了一条布口袋，在地上留着个光脚丫子的小脚印，看样子，是有孩子来偷米了。

是谁家的孩子？他是怎么进来，又是从哪里逃出去的？这个小毛贼为什么要打我耳光？郭掌柜越想越奇怪。可是深更半夜了，上哪儿去找人。无奈，大家只好各自睡去。

第二天早晨，有个用人跑来说：“东墙根下水沟眼里有小孩子爬出去的脚印，顺着脚印追踪了一会儿，向三岔路口走去了，看样子八成是老园头儿的儿子巴拉根仓干的。”

“喔！”郭掌柜猛然想起了这个孩子。人们曾说老园头儿的儿子巴拉根仓很机灵，这两天娘儿俩正挨饿呢。这个盗米贼不是别人，准是巴拉根仓。于是，他决定到县衙去告状。

县城在郭掌柜响窑儿南面，距离响窑儿有十多里。这个县太爷虽说人很年轻，却是个见财眼红的贪财货。郭掌柜套上粉嘴大骡子，坐在黑篷车里，来到衙门，向太爷告状：“老园头儿的儿子巴拉根仓偷了我的稻米，还打了我一记耳光！”

县太爷一看郭掌柜，真好笑，半边脸肿得像个吹了气的尿泡。县太爷听了郭掌柜的详细叙述，知道他是个远近闻名的大财主，替他办事不白忙。于是，既没问旁证，也没有要物证，他唤来衙役，交给令牌命令道：“去把老园头儿的儿子巴拉根仓抓来！”

四个衙役拿着令牌直奔老园头儿的破窑棚。

巴拉根仓的母亲正在外边料理杂事，忽然看见手持长矛、短剑的四个衙役直冲她家来了。她想：莫非是来抓什么人的？啊！是不是昨天夜里我儿子出去偷了人家的米，人家发现了，衙役们逮他来了？母亲想到这儿，急忙钻进窝棚里追问巴拉根仓：“从哪儿弄来的米？”

巴拉根仓见事情隐瞒不住了，就照实讲了自己偷米一事。母亲听后，转身走了出来，伸开双臂拦住衙役们喊道：“我儿子没有偷东西！”

真是此地无银三百两，这不就是等于把儿子的事告诉给了人家。

这工夫，巴拉根仓想到：好汉做事，不该隐名瞒姓，败坏名声。他把藏起来的布口袋找了出来，挂到墙上，等着衙役们来捉拿。

巴拉根仓的母亲站在门口想挡住衙役们，可是公事在身的当差们把老婆子推开，冲进窝棚，指着巴拉根仓问：“你是不是偷了郭掌柜家的稻米？”

“偷了。”巴拉根仓一点也不回避地承认，“我们娘儿俩快要饿死了，没有办法才偷了半口袋米。”

“县太爷叫你去呢！走吧！”衙役们亮出令牌，把锁链往巴拉根仓脖子上一套就带走了。

儿子被逮走了，母亲哭着留在家中。

衙役们把巴拉根仓抓到县城后，县太爷便坐堂审理盗米案。在堂上，巴拉根仓如实招供。

有原告，有物证，本人又供认不讳，县太爷理应按法律条款以盗窃论处，判巴拉根仓徒刑就完事了。可是，县太爷没有当堂结案，而是叫人把巴拉根仓带下去，对郭掌柜说：“此案本官一定公断，请郭掌柜先回去，等候回音。”

郭掌柜也无话可说，只好返回响窑儿。

县太爷为什么不当堂结案呢？这是有原因的。县太爷听了巴拉根仓盗米的经过，心想：人们都说巴拉根仓这个孩子聪明无比，看来此话不假。要是我把这个小机灵鬼拉到身边利用起来，也许能成大事呢！想到这儿，县太爷才中断了审理。

等郭掌柜走后，县太爷又叫来巴拉根仓：“听说你很能撒谎，对偷摸也很在行，是吗？”

“不，大人！”巴拉根仓老老实实地回答，“我为了活命，有生以来头一次偷人家的东西。”

“我再叫你偷东西，可以吗？”县太爷又问。

“县官老爷要是逼我，那我只好从命了。”巴拉根仓摸不着县太爷的用意，无可奈何地回答。

“咱们俩打赌，你若在三天之内能偷走我这顶帽子，我不但不惩罚你，还会重赏你；你偷不去，那我就加倍判刑。”

“县官老爷，如果不把帽子拿出县衙门院子，那我就试一试吧。”巴拉根仓想，反正是受罚，先试着偷一下，万一偷成了不就不判刑了。他便答应了。

这样，年轻的县太爷和小小年纪的巴拉根仓达成了偷帽的协议。巴拉根仓能不能偷到县太爷的乌纱帽呢？怎么个偷法呢？县太爷为什么跟巴拉根仓打这个赌呢？

巧取乌纱帽

县太爷跟巴拉根仓谈完偷帽打赌的事情后，就把他放了。

母亲正为巴拉根仓被抓的事在家中落泪，不想儿子突然回来了，“哎哟！你可回来了，县衙门怎么没有惩罚你？”母亲惊喜地问。

巴拉根仓把如何上堂受审，又怎样跟县太爷打赌的事，一五一十地讲了一遍。母亲听了越发着急，心想：偷掌柜的一点稻米，就是受罚也会轻一些；要是偷了县官大人的乌纱帽，这可是个大案子，说不定要杀头呢！想到这儿，她忙劝道：“使不得呀！可不能偷县官的帽子！”

“我已经答应了，也和人家说妥了条件。男子汉说了话就得算数，到时候想想办法对付吧！”巴拉根仓坚持要跟县官斗。

母亲坚决不答应，说："不管怎么说，光是因为偷了不到半斗米和打了掌柜一个耳光，定不成大罪。你别再给我惹事了，我不准你再进县城！"说着，她把巴拉根仓关在屋里，不让他出门，白天黑夜地守在他身旁。

县太爷和巴拉根仓打赌之后，怕乌纱帽被他偷去，就想藏帽子的办法，放在夫人的屋子里吧，怕偷走了对自己名声不好；放进箱子锁起来吧，不保险。最后，县太爷想出了个叫活人看守乌纱帽的妙招。他腾出一间屋子，放了个八仙桌，把乌纱帽放在桌上，然后叫来四个精明能干的衙役，交待他们："你们要看守好我的帽子，不准它被巴拉根仓偷去！"

四个衙役接受了看守乌纱帽的差使，唯恐乌纱帽被巴拉根仓偷走，几个人围坐在桌旁，日夜不合眼地看守起来。

这阵子，巴拉根仓的母亲怕儿子跑出去再闯祸，不分白天黑夜、不眨眼地守在他身旁，整整守了两天两夜。这么一来，巴拉根仓跟县太爷谈定的偷帽期限只剩下一天了，他心里越发急得不行。可是，他怎么着急也不管用。他该吃的时候吃，该喝的时候喝，该睡的时候睡，倒也过得很自在。这可就苦了巴拉根仓的母亲，因为守着儿子两天两夜没合眼，到第三天，过了晌午，实在忍不住就打起盹儿来了。巴拉根仓趁这工夫跑出了家。

巴拉根仓往县城方向跑去。跑着，跑着，他突然想到：我不能在白天进县城，被人看见了，连城门也进不去，倒不如等到天黑再进城。于是，他钻进蒿草丛里躺下。待到黄昏过后，星星满天时，巴拉根仓爬起来跑到城墙前，转了转，还是老办法，从城墙根下面的水道沟眼钻了进去。

进城后，巴拉根仓又摸黑进了县衙门院里。这县衙门大院套小院，左一排房子，右一栋屋，哪个是公堂，哪个是县太爷的住处，他都分辨不清，更不用说县太爷的乌纱帽放在哪个房间了。到哪里找乌纱帽呢？来回转了又转，各个房间都黑着，巴拉根仓可就拿不定主意了。正在这时，从东边小院传来了人们交谈的声音。他一瞅，正房里有亮光。他悄悄走到窗前，从破纸缝往里一看，有四个衙役团坐在一张八仙桌旁，看守着乌纱帽。

这四个衙役生怕帽子被巴拉根仓偷走，已有三天两夜没有合眼，硬挺着熬过来了。现在是打赌期限的最后一个晚上，只要安全熬过这一宿，清早把乌纱帽交给县太爷，他们就算交差，万事大吉了。可是，因为三天两夜守帽子，衙役们困得实在忍不住了，个个抬不起眼皮，不由主地打起瞌睡来。于是，几个人商量，想个办法不睡觉，熬过这一夜。

“咱们划拳吧，这样可能不瞌睡。”一个人提议。

“划拳倒可以，可是没有酒划拳也没劲儿！”另一个人说。

“别啦，喝了酒困得更厉害！”又有一个人反对道。

“我们不喝醉，喊着划拳就行了呗！”最后一个人说。

四个衙役谈妥要划拳熬夜，其中一个衙役跑去找来一小坛酒。

“哥俩好！”

“五魁手！”

四个衙役扯着嗓门呼喊着。

巴拉根仓看此情形，心里很着急，心想：他们要是就这样喊到天亮，我可怎么偷呢？他眼睁睁地站在窗外看着衙役们。

那四个衙役本来三天两夜没有歇息了，现在又扯开嗓门划拳，越发累得不行，几个人都睁不开眼了。

“喂！我们现在都睁不开眼了，小心把帽子丢了！”一个衙役提醒大家。

“那怎么办？”

“我们把帽子藏起来吧！”

“往哪里藏？”

“放在桌子下面？”

“不成！你把这顶帽子藏在这屋里，只要巴拉根仓的手能探得到，就会被偷走的。”

几个人议论了一会儿，也没议出个结果。

“咳！干脆，”一个衙役想出一个办法，“我们别喝酒了。反正不能睡觉，要熬到天亮，我们就把这顶帽子放在手里。巴拉根仓总不能从我们手上抢走帽子吧！”

“嗯，这个办法好！”另外三个人都表示赞同。

“那四个人八只手，谁先来呢？”一个衙役问。这一问不要紧，谁也不肯先来。

“你先来。”

“我后来。”

几个人推来推去，最后商定四个人依旧围着桌子坐下，互相传递帽子。在传递时，上手的人说一声“给，我交给你”，然后把帽子交到下一个人手里，下一个人也说一声“给我，我来接”，把帽子接过去，照此再往下传。他们谈定，若是就这么互相传着再把帽子丢了，没说的，四个人一块儿承担责任。

“给，我交给你！”

“给我，我来接！”

“给，我交给你！”

“给我，我来接！”

四个衙役手不停、嘴不闲地传递起乌纱帽来。起初，大伙都睁着眼传帽子，后来，干脆闭上了眼睛，嘴里念叨着传起来。

巴拉根仓看此情形，心里可就急了。不过，他看着看着，忽然想出个好主意：用别的东西把那顶乌纱帽换下来。他摸了摸自己头上的小帽，不行，又软又破，而且也没有两耳。

什么东西能顶替乌纱帽呢？巴拉根仓边想边走出小院，寻找合适的东西。东小院的墙外就是县衙门当差的家眷们的住所，好些人家门口都放着个酱缸，酱缸上又都扣着用席子编的尖顶盖子。巴拉根仓拿起一个酱缸盖子的边沿儿撕下一些，弄成跟县太爷乌纱帽形状差不多的帽子。他返回来一看，四个衙役还在那里闭着眼睛互相传乌纱帽。

巴拉根仓悄悄走进屋，站在两个衙役中间。当上手的人说“给，我交给你”时，他把乌纱帽接了过来，又把用酱缸盖做成的帽子递到下一个人手里，那个人也说了一声“给我，我来接”。

“给，我交给你！”

“给我，我来接！”

趁这工夫，巴拉根仓拿起县太爷的乌纱帽溜了出来，跑回家。

第二天，天刚亮，年轻的县太爷走过来查看四个衙役和乌纱帽，一看，四个衙役闭上眼睛在那里手不停地传递着一个东西，乌纱帽却不见了。

“呔！你们在做什么？”县太爷气得喊叫起来。

四个衙役被叫声惊醒，睁开眼一看，乌纱帽不见了，手里拿着个草帽似的东西。几个人当下跪地认罪。

县太爷看此情形，心里又气又高兴，气的是，四个大活人看守一顶帽子，竟被一个毛孩子偷走了，县太爷打赌输了，多丢脸；高兴的是，巴拉根仓到底把乌纱帽给偷走了，偷得也很巧，足见这孩子智慧超众，是个难得的神童。有了他，自己就等于有了一把聚财的钥匙。

“快去，把巴拉根仓请来。”县太爷想到这儿，立即下了命令。

“遵命！”四个衙役急忙磕了头，抬轿就走。

巴拉根仓偷了县太爷的乌纱帽跑回家时，母亲还在睡觉呢。他把乌纱帽挂在了西墙上的木钉子上，躺在母亲身旁睡下了。

早晨，他的母亲醒来一看，巴拉根仓睡得很香。“老天保佑，总算没有把儿子丢了……”她高兴得正要下地，抬头看见挂在墙上的乌纱帽，急得出了一身汗，喊道：“起来！你……你尽给我惹事。你赶紧把这顶偷来的帽子送回去！”

巴拉根仓的母亲正在责骂儿子，忽然，从门外传来叫门声：“巴拉根仓在家吗？”

“啊！”巴拉根仓的母亲以为又是来抓她儿子的人，吓得不知该说什么，顺口答应道，“哎哎……在，在！”

四个衙役走了进来，恭恭敬敬地说：“巴拉根仓小弟，县太爷有请，轿子在外边等候。”

巴拉根仓的母亲见此情形才松了一口气，但是感到很纳闷，衙役们怎么变得这么客气？县官为什么派轿子来接儿子呢？

四个衙役抬着巴拉根仓回到县城，年轻的县官亲自出来迎接，露出格外亲热的表情，笑着说：“请贤弟进屋！”

进屋后，他先是端上茶点，接着就摆上了酒席。在吃饭的时候，县太爷说：“卑职虽久仰贤弟大名，始终未能拜见。而今你我已相识，甚感荣幸。我想认你为义弟，意下如何？”

巴拉根仓听了，心里想：看县官的和蔼谦虚样，好像是个忠厚的人，可以交个朋友。于是，他说：“行啊！只要县官大人不嫌弃，我愿高攀您为兄长。”

这样，巴拉根仓不但没有被判罪，反而成了县太爷的义弟。两人情意相投，县太爷还给巴拉根仓的母亲送去不少吃穿用具。见此情形，郭掌柜再也没有提起那件盗米的官司。不过，巴拉根仓心里老是怀疑：这位县太爷为什么要认我这个穷孩子为义弟呢？他怎么想也不明白。

县太爷盗供品

县太爷为什么要认巴拉根仓为义弟呢？说来，他是黄鼠狼给小鸡拜年，没安好心。

别看这位县太爷年纪轻轻，可是个财迷。他看巴拉根仓聪明伶俐、机智多谋，就想利用他来发大财。那么，县太爷想怎么利用巴拉根仓呢？

离县城东南十多里远，有个张家窑，张家窑有个张员外。这张员外的金银财宝无数，还有大片土地，最了不起的是他那件祖传的宝贝。这件宝贝是用热带的精玉雕刻，镶了西天的火红宝石和金刚宝石的如意。这如意夏日吹凉风，冬天散热气，黑夜闪光亮。贪财的县太爷早就想把张员外的如意弄到手送给皇上，换取大官职。他苦思了多日，就是想不出好办法。正在这时，他遇上了巴拉根仓。他从巴拉根仓偷米一案中发现他是个人才，又通过打赌试探，觉得巴拉根仓是理想中的人选。因此，县太爷才认巴拉根仓为义弟。

又过了个把月，县太爷想再试探试探巴拉根仓的本事和忠诚，就把巴拉根仓叫来说：“你是个足智多谋的人，哥哥想叫你办件事，不知可否？”

“只要我能干得了，当然可以为哥哥效劳！”巴拉根仓说。

“哎，好贤弟，我们哥俩找个发财的路子，好不好？”县官说，“离县城二十来里远，有一个叫扎布萨尔的蒙民屯，屯子里有个叫达希的富户。他家的儿媳妇得了疑心病，正在请有名的莫尔根勃跳神呢。”

“人家媳妇得病，跟咱发财有什么关系？”巴拉根仓问。

“你别急呀！”县太爷接着说，“听说达希白音准备了许多金银首饰作为供品，要送给莫尔根勃呢！如果把这些供品偷了回来，你我岂不是发了大财？”

巴拉根仓听了他的话，心想：原来我这位哥哥是个黑心肠的家伙呀，这不是借他人手抓毒蛇嘛。他便说：“哥，我那次是被逼得无路可走，才偷了人家的米呀！可……”

“咳，谁问你这个。”县太爷话已说出口，当然不容他人反对，就硬盯住巴拉根仓说，“出了事，有我县太爷，你别怕。”

这个魔鬼咬住我不放了。好，要落井咱们俩就一块儿下吧！巴拉根仓心里想着，便答应：“去倒是可以，不过我路不熟，咱俩一块儿去吧！”

黄昏刚刚来临，县太爷换了一身便装，跟巴拉根仓出了县城，朝着东北方向的蒙民屯走去。路上，县太爷将达希白音家的情况告诉了巴拉根仓。秋夜凉爽，年轻人空行赶路，不一会儿工夫就来到了蒙民屯。两人来到达希白音家院墙跟前，只听屋里传来众人喧哗的声音。这家的围墙只有三尺多高，两个人从墙头往里窥探，五间朝南的瓦房，灯火通明，聚集了不少村民，正在观赏莫尔根勃跳神。巴拉根仓长这么大还没有见过巫师跳神，感到很新奇，想要进屋去看看。

“不能进去，人们会认出来的。”县太爷阻拦道。

“不能进去，那我们就进院子里看一会儿吧！”在巴拉根仓的哀求下，县太爷答应了。

他们俩想找个隐身处，便顺着墙根转了转，转到院子西南角用石头墙围起来的牲口圈。这是达希白音家喂牲畜的地方。县太爷先扶着巴拉根仓跳进院里，正想爬墙，不想从正房走出两个人来。县太爷怕被人发现，急忙跳下来，趴倒在墙根下。巴拉根仓看见畜圈外的墙角下有个猪窝，打算从那里进去。巴拉根仓是个孩子，一下就钻过去了。可是县太爷的个子大，上半身进去了，下半身却露在外边。正好那两个人到墙角小便，尿在了县太爷身上。县太爷这时既不能动，更不敢作声。等那两个人回到屋里后，县太爷和巴拉根仓才从猪窝里爬了出来，跑进畜圈。县太爷进畜圈一看，衣服全被尿水泡透了，散发着一股尿臊味，头上、身上粘满了猪屎和腐草，臭气熏天。可是，发财心切的县太爷忍了。

两人进了畜圈，巴拉根仓为了看勃跳神，就爬到棚顶上看热闹。这时屋内正在跳神，巴拉根仓看得入了神。可是，县太爷的处境就惨了。这小小的石头圈原本是只喂两三匹马的地方，现在又增加了来看勃跳神的人们的马和驴，挤得满满登登，根本就没有立脚之处。县太爷躲到这个角落里，大骡子来咬他；跑到那个墙旮旯，马儿又来踢他。无奈之下，他只好蹲在料槽子里了。

快到半夜时分，莫尔根勃才跳完神。巴拉根仓从棚顶看得很清楚：这家的主人将放在哈达上的光灿灿的金银首饰和银钱献给了勃。莫尔根勃把所得的供品拿到东屋，锁在了炕柜中。待看热闹的人都走了之后，这家主人的儿子守着患病的媳妇睡在西屋，达希老汉和莫尔根勃睡在了东屋。

当人们入睡后，巴拉根仓从棚顶下来找他那县太爷哥哥，找了半天，才从料槽子里找到他。巴拉根仓把县太爷领出畜圈，嘱咐道："进屋以后，我叫你站在哪儿，就站在哪儿，可不能乱动，更不能出声。我什么时候叫你走，你才能出屋。"

县太爷一一答应了巴拉根仓的要求。于是，两人走进三间正房的外间。巴拉根仓让县太爷站在东屋门口，自己走了进去。跳了多半夜神的莫尔根勃和招待了一整天客人的达希老汉，累得精疲力尽，躺下就睡实了。巴拉根仓从莫尔根勃的枕头下摸出钥匙，打开炕柜，拿出包裹斜挎在肩上。然后，他又摸索着找到勃的九面镜，拿到外间系在县太爷的腰上。这九面镜是用皮条串起来的铜镜，身子稍一动，铜镜相撞，丁零当啷地响个不停。巴拉根仓小心翼翼地把九面镜系在县太爷腰间，使劲儿一推，就大喊："来人了，快跑！"说完，他就跑出去了。

县太爷冷不防被巴拉根仓推了一下，一头撞在了门框上。这时，那九面镜丁零当啷地响起来，吓得他扭头就跑。他以为向外跑呢，没成想，黑灯瞎火，晕头转向，一下闯进了里间。患病的媳妇被他吓得叫喊起来："啊呀，来鬼了！救命啊！"

"在哪儿？"她丈夫也跳了起来。

县太爷见势不妙，转身向外逃去。可是，县太爷跑得越急，那九面镜响得越亮。

这时，达希老汉和他儿子以及莫尔根勃也都跑出来。

"进贼了！"

"抓贼呀！"

一家人呼喊着，寻着铜镜的声音追了上来。屯里的人们闻声，也都从四面八方追过来。

县太爷连滚带爬，拼命地向野地里逃跑，可是那九面镜却响个不停，特别是夜深人静的时候，那清脆的响声传得很远。人们冲着铜镜声音紧追不舍，差一点抓住县太爷。经过这么一番折腾，县太爷吓得尿了一裤子。这位年轻的县太爷，逃啊，跑呀，边逃边解，把那个讨厌的九面镜解开，抛得远远的。这么一来，县太爷才得以逃脱，钻进苇塘。

人们听不见九面镜的响声，只好原路返回。这时，有人从草丛里找到了那个九面镜。大伙感到奇怪：

“哪儿来的贼呢？”

“是啊，这个贼为什么带着九面镜呢？”

莫尔根勃说：“咳！这不是贼，是温古得[1]出来闹腾哪！”

人们信以为真，就各自回家睡觉去了。

当莫尔根勃和达希白音回到家时，炕柜被打开了。“呀！这哪是闹温古得哟，真的来贼了！”做供品献给勃的金银首饰和钱物全被偷个净光。

那么巴拉根仓人呢？他把县太爷推在门框上，就朝门外奔去。他刚跑出屯子，就听到人们呼喊吵嚷的声音。巴拉根仓以为县太爷被人们捉住了，便高高兴兴地往家跑去。背在身上的包袱越来越沉，他就坐下来休息。正这时，他听到脚步声。这是谁呢？他仔细一听，原来是县太爷。巴拉根仓想躲开，可是已经来不及了。于是，他过去问：“哥哥，不要紧吧？”

“你……你……”县太爷一见巴拉根仓，想起这一夜的倒霉遭遇，气不打一处来，就问，“你安的是什么心？为什么往屋里推我，是不是想叫人抓住我？”

“哥哥，你想到哪儿去了！”巴拉根仓灵机一动，马上解释，“要不是给你系上九面镜，把屯里的人们引开，我怎么能偷到人家的东西呢？你看，趁人们去追你的工夫，我进屋把你要拿的东西全偷出来了。给你！”说着，他解下肩上的包袱，交给了县太爷。

县太爷听了巴拉根仓的话，心想：还是我贤弟办事有方，可以叫他去偷张员外的珍宝如意了。他的气也消了，心平气和地接过包袱，领着巴拉根仓回县城了。

---

[1] 温古得：蒙古语，萨满教的守护神，亦指信仰萨满教的家堂神主。

县太爷落网

县太爷去偷莫尔根勃的供品，虽然受了惊吓，吃了不少苦头，但还是把金银首饰弄到手，也觉得巴拉根仓是个机灵能干的人。他贪心不足，回来后又盘算起如何偷张员外的珍宝如意的事。他正在琢磨对策时，发生了一件事。

张员外老两口虽说是很有钱，可就是身边没有传继祖业的男儿，只有一个独生女。离县城西南六七里远，有个王家庄。王家庄住着个王员外，他有个独生子。几年前，张员外和王员外两家就谈定了婚事。可事情很不凑巧，这年春天，王员外得暴病去世。过了百天，儿子继承了父亲的员外郎的家业后，决定就在这个月成亲。

对于张、王两家来说，这门亲事非同一般，两家自然不惜一切准备婚事。尤其是张员外，陪女儿的嫁妆，不说田地、牲畜、金银财宝和服饰有多少，就连祖传的如意也决定给女儿陪嫁。

贪财的县官听了这消息喜出望外，心想：趁着办婚事的时候人多手杂，可以混水摸鱼，偷取如意。这是一个很好的机会，不能错过。于是，县官把巴拉根仓找来商量对策。县官说："兄弟，如果把如意弄到手，你我二人就能享一辈子福啊！"

巴拉根仓心里想：县太爷认我做义弟，是想发财呀！于是，他满口答应："行，我想办法把如意偷来。不过，王家庄我没有去过，再说要偷这么贵重的宝物，我一个人也不行，得有个帮手。"

"那么……"县太爷想到上次盗供品时的情景，"我给你找一个熟悉王员外家情况的人，跟你去。"

"不，不行啊！"巴拉根仓说，"你想想，你是县官呀！干这种事情，只有你我知道，再扯进个人进来，万一事情败露，对你不利呀！再说，银白眼红，人心隔肚皮。知人知面不知心哪！等偷来了那个无价之宝后，你派去的那个人见财起了歹心，你我不但空忙一场不算，说不定还要吃官司呢！我看这事不能用外人，就得你我同去才行。”

听了巴拉根仓的话，县太爷心里犯了难：去吧，怕被人抓住；不去吧，巴拉根仓说得有理。想来想去，没有别的出路，他就说：“贤弟，我可以跟你一块儿去，不过有句话说明白，事后不管遇到什么情况，你可不能把我扯进去。你要是发誓，咱俩一齐去。”

“好啊！”巴拉根仓听了县太爷的话，气得肺子都要炸了，心想：我先答应了他再说。于是，他冲着寒剑利刃发誓：“不论发生什么事，我一个人承担，绝对不牵连哥哥！”

到了红日落山的时候，哥儿俩都换上夜行衣——上穿百扣紧身黑褂，腰系丝织宽带，足登软帮布鞋，头裹黑色丝绸巾，怀揣双刃匕首，走出县城，直奔王家庄。黄昏过后，兄弟俩便来到了王家庄。这时，王员外家的婚宴刚散，客人们正往回走，全村熙熙攘攘，一片欢腾景象。按那时候的规矩，贵客回家，新郎必须陪送到村口作揖送别。因此，新郎小王员外一会儿陪他大舅到村西头，一会儿又陪同岳父家大婶到村东头。

巴拉根仓跟着他干哥刚进村没走几步，就碰上了正在送客的新郎小王员外。

“咿！”巴拉根仓一见小王员外就认出来了，“好你个仇人！”他差一点扑上去跟小王员外撕打起来。

怎么回事呢？原来是在两三年前，这位新姑爷仗着他家有钱有势，横冲直撞，每次路过巴拉根仓家的园子，都要带领一帮侍从、轿夫走进瓜地挑着好的吃个饱，不但不给分文，临走还要驮上瓜。巴拉根仓的父亲是个老实巴交的穷庄户人，对这位阔少爷的所作所为不敢吱声，白吃亏，干叹气。所以，巴拉根仓从小就认识这个小王员外，早就怀恨在心，想着有朝一日非报这个仇不可。正是冤家路窄，偏巧今天在这儿碰上了他，一下勾起了巴拉根仓的旧仇新恨。报仇的时候到了！他暗暗下定决心，就跟县太爷进了村。

尽管天时已晚，正在办婚事的王员外家门庭敞开，人来客往，出出进进，一刻不停。县太爷和巴拉根仓就混杂在来往的客人中间，走进王员外的院子。眼下，如意已放在洞房里新娘的身边。他们要动手，只好等到酒宴消停，人们入睡之后。因此，县太爷和巴拉根仓只好找个墙角蹲着。

大户人家的婚事非同一般，七大姑八大姨，来吃请的人多得很。这间的酒席刚撤，那间又有一拨人入席。喝醉的人，这个吵，那个闹，一直吵闹到后半夜才安静下来。巴拉根仓和县太爷因为赶路再加上在墙根下蹲了大半夜，肚子可有点饿了。巴拉根仓硬说要吃点东西再动手。县太爷拗不过弟弟，两人就进了厨房。财主家办婚事，准备下的酒肉、饭菜多得很。

“咱俩先点上灯，找点好菜吃吧！”巴拉根仓提议说。

“不行！”县太爷吓得忙拦住，“会被人看见的。”

“黑灯瞎火地乱摸，碰了碟碗，撞倒了盆罐，叮当一响，那才容易被人家发觉。咱们点上灯，大大方方地吃喝，谁也不怀疑咱们。”巴拉根仓说。

县太爷一想，有道理，便同意了。

这样，哥儿俩在厨房里点上灯，在里间炕上摆了一桌鸡鸭鱼肉，又端来一壶酒，就像是赴宴的贵客，大吃二喝起来。不过，县太爷心里总是平静不下来，生怕被人发现，酒喝着不香，肉吃着咽不下。可是，巴拉根仓却满不在乎，猛吃猛喝不算，还提议说：“哥，咱俩这么不声不响的吃喝，实在别扭。来，划着拳喝吧！”

“咿！那可不成。”县太爷吓得全身打战。

“那好。”巴拉根仓绷起脸说，“我现在就喊‘县太爷偷宝来了’。”

“别，别，哥哥依你就是了，千万别乱嚷嚷！”县太爷看巴拉根仓喝得有点兴奋，只好让步。

他们哥儿俩正在厨房里“七个巧”、“八匹马”地闹腾着，被更夫听见了。更夫走过来一瞧，一个年轻小伙子跟一个小孩儿正在喝酒哩！他仔细端详，是陌生人。更夫急忙跑到内院上房，站在洞房窗下报告小王员外。新婚夫妇刚入洞房，二人耍闹着还没睡呢！一听下人报告，小王员当下走出来，跟更夫到厨房一看，只剩下那个青年人，小孩子不见了。

那个小孩子去哪儿了呢？原来，巴拉根仓故意逼着县太爷划拳引来更夫。他一听到外边有脚步声，便以盛饭为名下了地，趴在炕沿下。当新郎和更夫推门进屋的时候，他就溜出了厨房。

县太爷就这样直愣愣地坐在炕上，被小王员外抓了个正着。小王员外和更夫又在屋里找了好半天，也没有找到那个小孩子。

“大喜的日子，审案不吉利。”小王员外说，“先把这个小子装在口袋里，扔到外间，明天再审问。”两人连姓名、缘由都没有问，就把县太爷装进毛口袋。更夫把他扛到洞房外间，扔在墙角下。然后，新郎又回到洞房，跟新娘打开钱匣，欣赏了一会儿陪嫁的宝物，戏耍了一番才睡下。

巴拉根仓溜出了厨房，站在墙旮旯暗处，看清了刚才所发生的事。大财主家大院套小院，左一个门，右一个门，说不清有多少院、多少门。可是，这么大的院子里，除了一个更夫在敲敲打打地走动外，再也看不到人影儿。这时，巴拉根仓想：刚才吓了吓县太爷，把他吓得差不多了，该把他救出来。怎么个救法呢？我还得把仇人王员外的宝物拿到手呢！怎么去偷那如意呢？想着，想着，巴拉根仓终于想出了个妙策。

巴拉根仓拿定了主意，便走出王员外的大院。来到场院里，他把一垛干秫秸给点着了。更夫突然看见后院起火了，便敲着锣喊叫起来：“着火了，后院起火了！快起来救火呀！”

人们闻声赶到后院救火去了。新郎小王员外也爬起来，把新娘留在洞房，跑到后院。

趁大伙在场院忙着救火时，巴拉根仓急忙跑进洞房外间。这是一明两暗的三间房，东间是小王员外的新房，西间住着小王员外的老母亲。巴拉根仓到外间一摸，县太爷在毛口袋里挣扎着呢！他打开口袋放出县太爷，又把他领到西间门口，悄悄地说："你拿着口袋坐在这儿不要动，一会儿我叫你动，你再动。"

巴拉根仓安顿好县太爷，便走进西屋。王老太婆正躺在床上呢。

"奶奶。"巴拉根仓装出丫鬟的口气说，"新少奶奶说一个人留在屋里很害怕，请老奶奶过去做伴呢。"

王老太婆相信了巴拉根仓的话，刚下地迈过门坎，巴拉根仓在她身后使劲儿一推，正好把她推在县太爷身上。巴拉根仓上去拿她的衣襟堵住她的嘴，跟县太爷一起动手把老太婆倒捆手装进毛口袋里，放到原处。然后，巴拉根仓又叫县太爷站在门口，自己又走进洞房，用丫鬟的腔调说："少奶奶，老爷说后院进贼放火了，也许是来偷宝的，叫您把装宝的那个钱匣送到奶奶家放呢！"

刚过门的新媳妇不认识王员外家的丫鬟，再说怎么好违背丈夫的话，于是她把从娘家带来的装宝钱匣交给了巴拉根仓。巴拉根仓接过钱匣走出来，跟县太爷逃走了。

当巴拉根仓和县太爷逃出王家庄时，已经是五更天，各家的公鸡都打鸣了，在天亮前赶到县城是来不及了。于是，巴拉根仓对县太爷说："我返回村里寻一匹马来，咱俩骑着走不就快啦！"

县太爷赞称他的主意好。巴拉根仓把偷来的钱匣交给县太爷说："你就在这儿坐着等我，可不能挪地方，不然我回来找不到你了。"说罢，他向王家庄走去。

其实，巴拉根仓压根儿就没有打算再返回王家庄，只是使了个计策跟县太爷分开。因此，他没有走多远，到河湾的苇塘里藏起来。

巴拉根仓走后，县太爷把偷来的钱匣打开，摸着全是金银首饰、珍珠玉器，其中那件如意正放射着光哩！县太爷乐开了怀，把钱匣紧紧地搂在怀里，坐在草地上等候巴拉根仓牵马回来。巴拉根仓走进苇塘待了一会儿，当东方快要出现鱼肚白时，拔起一棵粗蒿，削掉枝叶，"噼哧啪喳"，在地上抽打开。他一边抽一边喊："啊呀！你们别打我呀……我……我没有偷你们的宝……我说……是我哥哥……啊呀，叔叔，饶命！是我哥哥县太爷……是他偷走了……”

这声音在县太爷听来就像是打人一样，再听到巴拉根仓的呼喊哭叫声，心想：完啦！巴拉根仓被人抓住了，把我招出来了。我得赶紧逃，不然我也被抓住呀！于是，他撒腿就跑开。这时，巴拉根仓也调转方向往自己家走去。

再说说新郎小王员外，他灭了场院的火回到家中。

“哼！准是这个家伙的同伙放的火。”说着，气头上的小王员外抡起手中的铁锨狠狠地抽打毛口袋。那毛口袋里的人一下子软下来，瘫软在地上，一动也不动了。

“恶贼！你还会装死。”小王员外骂骂咧咧地走进洞房。

“偷宝的贼抓住了吗？”新娘问。

“什么偷宝的人？你听谁说的？”小王员外反问道。

新娘把刚才发生的事情讲述了一遍。小王员外听了，转身跑到他母亲屋里一看，老太太不见了。他找遍屋里，不见人影。

“准是这个贼的同伙放火，使了调虎离山计把宝匣给骗走了，得赶紧审问他。”小王员外想到这儿，叫来几个人打开毛口袋。他一看，愣住了，口袋里装的是他母亲，而且已经断气了。小王员外扑倒在地，抱起母亲的尸体嚎哭起来。这时，有个长工跑进来报告道：“员外，员外，村东头有个小孩在呼喊呢！”

“喊什么啦？”

“八成是偷东西被人抓住了。他直喊‘我没有拿你们的东西，是我哥哥县太爷偷的’。”

“啊？县太爷偷的？快，快，追！”小王员外当即下令，带领二十来个骑马、步行的庄稼汉朝村东头追过来。

县太爷听见巴拉根仓的呼喊声，吓得抱住宝匣就往县城里逃跑。这工夫，天已大亮，忽听身后传来人喊马叫声，他回头一看，二三十号人已经追上来了。县太爷急得喊了声“完啦”，就摔倒在地。

小王员外带领人马走过来，下马一看，果然是县太爷，可人已经死了，怀里还抱着那个宝匣。原来，县太爷被人追得吓破胆吓死了。大伙就把县太爷的尸体驮回村。虽然小王员外抓到了偷宝贼，但人已经死了，再也审问不出个名堂，只好下令把他拖出去扔掉。回头，他痛哭流涕地埋葬了母亲。

巴拉根仓趴在河湾苇塘里看见县太爷被人们抓走的情形，想：我现在既不能回家，也不能待在这个地方，只好远走他乡了！他便离开了家乡。从此，巴拉根仓就成了一个无家可归、无处不到的流浪汉。

智德为富不仁的白音

卖狗皮

从前，有个白音特别喜欢狗。他家养的狗少说也有几十条，而且种类俱全，什么品种都有，打猎的细腰狗啦，护畜群的狼狗呀，身边做伴的狮子狗，守浩特的花白狗……他喜欢狗远近出了名，因此，人们给他起了个外号，叫敖海吐[1]。

这个白音秉性很坏。他看见路过他家门口的人不顺眼，就放出狗来咬，不知有多少放牧穷人，从远方来找牲畜的人被他家的狗咬伤。四乡的百姓吃够敖海吐白音家狗的苦头，都想报复解解恨，可是无计可施。

一天，走南闯北的巴拉根仓偏巧来到这里。人们一见他，高兴极了，个个争着向他诉说起敖海吐白音用狗坑害人的事。有人提议，大家一起去打死敖海吐白音家的恶狗群。

巴拉根仓听后，摇摇头说："使不得，要知道他是个有权有势的白音，我们得想个稳妥的法子才行。"

一听巴拉根仓也想治一治敖海吐白音，大伙马上振奋起来，问他：

"你看怎么办？"

---

[1] 敖海吐：蒙古语，意为有狗的人。

“有什么好办法？”

“我们叫敖海吐白音自己动手杀掉他的狗。”巴拉根仓想了想，满有把握地说。

“世上哪有自己杀掉心爱物的白音，这不可能。”顿时，人们像泄了气的皮球，个个垂头丧气。

“别急嘛！你们只要给我借来十匹骏马，我一定能让敖海吐白音杀掉他的狗。”

人们见巴拉根仓说得很有把握，抱着不妨试试看的态度，就在当天晚上借来十匹骏马，把它们交给了巴拉根仓。

“请乡亲们等着吧！不出五天就会有好消息。”巴拉根仓边说边牵着马走了。

第二天，巴拉根仓配好鞍子，骑上其中一匹最好的马，牵着另外九匹，故意从敖海吐白音家门口经过。

敖海吐白音一看，大怒道：“谁这样放肆，竟敢骑着马从我门口过！”说着，他命令手下人把细腰狗、花白狗、狼狗和狮子狗全放开。这一大群咬惯人的狗一见骑马的人，一窝蜂似的围上去，龇牙咧嘴地叫开了。

巴拉根仓在马上一边用藤鞭子抽打狗，一边大声喊道：“快看狗！我是来告诉您好消息的！”

站在门口看热闹的敖海吐白音一听有好消息，马上叫用人拉开狗，把巴拉根仓叫来，问道：“有什么好消息？”

“听说您是个有名的马贩子，很会相马，请您给我相一相这十匹马好吗？”

敖海吐白音到巴拉根仓的马跟前，左看看，右瞅瞅，个个胸脯宽阔，脊背滚圆，膘肥体壮，确实是好马。白音越看越眼红，心想：这穷小子从哪里弄到这么多好马？他问：“巴拉根仓，这都是你的马吗？”

“当然啦，您不相信？”

“哪里，哪里，我是问你怎么弄到这些马的。”

“噢！原来您是问这个呀！俗话说：‘遇灾遭殃，走运享福。’前天我真的走了红运。”巴拉根仓说。

“什么红运？”白音紧紧追问不放。

“是这样，前天我进城，碰到了收狗皮的贩子，他用一匹马换一张狗皮。当时我正好有十张狗皮，就换了这十匹马。”

“你别撒谎了，我看世上没有这样的傻瓜……”

“是啊！当时连我也没有想到。前些日子，我的狗吃了一块骨头噎死了。我把皮子剥下来，进城想换几碗盐吃。可我万万没有想到碰上个从内地来的收狗皮的贩子，他竟用一匹马换取了我的一张狗皮。”

“那九匹马又怎么来的？”

“我一看有利可图，立刻返回家来，把全浩特的狗都杀掉，剥下皮子，背着皮子进了城，找见那个内地贩子，换了九匹马。您说这不是走运，是什么？”

“真有这么便宜的事？”白音目不转睛地盯着这些马，将信将疑地问他。

巴拉根仓见敖海吐白音有些动心了，便说：“信不信由您。听说，那收狗皮的贩子很快就要走了。白音啊，机不可失，时不再来呀！”说完，他不慌不忙地骑上马加鞭飞驰而去。

巴拉根仓走后，敖海吐白音无心再做其他事了，便回屋躺在炕上思谋开：信吧，哪有用一匹马换一张狗皮的蠢人；不信吧，像巴拉根仓这样的穷小子，一下子哪能弄到这些好马！想着想着，他进入了甜美的梦乡，梦见自己用勒勒车拉了一车狗皮进了城，换来了一群骏马，这群骏马又在天空中腾云驾雾……白音高兴之余，一下子从梦中醒来，就带领用人把细腰狗、花白狗、狼狗和狮子狗……通通杀掉，剥下皮进城。

“谁买狗皮？”敖海吐白音放开嗓子沿街叫卖。

一些人听到叫喊声凑过来问：“狗皮？要多少钱？”

“我这都是上等的好狗皮，一张换一匹马！”白音回答得干脆利落。

人们一听是这么个行情，咧咧嘴，扭头就走。

敖海吐白音仍不死心，继续大叫：“识货的快来换哟——先来换好的，后到的人连赖的也换不上了……”白音有些急了。

街上的人们看到他的模样，听他的叫喊，都以为他是疯子。

敖海吐白音沿街叫卖了很长时间，连一张狗皮也没有换出去，这才意识到自己受骗了。

这位赫赫有名的敖海吐白音哪成想自己上了当，杀死了心爱的狗，又遭到人们的嘲笑，不由得头一晕，眼一黑，一头栽倒在狗皮上。

珍贵的礼物

从前，有个专会对上溜须拍马，对下欺压勒索的白音。只因他勾结有权有势的诺颜，榨取百姓的血汗发了财，人们给他起了个哈胡拉其[1]的绰号。一向刚直倔强、不怕白音和诺颜的巴拉根仓，早就恨透了这个心怀邪念、行为不端的白音。他想来想去，终于找到了制服他的妙法子。

一天，巴拉根仓怀里揣了一些碎银子，褡裢里放了只大花猫来到哈胡拉其白音家，进屋请安："听说您经常跟上边的诺颜们走动，面子挺大的。我想麻烦麻烦您，不知行不行？"

哈胡拉其白音从未见过巴拉根仓，便问："你叫什么名字？"

巴拉根仓回答："我叫照力古德[2]。"

"家在哪里？"

"不瞒白音，我是个穷小子，根本没有家，只靠给白音、财主当长工打些短工糊口度日。听说您德高望重，肯为穷人办事，所以我来求您到官府衙门或王爷府上说个情，给我找个用人的差事，我一辈子忘不了您的好处。"

---

[1] 哈胡拉其：蒙古语，意为受贿赂者。

[2] 照力古德：蒙古语，意为故意的。

“说个情嘛，倒可以。”白音用眼角瞟了巴拉根仓一眼，继续说，“可是你得知道，衙门和王府是不能空着手进的。”

巴拉根仓早看出哈胡拉其白音想要钱，就把从怀里掏出的碎银子奉送上去，说：“谢谢白音的关照。不过，因为我穷得实在可怜，只凑到了这点银子。如果白音不嫌礼薄，我就心满意足了。”

哈胡拉其白音一见银子就乐了，忙收下来说：“帮你们这些穷小子，对我来说也算是积德呀！好啦，你的事我全包下来了。不过，你要知道，在衙门当用人还必须有礼貌、懂规矩，不然被辞退了，也等于往我这中间人脸上抹黑，懂吗？”

巴拉根仓装出很恭维的样子问：“那您说咋办好？要不，再找个师傅请教请教，怎么样？”

“这倒不必，我也可以教教你。”白音又瞅了瞅巴拉根仓，沉思了一下说，“到王爷那儿说说你的事，也不能两手空着去呀！像哈达、布匹之类的薄礼又不好拿出手……”

“那还用说，”巴拉根仓早就料到白音是不会满足的，当下从褡裢里抱出那只大花猫说，“只怨我太穷了，想送一匹马吧，我没有；给一些碎银子吧，又觉得太小气了。我只好把这奇世活宝奉送上去，以表我的一片心意。”

白音瞅着这只花猫不解地问：“它怎么成活宝了？”

巴拉根仓趁机把大花猫夸奖一番：“您别看它身子小，本事可大哩！在屋里，它能逮耗子；守浩特，它能抓狼，捕狐狸和兔子。王爷不是很喜欢打猎嘛，把这只猫送上去，他一定会高兴的。”

哈胡拉其边听边在心里盘算：如果把这只宝猫送给王爷，我肯定还能官升三级。他越想越得意，说：“行，行！这真是一件珍贵的礼物。”说着，他从巴拉根仓手里接过了猫。

第二天，哈胡拉其白音背上装着大花猫的褡裢，兴冲冲地来到王府，向王爷请安：“王爷啊，听说您想要一条好猎狗，是吗？”

“是啊，你弄到了？”王爷问。

“弄到了，”哈胡拉其白音得意洋洋地说，“不过，我弄到的这条猎狗本事可大啦，能捕捉天上飞的沙鸡、野鸡，还能逮住地上跑的狐狸、兔子……”

“在哪儿？”王爷迫不及待地想要看一看。

“在这儿。”哈胡拉其白音立即从褡裢里提溜出大花猫递给王爷。

王爷一看是只猫，顿时暴跳如雷，骂道：“啊，好你个哈胡拉其白音，你拿着象征凶兆的猫来故意和我作对，还不快给我拿下去。”

王爷为什么这般讨厌猫呢？真是无巧不成书。原来，这位王爷的属相是老鼠，小的时候又因怕猫而生了一场病。后来他请活佛占卜，活佛说，王爷得病生灾是因猫在作怪。从此以后，王爷既怕猫又讨厌猫，便下了一道令：王爷府里的人一律不能养猫，也不准谈论猫。倘若有谁在无意中谈到猫，便会受到惩罚。

王爷看见哈胡拉其送来一只猫，越想越生气，对侍从下令：“给我狠狠打这个送猫来的坏家伙！”

“王爷饶命。”哈胡拉其白音下跪求饶，“这是照力古德送给您的。”

“什么？你是故意送来的！”王爷咬牙切齿地说，“好！给我剥下这个故意跟我作对的东西的皮！”

于是，没容哈胡拉其白音再为自己辩解一句，便被王爷手下的人拉下去，被黑皮鞭抽打得半死不活。真是谄媚未成倒吃鞭笞。这才叫哑巴吃黄连，有苦难言啊！

巴拉根仓的婚事

巴拉根仓爱上了沙德乃白音家的姑娘敖斯尔玛。他想：自己穷得连根牛毛都没有，怎么能娶富户家的女儿呢？再说，虽然自己和敖斯尔玛经常见面，但总没有细说过呀，人家爱不爱我呢？他整天愁眉苦脸，奶茶不香，饭菜难咽。

一天，巴拉根仓在牧场上又遇见了敖斯尔玛。他决定壮着胆子试探试探，看看姑娘究竟对自己有没有情意，就站在路旁高坡上说：

美丽的姑娘，敖斯尔玛，
你愿不愿意回答我的话？
爸爸给了我一双智慧的眼睛，
你知道它想看到什么？
妈妈给了我一颗善良的心，
你晓得它想获得什么？

敖斯尔玛抬头一看，是他整天见面的那个漂亮小伙子巴拉根仓，就勒住马，愉快地回答：

比牛还笨的巴拉根仓呀，
这样的话还用得着问吗？
爸爸给你的那双智慧眼睛，
它不是希望看到光明吗？
妈妈给你的那颗善良的心，
难道它不想得到幸福吗？

巴拉根仓问：

聪明的姑娘，敖斯尔玛，
你愿意再回答我的话吗？
我的眼睛已看到光明，
为什么它夜间总不能入睡？
我每天都听到幸福的歌，
为什么这颗心还不能平静？

敖斯尔玛答：

木头一样呆的巴拉根仓，
难道你没有别的话可讲？
那双眼睛夜间不能入睡，
它是想让黑夜升起太阳。
那颗心还不能得到平静，
是幸福的花儿还没开放。

巴拉根仓问：

可爱的姑娘，敖斯尔玛呀，
你的话真像春风一样温暖。
我看到的光明只有你知晓，
你能用最动听的歌唱给我吗？
我希望的幸福只有你理解，
你能用最甜蜜的话告诉我吗？

敖斯尔玛答：

哎呀呀，我真替你害羞脸红，
这样的话能让姑娘来回答吗？
羊角虽弯，
总是在一块肉上生根；
姑娘再丑，
也不嫁石头样的男人；
黄花鹿虽温驯，
勇敢的猎人才能捕到；
幸福就在眼前，
胆小人却与它无缘分。

敖斯尔玛说完，纵马而去。

巴拉根仓知道了姑娘的心意，高兴得要发疯。他托了老牧人去沙德乃家求亲。不到半晌，老人回来对巴拉根仓说：“孩子，你能射箭吗？”

“驯马放牧咱都行，射箭打猎可没学过。”巴拉根仓说。

“那——这门亲事算吹了。”老人说。

“怎么回事，老阿爸？”巴拉根仓问。

“唉——”老人长叹一口气，“一来咱们穷人就够不上跟富人攀亲；二来沙德乃家这个姑娘不往外嫁，要招女婿，而且必须是个百发百中的神箭手，人家早说出去了。你说，这不是吹了吗？”

“我一定要把敖斯尔玛娶到！”

第二天，巴拉根仓找来一张弓和一袋箭，骑上马出去了。路上，他忽然看见一只刚断气的死雁，心想：何不利用一下这只雁呢？他忙拔出三支箭，一起刺进大雁的后肚，悄悄地扔到沙德乃家的后院。然后，他催马狂奔来到沙德乃家门口，一进门就对管家说：“刚才我一连三箭射中了一只大雁，落在你家院里，请你帮我找找吧！”

管家左寻右找，果然在后院找到一只死雁，一看，三支箭都射在同一个地方，心想：这人箭法真好。他再看巴拉根仓，人又年轻英俊，赶紧跑进屋对沙德乃说：“恭喜呀，老爷，外边来了一个漂亮小伙子，是个百发百中的神箭手，一连三箭都射中了大雁的屁股，幸好飞落在咱们后院。这不是天作良缘，把新姑爷送上门来了？”

沙德乃正为找女婿的事儿发愁，听管家这么一说很高兴。他客客气气地把巴拉根仓请到屋里，烟茶酒饭摆了一桌子。管家为了讨好新姑爷，没等沙德乃开口，就说：“恭喜你呀，新姑爷！我家白音为了找寻一个百发百中的神箭手做养老女婿，四方散帖传信已经几个月了，一直连个影子都没有，正愁眉不展哩！哈哈……这真叫福从天降呀！”

“哎呀，”巴拉根仓惊喜地说，“怪不得今早出门喜鹊叫哩！既然如此，岳父在上，受小婿一拜吧！”说着，他就作揖拜礼。

“慢着，慢着！”沙德乃瞪了管家一眼，“要娶我的姑娘也不难，必须再一次证明你的箭法和勇敢。北山里最近有一只猛虎出没，每天下山来伤害牛羊，你敢把它打下来吗？”

巴拉根仓想了一会儿，斩钉截铁地说：“好吧！您派四个有劲的汉子跟我去抬吧！就凭我这个神箭，别说是一个，就是一千个老虎也经不住我打。”

饭后，他领着四个身强力壮的牧工来到山腰，对大家说：“你们找个地方藏起来，等我一喊，你们就出来帮忙。”

巴拉根仓见路旁有棵大树，三下两下爬到树上。他刚坐好，老虎就出洞了。老虎正饿得心慌，见树上有人，大吼一声，向树上蹿去。巴拉根仓一着急，就用箭射，正巧，老虎的头被卡在树杈里了。他喘了口气，笑着对老虎说道：“你呀，放着沙德乃家的牛羊不去吃，偏要吃我，看，自找罪受吧！”

老虎不一会儿就被吊得没气了。巴拉根仓把袋中的九支箭一齐塞进老虎屁股里，然后跳下树来大声喊道：“来人哪，老虎被我射死了。”

沙德乃见老虎被射死了，只好让敖斯尔玛嫁出去。后来他才知道，这位新姑爷就是巴拉根仓。

神　马

绿浪翻滚的草原上，白音骑着马尽兴游玩着。突然，他看见巴拉根仓走过来了。

“巴拉根仓，你不是骗人出了名吗？今天你要是把我骗了，我这匹全鞍马就是你的；你要是骗不了我的话，”白音举起手中的鞭子说，“这东西就要吃你的肉，喝你的血！”

巴拉根仓装出一副无可奈何的样子说：“白音，我刚才救火时把智慧囊丢在火里了，没有智慧囊，我是寸步难行啊！”

“胡说，你说哪儿失火啦？”

“庙旁的浩特。”

白音大吃一惊，接着便冷笑着说：“你骗不了我，我刚从家里出来的。”说着，白音举起了手中的鞭子。

巴拉根仓毫无惧色地往前走着，站到一丛马莲旁，摘下帽子，露出刚才替牧人打火时烧焦的头发说：“您自己看看我这脑袋。”

白音不由得向后仰了下身子，浑身哆嗦着。

“您再看看我的胳膊。”巴拉根仓说着，把衣袖提了上去，露出救火时烧伤的肉。

白音的脑门上渗出了豆粒大的汗珠，惊慌地问："巴拉根仓，烧坏了什么东西？"

"除房倒屋塌外，还烧死了贵夫人……"

"啊！"白音尖叫一声，昏倒在马下。

巴拉根仓立即跳上马背，扬鞭策马，飞驰起来。白音苏醒以后，知道上了巴拉根仓的当，便大声地喊道："站住！巴拉根仓，你把马还回来！"

巴拉根仓坐在马背说："白音，您拉出了屎，还能收进你肚里吗？说了话不能不算数！"

躺在绿草丛中的白音声嘶力竭地喊："巴拉根仓，你等着，不等你跑出我的牧场，我就会逮住你。"

巴拉根仓骑马跑了一大段路，穿过绿色的草原，来到褐色的山谷里。这时候，大腹便便的旅蒙商骑着马，驮着财宝过来了。

巴拉根仓下了马，来到山坡的鼠洞前，把他带着的蝇甩子的木柄埋进鼠洞里，把马尾留在外边，故作吃力的样子往外拉马尾。

旅蒙商来到巴拉根仓跟前问："你在这里干什么呀？"

"我在拉我的神马。"巴拉根仓头也不抬地回答道。

"什么神马？"

"最近走运，得了一匹神马。这马能上天入地。今天我骑上它，在天堂里兜了一圈回来，不料被白音看见了，他贵贱要用他的骏马换我的这匹神马。"

旅蒙商一看，果真是白音心爱的马。当年，他出高价讨过这匹马，却没讨到手。他动心了，进一步探问："那你答应了没有？"

"我当然不能答应了，可白音执意要换。除了这匹马外，他回去又牵马去了。"巴拉根仓指着追赶着他的白音扬起的灰尘说，"你看，他赶着马群就要过来啦！"

旅蒙商望着草原深处群马飞腾的景象，急忙跳下马，来到巴拉根仓跟前说："巴拉根仓，你把这匹神马卖给我吧！我把马上驮着的财宝全交给你，它足够你买两群马。"

巴拉根仓不慌不忙地说："那你得跟白音商量好。"

旅蒙商着急地说："我是跟你做买卖，跟他商量什么？"

巴拉根仓佯装为难地说："那就给你吧！不过，你要在白音来之前把这个马尾攥在手里，千万不要放松，也不要用力往外拉。"

旅蒙商人不解地问："为什么呢？"

巴拉根仓从容不迫地说："因为这是神马，不能与凡马等同对待。它既然入了地，你就不能愣往外拽。它午时进去，卯时来。你只要尽心尽意，它就心领神会。你如果愣往外拽，那它连尾巴都钻进地里了。神马，神马，只能心会，不能力取，懂了吗？"

"懂了。"旅蒙商高兴地把神马牵过来。他一手交马，一手拽住了巴拉根仓手里的马尾巴。

"我现在就去牵马来，你等着。"巴拉根仓说完，骑上旅蒙商的马，外带白音的骏马，一溜烟地跑了。

这时候，白音大喊大叫地向旅蒙商跑过来……

后来，行侠仗义的巴拉根仓，把白音的马和旅蒙商的财宝全部分给了穷苦的牧民们。

惊魂幡

巴拉根仓十岁那年，就到本村的拉加森白音家去放羊。

拉加森白音有个宝贝儿子，名叫哈斯鄂尔敦，长到十三岁的时候，因为胖得溜圆，牧人家的孩子们都管他叫蛤蟆墩。虽然他小小年纪，却同他的阿爸一样坏，常常拿穷牧民的小孩儿当马骑着玩。

一天，蛤蟆墩听说自家羊倌巴拉根仓不服他管，就伙同几个白音家的孩子一起找到巴拉根仓，想欺辱他。

“喂！巴拉根仓，”蛤蟆墩晃着滚圆的脑袋喝令道，“老爷想吃野果子，你赶快到北山狼窝沟里去给摘。”

巴拉根仓早知道他们不怀好意，就没有吭声。

蛤蟆墩又说：“这是我阿爸的吩咐，你不去，我打你！”

其他几个白音家的孩子也帮着起哄，要笑巴拉根仓。巴拉根仓恨透了以蛤蟆墩为首的这帮富家子弟。

“谁说不敢去狼窝沟？你们替我放羊，我就去。”巴拉根仓瞪着眼睛说。

“替你放羊？哼！净想轻闲，有本事带着羊群去！”蛤蟆墩没有想羊群的事情，只想看看巴拉根仓是怎样被狼吃掉。

巴拉根仓想：这群坏蛋想害我，没门。我会上树，去就去！

巴拉根仓赶着羊群，露出毫不畏惧的眼神，边走边想主意。当他离狼窝沟不远时，蛤蟆墩一伙爬上了山顶，睁大眼睛等着看热闹。你猜巴拉根仓怎么想的？他想：反正有这些羊够狼吃，我就不用怕了。他赶着羊进了沟。

可真巧，狼窝沟里没有一个狼影。他火速地爬到大树高处，往衣兜里装野果子。不一会儿，羊儿惨叫着向他跑来。狼来了，巴拉根仓“嗖”地跳下树，把衣裳用粗把长鞭杆高高地挑起来，赶着羊群往山顶上跑去。这时，他已经发现四五只狼冲他追来。巴拉根仓再往山顶看，蛤蟆墩他们早跑得没影了，再看看狼，狼不追了。巴拉根仓愣住了，心想：有猎人吗？不对，要是有猎人必定能听到枪声，又一琢磨，狼不敢追人，肯定是怕什么。他一下看到自己挑着的羊鞭杆上的破袄，哈哈大笑起来。他索性往回跑。那些远处的狼看见他，全都溜走了。巴拉根仓吐口冷气，安心了。他又慢慢地赶着羊往家走，一边走一边想着治蛤蟆墩的办法。

第二天，巴拉根仓照常去放牧，蛤蟆墩他们很吃惊，怎么也不相信巴拉根仓没有被狼吃掉。蛤蟆墩想知道巴拉根仓是如何逃出狼窝沟的，又来找他，说：“巴拉根仓，你福运不小，狼怎么不吃你呢？你怎么逃回来的？”

“逃回来的？哈哈，笑话，莫说是狼，就是一群虎，也得怕我这个惊魂幡。”巴拉根仓逗着蛤蟆墩。

“什么惊魂幡？”蛤蟆墩半信半疑地问。

“老实告诉你们吧，”巴拉根仓神乎其神地讲起来，“我在山上放羊，一天有个师傅给了我这件衣服，它就是惊魂幡。谁要穿上它呀，什么虎、豹、狼见了都吓得望影而逃。”

“真的吗？”蛤蟆墩望了望那件烂袍子，有些不相信。

“你不信？来来来，我让你们见识见识！”巴拉根仓说着就往狼窝沟走去。这时，蛤蟆墩他们尾随着巴拉根仓到山顶，再也不敢往前走了。

巴拉根仓喝道：“你们好好地给我看守羊群，不能丢失一只。”

“好，好！”蛤蟆墩带头答应了。

只见天真聪明的巴拉根仓口唱牧歌，大摇大摆地进了沟。不大一会儿，又见有几条狼窜出沟口，四下奔跑。巴拉根仓收下羊鞭杆上的惊魂幡，笑眯眯地返回山顶，望着吓得目瞪口呆的几个人说：“怎么样，信不信我这宝贝呀？”他说着还故意把衣服放在山岩陡峭的大石头上，又向烂衫鞠了一躬后，才又穿到身上。蛤蟆墩们直勾勾地流着口水，看着巴拉根仓坦然地躺在山坡上休息。

蛤蟆墩心想：我阿爸有权有钱，可惜就缺这种宝物，他这么个穷羊倌却有。另外几个富户人家的孩子也这么想。他们就凑在一堆儿，叽叽咕咕一阵。蛤蟆墩又嬉皮笑脸地走到巴拉根仓跟前，毕恭毕敬地说：“巴——啊，仙童老弟，你这宝物真罕见，有这个你何必放羊受苦呢？不如把它卖了，换银子不好吗？”

巴拉根仓一听，心里憋着笑，但他咬着嘴唇，板着脸说：“卖？师傅给的宝贝，能卖掉吗？”

“我给你一百两银子。”蛤蟆墩说。

“一千两、一万两银子也不卖！”巴拉根仓干脆地回答。

“啊……啊！那就借给我穿几天行吗？”蛤蟆墩央求着。

“借？”巴拉根仓故意露出为难的表情，不说话。

蛤蟆墩见巴拉根仓不言语，又进一步地说：“哎，我这兜里就有十两银子，你先拿着，就算是借一天的押金。以后咱就是好朋友，我再也不欺负你了！”

“不行啊！”巴拉根仓看着面前的银子，仍然摇头说，“不行！我师傅要知道了，就收回这宝贝呀！”

蛤蟆墩以为他嫌少，赶忙说：“我今天就是图个玩儿，回去我多给你拿点儿。”说着，他把银子往巴拉根仓怀里塞。

“去去去！”巴拉根仓一把将他的手推开说，“借是可以借呀，只借你一天，晚上得还给我。再有，你若去吓唬狼，必须穿在身上才有把握，不能像我那样随便脱下来。”

“为什么？”

“因为你不是它的主人。”

“噢，明白了。”蛤蟆墩乐坏了，忙脱下自己的衣服，交到巴拉根仓手里，“给！你先穿上我的，晚上我一定还你的惊魂幡。”

就这样，巴拉根仓和蛤蟆墩换了衣服，带上银子，又上山放羊去了。于是，蛤蟆墩就进山沟玩狼去了。这一去，蛤蟆墩再也没回来。他父亲拉加森白音四下打听儿子的去向，从一个财主的孩子口中得知儿子被狼吃了。拉加森白音告到衙门，可是巴拉根仓早就跑得无影无踪了。

算账妙法

从前，白银塔拉草原上闹白灾，牲畜多半冻死了，牧民的日子很苦。可是玛利白音不顾牧民的死活，仍然让狗腿子到蒙古包勒索牧民。巴拉根仓看到牧民的日子实在没法过，就到玛利白音家去报灾情，请求减免税收。

玛利白音问他：“今年你们那儿收成怎么样？”

巴拉根仓回答：“牛有三成收，马有三成收，羊有四成收。”

玛利白音听完，皮笑肉不笑地哼哼着：“你们那里牛有三成收，马有三成收，羊有四成收，加起来不正是十成收吗？你怎么还报白灾啊！你还年轻，什么都不懂，快回去，叫一个岁数大一点的人来见我。”

“我就是全村最老的人。”巴拉根仓想了想说。

“你今年多大？”

“我今年一百三十五岁。”

“什么？”玛利白音一听，一下子就跳了起来，恼怒道，“你明明二十几岁，怎么说是一百三十五岁呢？”

“是这样，”巴拉根仓平心静气地回答，“我今年二十岁，我父亲四十五岁，我爷爷七十岁，加起来不正是一百三十五岁吗？”

“胡说！”玛利白音气得拍桌子大声吼叫，“三个人的年纪怎么能加在一起算呢？”

巴拉根仓讥笑着说：“老爷，那您为什么把三种牲畜的收成加在一起算呢？”

玛利白音目瞪口呆，半天说不出话来。

当长工

很早以前，有个叫扬登[1]的白音，非常小气吝啬。虽然他牛羊成群，金银成堆，可是对长工十分苛刻，从来不舍得多给一分工钱。人们早就恨透了他。巴拉根仓见到这种情形，也想治一治他，为贫苦长工们出出气。

有一天，巴拉根仓来到扬登白音的家。

白音问他："你来干什么？"

"想做工挣几个钱。"巴拉根仓回答。

扬登白音上下仔细打量了一番巴拉根仓，心想：这小子膀大腰圆，看样子力气还不小，能雇上这样的长工很合算，便问："你会做什么营生？"

"放牧、打猎、拾粪、做奶食、搞买卖样样都会，只要您吩咐。"巴拉根仓认真地回答。

白音听后，觉得雇用这样的人真是太合算、太有利了，就亲热地说："小伙子啊，看来命运把咱俩连在一起了。你就给我当长工吧，我不会亏待你的。"

"白音，俗话说：'养骆驼的人要知道自己骆驼的宿性。'您要雇长工，也

[1] 扬登：蒙古语，消瘦、干瘪。

应该摸透自己长工的脾气才好。”巴拉根仓忙说。

“你有什么脾气？”

“第一，”巴拉根仓说，“我与一般人不同，一干起活来从不说话。”

白音心想：像这样不吭一声，一股劲儿干活的人，我还没有见过呢！在别人说话闲扯的时候去干活，不知要多干多少哩！嗯，雇得，雇得。他说：“你这个脾气很好嘛，我就喜欢这样的人。”

“第二，”巴拉根仓接着说，“我做买卖总要占便宜，以小换大，一个赚两个！”

白音听后更高兴了，暗暗思谋：若常派他到城里做买卖，一定能得到很多好处。这一本万利的事，干得，干得。他连忙说：“你这个脾气也合我意，还有什么脾气？”

“第三，”巴拉根仓又说，“我这个人干起活来，从早到晚不知歇息。”

白音一听，乐得嘴也合不住了，满脸堆笑地说：“你这几种脾气呀，我都喜欢。那就一言为定，你哪儿也别去啦，就在我这儿，保你有吃有喝。”

从此，巴拉根仓给扬登白音当了长工。

一天，巴拉根仓到井边去拉水，看见扬登白音的小儿子掉进井里挣扎着。他拉回水没吱声，又拿起扫帚扫院子。

白音的老婆半天不见小儿子，到处寻找，碰上巴拉根仓，便问：“巴拉根仓，你看见我的儿子没有？”

巴拉根仓瞅了她一眼，什么也没说，继续扫他的院子。白音一家找了一整天，也没有找到儿子，急得团团转。天黑了，巴拉根仓收了工。吃晚饭时，白音问他：“巴拉根仓，你见我小儿子没有？”

巴拉根仓这才把自己所见情形讲了出来：“晌午我去拉水时，看见您儿子在井里挣扎来着。”

白音老婆一听又急又气，火冒三丈，说：“晌午问你，你为什么不吱声？”

巴拉根仓不紧不忙地说："我这个人一干起活来就不吭声，这你们是知道的呀！"

白音和他的老婆无话可说，也顾不得这些，立即提上灯笼跑到井边，捞出儿子一看，肚子已经成了打足气的皮球，早就断气了。

无奈之下，白音当夜给了巴拉根仓几两银子，叫他进城买棺材。巴拉根仓连夜启程，第二天过晌，拉回两口棺材来。白音见了，迷惑不解，便问："一具尸体，要两口棺材干什么？"

"不是早跟您说过嘛，我这个人做买卖一个赚两个。进城后我问掌柜的，买一口棺材要几两银子。掌柜的告诉我，一口要二两，两口要三两。我一算计，若是买两口还能赚他一两银子，所以买了两口。这样，白音您死后就用不着再另买棺材，这买卖多合算！"

白音听后，气不打一处来，但因有话在先，也不好说别的了。

第三天，白音要给死去的儿子入殓送葬，又打发巴拉根仓到羊圈杀一只羊。巴拉根仓去了很长时间不回来。快天黑了，还不见他的影。白音有些坐不住了，急忙跑到羊圈，一看，一群羊被他宰倒了一大半。白音看后，又心疼羊又恨巴拉根仓，上去一把揪住他的衣领质问："你这狗东西，好狠心，想把我一群羊都撂倒吗？"

巴拉根仓指了指天空说："白音呀，您看，太阳还没下山哩！"

"太阳不下山又怎么样？"白音咬牙切齿地问。

"离收工时间还早呢！我不是说过嘛，我干起活来，从早到晚不歇息。"巴拉根仓满不在乎地回答。

扬登白音干生气，一句话也说不出来，一下子瘫倒在地。

摔　锅

一个白音新买了一口锅，骑着马正往回赶路，在半山腰遇到了巴拉根仓。他心里思谋着：都说这穷小子有智慧，看我怎么要笑他。于是，这个白音赶上去对巴拉根仓说："巴拉根仓，人们都说你有智慧。如果你能让我把自己新买的这口锅摔碎，你要什么我就给你什么；要是办不到，你当众人的面给我磕一百个响头，说一声'富人爷爷，我巴拉根仓认输啦'，我就饶你。"

巴拉根仓说："别说一口锅，就是让您把自己的脑袋摔碎也不难，就是今天没工夫！"说完，继续赶他的路。

白音很生气，上去拦住巴拉根仓，说："你既然能吹牛，就得当场试验。"

"您没有听见我说今天没有工夫吗？"巴拉根仓说完又要走。

"不行，你不让我摔了这口锅，就砸碎你的脑袋。"

"哎呀！您这个人怎么像魔鬼一样缠着我不放啊！"巴拉根仓生气地说，"您不知道北山草甸上起荒火，把天都烧红了半边，已经死了好几千只牛羊吗？我正要救火去哩！"说完，巴拉根仓催马加鞭就跑。

白音一听牛羊烧死了好几千只，心里一惊，手一松，"当啷"一声，锅掉在石头上摔碎了。原来那块草甸上放的都是这个白音的牛羊。白音气呼呼地骂道：

“这些该死的牧人。”说着，他也催马跟在巴拉根仓后边。

“巴拉根仓，等一等，你听谁说的？”

巴拉根仓勒住马缰，回头一看，白音手里的那口锅没有了，脸色也发青，不慌不忙地说：“您那口新买的锅呢？”

“去他的锅吧！我得赶快去救自己的牛羊。”

巴拉根仓拦住了白音说：“您不是说要是让您摔碎了锅，要什么给什么吗？我不要别的，您就拿出一半的牛羊来，分给我们穷苦的牧人吧！”

白音知道自己受了骗，窘得一句话也说不出，憋了半天才吐出几个字：“你真是巴拉根仓！”说完，他狠狠地抽了马一鞭子，很快地溜走了。

“小心点！”巴拉根仓在后边大声说，“要是说话不算数，我还要让您摔碎自己的脑袋呢！”

从此，有钱的富人不敢再惹巴拉根仓了，因为他们害怕巴拉根仓真的摔碎他们的脑袋。

当场揭底

有一天，走南闯北的巴拉根仓来到一个小村庄，看见一伙儿人围成一团，正议论着什么。他凑到跟前一看，从人群中间传出很熟悉的声音。谁呢？巴拉根仓挤入人群一瞧，原来是敖力高白音在那里比比划划地吹牛哩！

“像我这么慈悲心肠的人，你们休想找到第二个了。”敖力高吹嘘道，“那一年我去阿巴嘎、豪其德时，看到那里的穷人生活得实在困苦，我同情、怜悯他们，给每家发放了五两银子的救济金呢！”

围着看热闹的人们，撇嘴的撇嘴，瞪眼的瞪眼，没有一个人相信他的话，可是谁也不吭一声。这时敖力高白音以为人们被他的话迷住了，越发兴奋起来，继续吹道：“去年我去参加乌珠穆沁大王的那达慕大会，又遇到一个老太婆向我乞讨，我一下就赏她一百两银子。你们听说过像我这样大方的富翁吗？”

“喂咿！白音哪，”巴拉根仓盯住敖力高白音的脸说，“别扯那么远的事啦！面前站着的这些给您放牛羊的人们，眼下少衣缺吃，处境实在困难。如果您真的有那种怜悯穷人的善心，就拿出少量银子，接济接济他们不行吗？”

“啊……哦……”敖力高白音被问得哑口无言了。

回生杖

早先，在额卧波山村，有个达力嘎白音，外号叫钱串儿。一次，钱串儿赌博输了金银，丢了人，那真是棒打蛤蟆肚子，气儿鼓鼓的。趁着催交粮租的机会，钱串儿亲自骑着高头大马找巴拉根仓。

巴拉根仓和妻子杜吉娅早已预料到钱串儿不肯善罢甘休，两口子就商量了个计策，来对付贪得无厌的达力嘎白音。这天早晨，杜吉娅往大门外泼淘米泔水，看见了钱串儿的影子，转身回屋告诉丈夫："老钱串儿来了。"

巴拉根仓一听，回身搬起饭桌子放在炕上，又烫上一壶白干酒搁在桌面上，然后又把早已准备好的龙头拐杖放在炕边。巴拉根仓的妻子杜吉娅配合丈夫，连忙往自己嘴里塞红颜料，又往脸上涂黄蜡，躺倒在炕上。

老钱串儿达力嘎白音进了巴拉根仓的茅屋，瞪着铃铛般的红眼睛四下察看。只见杜吉娅直挺挺地躺在炕上，口吐着冒沫的鲜血，翻着白眼，脸色蜡黄，已经死了。巴拉根仓却汗流满面地喝着烧酒。巴拉根仓见白音登门进来，忙下炕，高兴地说："请白音大人上炕喝两盅。"

白音听了巴拉根仓的话，拉下脸大怒道："巴拉根仓，我问你，你的妻子是我的家奴，她是怎么死的？你害死了我的奴才，还有脸让我喝酒。"

“白音大人，”巴拉根仓仍然笑脸相迎，“请客不来恼主人，敬酒不吃臊主人。来来来，喝盅酒消消火吧！”

一听巴拉根仓这么说，钱串儿的火气更大了，吼道：“少说废话，你随我打官司去！”说罢，他就伸手拽巴拉根仓。

可是巴拉根仓不肯下炕，仍笑嘻嘻地说：“白音大人，以前您是输了钱，才把家奴杜吉娅送我当了老婆。关于她的死活您就别管了。”

“家奴杜吉娅还欠我五十两银子呢！她死了，要你吃官司替她还我的钱。”钱串儿逼巴拉根仓。

“白音，您放心。”巴拉根仓回答，“她欠您的钱，我有办法还就是了。不过我得把杜吉娅打活，问问她是不是真欠您的钱。”

“你说什么？人死了能打活吗？”钱串儿气急败坏地说。

“您不知道吧，我这儿有先师赠给我的一件珍宝呢！”巴拉根仓说着就拿起龙头拐杖给他看，“现在正是农闲，先把她打死，叫她安安稳稳睡上三个月，待到明年春忙时，再把她打醒。这一来省粮米，二来不误田活，岂不是一举两得吗？”

此刻，钱串儿看了看巴拉根仓手中的起死回生的龙头拐杖，心想：这可真是山羊摔骆驼，奇闻哪。白音想罢，不相信地说：“你胡扯，人死了怎么能够再活呢！你若是当着我的面马上把杜吉娅弄活，我才相信你。”

“好吧！”巴拉根仓见钱串儿上了圈套，接着说，“今日大人到来，本应该叫您的家奴苏醒过来侍候招待。我试一试这回生杖的灵验，请大人观赏。”说罢，巴拉根仓操起回生杖，高举轻落地在妻子身上打了两下，他边打边念叨着：“醒醒吧，杜吉娅……”

巴拉根仓装作念咒，没打几下，杜吉娅便伸伸胳膊，睁开了双眼，一骨碌就爬起来。接着，她下炕洗脸梳妆一番，好像是睡足起床似的。然后，她又热情地和钱串儿打招呼，递水点烟。钱串儿的眼珠子都瞅直了，他愣了老半天才眯着眼笑道：“唉呀，我的老天爷！你巴拉根仓可真是名不虚传，神通广大哟！”

钱串儿嘴里这么说着，心里却想：我家要是有这么个回生杖，那该有多好啊！一到年闲的时候，我把吃闲饭的管家、炮手、老婆通通打死，只留下更夫、伙夫、长工这号人干活，岂不省粮又省钱？想罢，他就摇晃着脑袋哈哈大笑，上前对巴拉根仓说："巴拉根仓，你有这个宝贝，可真是福星高照哩！请你借给我用用，保准免掉你妻子欠我的那五十两银子，你意下如何？"

巴拉根仓故作难色，看着妻子说："这可不行！"

"瞧你这人，"杜吉娅赶忙恳求，"白音今日张一回嘴，你有什么舍不得的。再说，宝杖借一回也使不坏。"

"好吧！"巴拉根仓回头笑了笑说，"看在你主子的面上，就借给白音用一次。"巴拉根仓说到这儿，又问白音，"您借去后，要哪些人享受睡福呀？"

钱串儿忙把自己的打算告诉巴拉根仓。

巴拉根仓又叮咛他："天机万万不可泄露！您若把管家他们治睡，谁给您办事呀？"

"哈哈哈！"钱串儿冷笑道，"这你就不如我了，账我自己管，看守财产有长工们，怕什么！"

钱串儿借到宝杖，欣喜若狂，早已把讨债的事情忘到耳根后了。他手拿回生宝杖，兴冲冲地走出巴拉根仓的家，上马回家。回到家，他二话没说，抡起龙头拐杖就往死打人。白音家的用人们都以为钱串儿患了疯狂病，呼啦一下子，管家、炮手、腿子们全四下逃散了，家里只剩下他的胖老婆。白音一见她就抡起回生杖，劈头盖脑地把她揍死了。

王爷闻讯大怒，命人拿下了达力嘎白音。他被押到王爷府过堂受审时，仍理直气壮地说："我有能起死回生的龙头拐杖，会叫死人还阳。"

要问王爷为什么捉拿钱串儿问罪，因为他的胖老婆就是王爷的表妹。王爷一怒之下把钱串儿当作发了疯的杀人犯给处死了。

当白音被王爷提拿问罪的时候，巴拉根仓和杜吉娅带领穷乡亲们到白音家，把他的财产分了个光，然后远走高飞了。

宝帽和火衣

有一年，到腊月二十三祭火的时候，巴拉根仓还没有准备任何过年的东西，便对老婆说："喂，我今天到老丈人家要点儿过年的东西来。"

巴拉根仓的老婆一听这话，摇头说："我父亲吝啬，你我都晓得。尽管牛羊满甸，他却用兔肉招待贵客；尽管粮食满仓，他却拿鸽子蛋充当酒菜；就是用半个铜钱，他也要设法换一只羊来。"

巴拉根仓说："老丈人是个贪财迷，远近乡亲谁不知底。我好言相求借不成，难道就不可以智取？"

第二天，巴拉根仓身穿单衣，头戴红顶小帽头儿，双手空空，甩着袖头往老丈人家走去。腊月三九天，他只穿了一件单衣裳，怎么能不冷呢！巴拉根仓一出门就拼命跑，一直跑到老丈人家的井台旁，拾起一小块儿冰放在小帽里戴上，大摇大摆地去见老丈人。

他老丈人看见女婿的穿戴模样感到奇怪，别看他只穿了一件单衣，浑身都冒着热气，顺着额头、脸蛋，汗水直流，就问他："寒冬腊月数九天，穿着皮袍还打战，你却只穿单衣裳，为何如此直流汗？"

巴拉根仓擦着脸上的冰块融化而成的汗水，回答："这有什么大惊小怪？头上戴的是宝帽，身上穿的是火衣，热得我汗水直淌。”

老丈人听了越发惊奇，就故意说：“你别胡说乱讲，真的是宝帽、火衣？”

“那当然是真的喽！”巴拉根仓说，“提起这宝帽、火衣，寒冬时节发热暖和，炎热季节却风吹般凉爽，谁穿了它就延年益寿。”

老丈人熟知女婿是个机智多谋、能说会道的人，听了方才一席话，并没有相信他，又问：“你今天干什么来了？”

“向爸爸借黄金，跟妈妈贷白银。”巴拉根仓干脆地回答。

吝啬老丈人一听说是“借黄金”、“贷白银”，差点背过气，瞪直了眼睛，心想：不把这个讨吃鬼早点打发到阴曹地府，今天借这，明天要那，折腾得人不得安宁。不如趁这个机会，把他冻死。想到这儿，吃过晚饭睡觉时，老丈人就把巴拉根仓送到一个破门烂窗、四面透风的磨房里说：“身穿火衣、头戴宝帽，寒冬时节散热发暖，这间屋对你来说最合适了。我的好女婿，祝你晚安！”说完，他从外边锁上门走了。

腊月的夜间又冷又长，加上他只穿了一件单衣裳，怎么能不冷呢？巴拉根仓冻得浑身发抖，就在磨房里不停脚地跑起来。即便这样，身子也暖和不起来。当人们都入睡后，巴拉根仓就推着大碾子跑了起来，不一会儿出了一身汗。就这样，巴拉根仓推累了，歇一会儿，冷了，再推碾子跑。推推歇歇，他一夜没有合眼，总算没有冻死，熬到了天亮。

第二天一早，上房传来开门声，接着又传来他老丈人的脚步声。巴拉根仓急忙跳上碾盘仰面躺下，“呼呼”打着鼾声，死一般地睡着了。

吝啬鬼老丈人找来两个长工，打开磨房一看，咿！巴拉根仓不但没有冻死，全身还热气腾腾，眉毛、胡子上的汗气都结成了白霜，睡得正香呢！他老丈人见此情形，撅起他那稀稀拉拉的黄胡子，瞪大了玻璃花眼珠子，心想：嗯，我女婿的衣帽果真是宝贝哩！他不由自主地来到巴拉根仓身边，咧嘴笑道：“咳咳，嘻嘻！女婿，我儿啊，还不起来？日头都照窗了，快进屋喝茶吧！”

“啊！”巴拉根仓像突然从睡梦中被吵醒，急忙坐起来，看着老丈人，伸了伸懒腰，站起来，走进上房。

喝茶间，他老丈人看着巴拉根仓身上的宝帽、火衣，顿时起了贪心，说：“孩儿啊，你这宝帽、火衣可真是举世无双的珍宝啊！老父我已年过半百，腿脚也不灵了，一到冬天，穿上厚裤皮袄行走就更不方便了。女婿呀，你还年轻，火气旺盛，来日方长。这个年纪就穿上这衣帽，对你健康不利，倒不如把这宝帽、火衣，先借给我穿穿。”

老家伙见巴拉根仓不言语，又说：“我也不白拿你的宝物，我送给你九九八十一套礼，五种牲畜，五谷杂粮，珍珠玛瑙，绫罗绸缎，金银财宝，生活用品，样样俱全，你看这总可以吧！”

巴拉根仓听了老人的这番话，露出一副难为情的样子说：“岳父大人为什么如此贪心？说‘要’就伸手掌，要‘给’就抚胸膛。刮尽穷人骨髓不算，连自己儿女也想吞咽！”

“嗨！你怎么说这话。我又不是白拿你的宝贝，你今天借给我，我明天再还给你，宝物还是你的呀！”老丈人死乞白赖地纠缠不休。

“咳！有什么法子，”巴拉根仓长叹一声道，“岳父大人已张口，小婿我怎么好违抗。再说，我已与您的女儿结为终身伴侣，孝敬老人也是应该的嘛！不过，阿爸您可得说话算数啊！”巴拉根仓把身上的宝帽、火衣脱了下来，送给了老丈人。老丈人也把以五种牲畜为首的九九八十一份礼物送给了巴拉根仓。

没过几天，就到了大年初一，人们都穿上节日盛装，骑上大马东串西走，互相拜年。巴拉根仓的老丈人也想到诺颜、白音家走走，显示一下宝帽、火衣的威力，就脱掉狐皮袍，摘下水獭帽，穿上单衣裳，头戴小帽，骑着大走马串门拜年去了。哪成想，他半路遇上暴风雪，活活冻僵了。

车轴的洗浴[1]

有一年巴拉根仓上额吉淖尔拉盐，返回的路上，过河时轱辘撞在岸沿上，车轴断了。

常言说："不均匀的篮子难挑，没有轴的车辆难行。"巴拉根仓把车轴弄断了，只好找个人家借车轴。他来到河南岸岗坡上的一个富户家一看，外边扔着两根柞木车轴。巴拉根仓刚要进屋见主人，一位美丽的姑娘迎了出来："您好。我阿妈在生病，请不要进包！"

巴拉根仓没有进包，只是提出借车轴的要求。姑娘说："可以吧！不过，我得问一问阿妈！"说着，她转身走进包，不一会又走出来说："我阿妈说，我们家没有闲车轴。"

巴拉根仓遭到拒绝很懊丧。他回到盐车跟前，边吸烟边想：刚长犄角的犊牛爱顶架，发了横财的富人最吝啬。我好说歹求她不借，干脆偷一根算了。但又一想，这对自己名声不好。想来想去，他想出个好办法。他换上一套服饰，装扮成一个巴达尔钦又来到那富户家，不等主人出来迎客，便走进包。他进包一看，有个尖下巴颏儿，瘪

[1] 洗浴：喇嘛诵经后，用神水给病人洗手、洗脸，并非指通常意义上的洗澡。

嘴巴的黄脸老太婆，病怏怏地躺着。“您好，老夫人。”巴拉根仓向老太婆请安。

“哎，好什么呀！您好！”黄脸老太婆见巴拉根仓装扮的模样，忙问，“您从何地来，去往何处？”

“我是背着扁架[1]走南闯北，给人间生灵做善事，为后世修行的托钵僧！”巴拉根仓学着苦行僧的样子说。

虽然姑娘看出他是白天曾来借车轴的那位小伙子，差一点笑出来，但强忍住笑，端来一碗奶茶。

瘪嘴巴老太婆一听说他是个喇嘛僧人，以恳求的语气说：“我身子不舒畅好几天了，喝羊汤发汗，不管用；烧香磕头，求佛保佑，也不见好。遭到如此磨难，这是为什么啊？请喇嘛爷给我卜个卦。”

“好吧，佛爷给安排的命运，我怎么好拒绝呢！”巴拉根仓合掌回答后，问了问老太婆的年龄、属相，端详了一下病人的面容，掐指算了算，又从怀里掏出一串铜钱，扣在双掌里“哗啦哗啦”地摇了摇，摆在掌面上观察一番，仰首从天窗观看了一阵星斗，低头仔细察看了病人的脸面，好像卜出了什么似的说，“您的病情不太严重，没有遇上大灾大难。不过，您在前几天出过一趟门，是吧？”

“对呀！”瘪嘴黄婆一下就对他产生了敬意，忙回答，“您卜得对，前几天我曾去过我弟弟家。”

“怪不得呢！”巴拉根仓越发拿起架子说，“回来的路上，您被天神差使的车轮给撞了一下！”

“哦嗨，是这么回事！回来的路上，我的马本来走得好好的，突然就打了个前失。我吓得出了一身冷汗，回来后，夜里就发烧了。”

“不必诵经破财，也用不着求医吃药，做一次车轴的洗浴就能好转。”巴拉根仓解卜道。

[1] 扁架：喇嘛、僧人旅行时背的一种木制小架子。

瘪嘴黄婆听了非常高兴，吩咐姑娘："快！给喇嘛爷煮肉，做饭！"

巴拉根仓本来赶了一天路，车轴又断了，来回跑了两趟，正好又累又饿，遇上饭食哪能不吃。他吃饱饭，又喝足了奶茶，才打开佛龛，点燃神灯，回头对瘪嘴黄婆说："这个洗浴需要用一根车轴和一小块黄油！"

"女儿啊，包后有两根车轴，抱一根来，外边箱车里有一块黄油，拿进来！"瘪嘴黄婆这时什么也舍得拿出来了。

于是，巴拉根仓用散白哈达裹上车轴和黄油块，摆到佛龛前，往本巴瓶[1]里装了乳水，开始给瘪嘴黄婆做起洗浴来了。他念叨道：

怪脾邪魔滚蛋，啪嗒！[2]
柞木车轴拖走，啪嗒！
一块黄油化尽，啪嗒！
明晨病愈坐起，啪嗒！
…………

巴拉根仓嘴里嘟嘟哝哝诵着经，提起本巴瓶往瘪嘴黄婆双手里倒神水，给她做完了洗浴，指着放在佛龛前的车轴和黄油块说："你把这些招邪物拿出去，往小河渡口方向扔掉！"

瘪嘴黄婆的美丽姑娘按照巴拉根仓的吩咐，把车轴和黄油拿出去扔了。

天黑后，瘪嘴黄婆留巴拉根仓在家过夜，巴拉根仓谢绝了。他走出黄婆的家，告别美丽的姑娘，找到做洗浴扔掉的车轴和黄油，换上自己断了的车轴，又用黄油给车轴上了油，拉着盐回家了。

---

[1] 本巴瓶：喇嘛诵经时，用金属制作的装神水的长颈瓶。

[2] 啪嗒：喇嘛诵经驱鬼散邪时，表示"滚"、"走开"之意。

惩罚宝尔勒代白音

金貂尾巴

巴拉根仓探望亲戚回来，路上碰见一个放牧的孩子哭得很伤心。他下马一问，原来是宝尔勒代白音说放牧小孩放羊时糟蹋了他家的牧场，就把孩子骑得马抢走了。巴拉根仓把孩子送到家里，悄悄对他说："别着急，孩子，三天头上我给你送一匹马来。"说完，他就走了。

巴拉根仓知道宝尔勒代是个一毛不拔、见钱如命、爱贪小便宜的吝啬鬼。他就找了一个机会，在一条荒僻的山湾小路上等宝尔勒代。黄昏的时候，老吝啬鬼骑着一匹快马远远飞驰而来。眼看近了，巴拉根仓故意着急地摆起手来，示意他停止前进，绕别的路走。

宝尔勒代正往前走，忽然看见一个人蹲在草坡上向他摆手，觉得很奇怪。他跳下马来，蹑手蹑脚地走到巴拉根仓面前。

"啊呀！这个人怎么这样讨厌！"巴拉根仓压着声音生气地说，"让你别过来，你非要来，险些让你把我这一千两银子给吓跑了！"

宝尔勒代刚要发脾气，可是听说有一千两银子，一肚子气马上就没有了。他仔细一看，这人守着一个小洞，手里捏着一条金黄色的毛茸茸的东西。他凑近小声地问："喂，你手里拿的是什么呀？"

"你没有看见嘛，这是一只贵重的金貂，王爷要给皇上送礼，出千两银子的高价都买不到。佛爷保佑，总算让我碰上了一只。我追它跑，它一钻进洞就被我捏住了尾巴。我正发愁怎么把它拉出来呢！"

宝尔勒代财迷心窍，一听是只金貂，乐得心都要跳出来了，高兴地喊："你快使劲儿把它拉出来！"

"轻一点，你这个人疯啦！"巴拉根仓说，"谁不知道拉呀，就是怕把尾巴扯断了，那样就连一个钱也不值了，说不定让王爷知道，一生气还要杀头哩！喂，喂，朋友，你愿意帮我的忙吗？"

"行，行！"老吝啬鬼说，"常言说：'外财不散，见面一半。'要是当场挖出来，咱们两个可得对半分。"

"啊呀，你这个人比宝尔勒代白音还厉害。我巴拉根仓连他都不放在眼里，今儿算碰上你这个硬对头了。"

"哈哈哈……你就是巴拉根仓呀！认识认识吧，吹牛大王，我就是宝尔勒代。今儿这一千两银子，就算你给我的见面礼吧！"

"什么？您就是宝尔勒代？"巴拉根仓装作吃惊的样子说，"该死，该死，怎么就偏让我碰上你这个雁过拔毛的财迷鬼了呢！"

"认输了吧！"老家伙得意地说，"告诉你吧，巴拉根仓，我喝的酒比你喝的奶茶都多得多。"

"好好好，我自认倒霉。那您快骑马到前面的屯子里借把锹来。"

宝尔勒代骑上马刚走两步，心想：巴拉根仓这小子诡计多端，他一定是想把我打发走，自己把金貂挖出来，好独吞这一千两银子。想到这里，他调转马头，对巴拉根仓说："还是你去吧，我在这儿守着。"

“看您这人多心多疑的！”巴拉根仓生气地说，“我一个步行的人，走到什么时候才能回来？”

“骑我的马去呀！”

“好吧，您可知道我巴拉根仓爱捉弄人，我骑上您的马，可就不回来了。”

“哈哈哈……你这小子别跟我要心眼。我宁可再添上三匹马换你的金貂，你愿意吗？”

“好吧，对付这老奸巨猾的人真没办法。”巴拉根仓无可奈何地说，“给您！您可千万不要着急把尾巴扯断了，一定等我取回锹来再挖，不然就白费劲儿了。”说完，他骑上马，抖动缰绳，一溜烟向着放羊孩子的村子飞去。

老吝啬鬼宝尔勒代在荒无人烟的草滩野坟里一直攥着那条金貂尾巴。天慢慢地黑下来了，他又饿又冷，又累又怕。不知什么时候，他困乏得实在支持不住了，就蒙蒙眬眬地睡过去。忽然，他两手一使劲，把尾巴从洞里扯出来了，吓得他从梦中惊醒，以为把金貂尾巴扯断了，放跑了金貂，就像疯子一样用两手扒起土来。他扒到天亮，也不见金貂的影子，再仔细一看，哪里是什么金貂尾巴呀，原来是一只涂了颜色的耗子尾巴！他知道受了骗，又急又气，两眼发黑，昏倒在地上。

宝　驴

宝尔勒代白音自从在金貂尾巴事儿上赌输后，连气带病整整躺了一个月。他一想起这件事，就气得浑身打哆嗦。他暗自咬牙：你好狠哪，巴拉根仓！我要不把你治死，算我宝尔勒代白活一场。虽然他发这么大的狠，可他深知巴拉根仓的厉害，来硬的是不行的。于是，他就想了个办法，假装和好，请巴拉根仓来家吃饭，想灌醉巴拉根仓，然后把他弄死。

第二天，宝尔勒代派管家拿着大红帖子去请巴拉根仓。

“巴拉根仓在家吗？”

“在家。”巴拉根仓见是管家，惊讶地说，“哎呀，什么大事烦劳管家亲自上门呀？”

“老白音想请你吃饭，怕你不肯赏光，就派我亲自请你来了。”管家把请帖递上。

“不敢，不敢！我正要登门去给宝尔勒代白音请安呢！”

不一会儿，巴拉根仓骑上早已打扮好的瘦驴，跟管家来到白音家。

宝尔勒代迎出门来，亲热地说：“老朋友啊，我算服你了！上次那匹马算白送给你，咱们和好吧！”

“什么？”巴拉根仓哪能吃这一套，生气地说，“您抢我的金貂，独吞了一千两银子，我还要找您算账呢！要不是怕王爷生气治您的罪，我早就告您去了！”

老家伙暗里咬牙，表面却赔笑脸说：“不提过去的事了，这叫不打不相识啊！管家，快摆酒，今儿非喝个大醉不可！”

宝尔勒代把巴拉根仓让到上座。巴拉根仓的两眼都不瞅满桌酒肉，满腹心事似的一个劲儿往窗外看。宝尔勒代一见他饭不动筷，酒不沾唇，对自己的殷勤招待冷冷淡淡，他可真是又急又气。他忍不住问道：“老弟，你酒不喝，饭不吃，一个劲儿往外看什么呀？是瞧不起我宝尔勒代吗？”

“等一等，等一等！”巴拉根仓摆摆手说，又过了一会儿，他突然大声喊起来，“我的驴拉粪了！”说完，他跑出去了。

宝尔勒代也莫名其妙地跟出去。他见巴拉根仓跑到驴子跟前，从粪里一下捡出个金子。他瞪着眼珠子，惊讶得半天说不出话。

“老朋友，明白了吧！”巴拉根仓凑到宝尔勒代耳边悄声说，“不是知己，我能把这个秘密告诉您吗？这是一头宝驴，每天拉一块金子。如果喂它好草好料，还能得到金元宝。今天因为到您这儿来做客，好草好料喂了它一顿。看，”巴拉根仓拿金子在宝尔勒代眼前一晃，“沉甸甸的。唉，我要是有您家这么多草料就好了。”

“老弟，这是真的吗？”

“这不是您亲眼看见了嘛。好了，好了，不说这个了，还是喝酒去。”巴拉根仓拉起老家伙就走。

“哎，老弟，要是好草好料喂着，真的每天都得一个金元宝吗？”宝尔勒代又问。

“哎呀呀，咱们讲好了不谈这事儿，您怎么还问呢？我把秘密告诉您，是看您够朋友，您可不能跟外人乱说呀！”巴拉根仓郑重其事地说。

“不会，不会，你放心好了。”

“老白音的为人，我哪能不信呢！我是怕下边人听见，传到王爷耳朵里就不好办了。来，我敬白音三碗酒。”

宝尔勒代是个见财眼红的人。这时，他一心想把宝驴弄到手，其他什么事都忘干净了。刚才还想灌醉巴拉根仓呢，现在自己却被灌得迷迷糊糊。

“老弟呀，能不能把驴卖给我呀？”

“那可不行！”巴拉根仓着急地说，“我们全家就指望这驴过日子呢！”

宝尔勒代再三要买，巴拉根仓急得脸红脖子粗，就是不答应。最后，宝尔勒代威胁他：“再不答应，我就去告诉王爷，让你一个钱也得不到手。”

巴拉根仓一听，痛哭流涕地说：“您呀，宝尔勒代，你算把我坑苦了！”

“别哭了，老弟！”宝尔勒代紧逼着他说，“我出一千两银子，五十匹好马，这还不够你一家人的生活？”

“钱再多，一花就光。这驴可是金银长流的活宝贝，多少钱我都不乐意卖呀！”

“哎，我日子过好了，还能亏待你吗？”

“唉，”巴拉根仓一脸愁苦，“你们有钱人真狠，像饿狼一样，什么都想吞到自己肚里。没法子啊，胳膊扭不过大腿，卖给您吧！”

“这才够朋友哩！”老财迷高兴了。他忙吩咐管家把银两、马匹预备好了，亲手交给巴拉根仓。

临走，巴拉根仓又对宝尔勒代说：“实话告诉您吧，我这是一头神驴。如果您真心诚意，早晚烧香磕头，它一天能给您拉两个元宝。”说完，他长叹一声，亲了亲毛驴就走了。

宝尔勒代把驴牵到自己屋里，想叫别人喂，又怕丢失了金元宝，就让老婆每天喂驴。他天天给驴烧香磕头。可是，过了一个多月，毛驴除了拉粪，别的什么也没拉出来。老家伙仍不死心，照样烧香磕头。他又等了很长时间，实在有点儿急了。这天，驴翘尾巴要拉屎，他凑上去想看一看，没成想驴喂肥了，脾气也大了，一蹶子把他踢昏过去。他老婆叫来管家，指着毛驴大骂：“天天好草好料喂着，烧香磕头供着，不拉金元宝不说，还把老爷踢死过去了。快打死它，把它肚里的金元宝全掏出来！”

驴被杀了，宝尔勒代两口子却连一个元宝也没得到。

活命棒

巴拉根仓知道，宝尔勒代白音两次受骗一定不甘心，于是和媳妇想了一个办法，等待着恶人的反扑。

这天中午，宝尔勒代果然骑着大马，带领随从，耀武扬威地来了。他闯进大院，刚要发作，只见巴拉根仓的媳妇披头散发，一把将巴拉根仓推到门外，哭骂着说：“你个没骨头的败家子儿，说话不牢的烂舌头！你给我把那宝驴要回来！”

“哎呀，我的好人！”巴拉根仓哀求，“亏已经吃了，就忍了吧！你天天这么闹，叫我多难受啊！再说，那宝驴早被白音活活打死了，唉！”

“哎哟，你们这些该死的强盗啊！不还我的宝驴，我就跟你们拼了……”她大哭起来。

“巴拉根仓！”宝尔勒代喊了一声。

“哎呀，”巴拉根仓回过身来吃惊地说，“是老白音来了！你们看，我正和老婆吵架呢，也不能招待诸位了，请老白音不要见怪。”

宝尔勒代气呼呼地说：“我正要找你。”

巴拉根仓问：“找我有急事吗？”

“打官司！”宝尔勒代几乎喊起来了。

“打官司？”巴拉根仓纳闷儿地说，“什么事儿打官司呀？”

“你小子别装傻了！你用瘦驴骗了我的银子、马匹不说，那牲口还差点儿把我踢死！今天可不能绕你！”

“用不着打官司吧！刚才我们两口子打架你们都看见了，她天天吵着要宝驴，我正愁没办法呢！你快把瘦驴还给我，你的东西我原物交还，这不就完事了啦？”

“你那瘦驴一文不值，早就被我剥皮吃肉了。”

“宝尔勒代老狗，你也欺人太甚了！”巴拉根仓两眼冒金火，咬牙切齿地说，“亲眼见它一天拉金子的是你，死活逼我卖的也是你。我明知吃亏也得忍，谁让我穷呢？为这宝驴，我都舍不得献给王爷，我有罪。老婆还天天跟我拼死拼活地闹。你说宝贝到了你的手不灵，就应该原封不动地还给我。现在你还有脸上门欺侮人！走，打官司去！你想告我？我还要告你呢！你欺上压下，仗势抢夺，毁掉别人的宝贝，走！”巴拉根仓越说越来气，拉住宝尔勒代就往外走。

“你不能走！先把宝驴还给我！”媳妇上去抓住巴拉根仓。

“滚开！”巴拉根仓大怒。

“还我的宝驴！”她死拉住不放。

“好，还你的宝驴！”巴拉根仓把媳妇推倒在地，从腰间掏出一根红木棒，凶狠地举起来。

“救命啊！”媳妇赶紧跑进屋里。

巴拉根仓随后追进屋里，只听“咔咔”两声棒响，接着传出女人的惨叫声，再就没有声音了。

宝尔勒代听声音不对，进屋一看，只见巴拉根仓的媳妇倒在地上，满脸血污，面色刷白，被打死了。

“走吧，宝尔勒代白音，打官司去！”巴拉根仓擦着棒上的血，脸色非常难看。

老家伙心里正七上八下，思谋：驴已被自己打死，巴拉根仓又那么理直气壮，自己确实有点词穷理亏。这时，他一见巴拉根仓打死了老婆，胆子马上就壮了，大声喝道：“好大胆的巴拉根仓，竟敢无法无天打死人，一案未了又添一案。来，快把他捆起来送官府。”

“你们干什么？”巴拉根仓嚷道，“我们两口子的事儿，用不着你们来管。”

“这回你可犯到我手里了吧，巴拉根仓！”宝尔勒代冷笑着说，“我打死你的毛驴算我没理，可这杀人得偿命吧？”

“噢，你说我媳妇的死呀！这还不是常事，我每次出门都要先把她打死，回来再把她治活，这有什么稀罕。”巴拉根仓不慌不忙地说。

“胡说！你小子能骗得了我一个人，还能骗得了大伙的眼睛？明明你两棒子打得她头破血流，断气死了，还想抵赖！”宝尔勒代说。

“那还不好办，我既然敢打死她，就能治活她。”巴拉根仓斩钉截铁地说。

“这次你就是吹破大天，也没有人相信你了。”

“我巴拉根仓什么时候骗过人？不信我把她治活给你们看看。”

“好，松开他！”宝尔勒代吩咐随从，“让他把死人救活！”

巴拉根仓用木棒在媳妇头上左画三圈，右画三圈，嘴里嘟嘟囔囔地说：“活命棒，活命棒，还回她的魂，治好她的伤吧，晚上供您三炷香。”他刚想用木棒点动四肢，又停下说：“老白音哪，我能治活她，可我不愿治活她。因为我和你去打官司，虽说一定赢你，可这来来回回，谁知什么时候能完。她活着和我受穷不说，还担惊受怕，不如死了干净。”

“别来这套软硬花招。”宝尔勒代说，“鬼才相信你的话。”

“你怎么这么不识货？你以为这是普通的棒啊，这是神仙用的活命棒。它不仅能把死人治活，那宝驴的毛病也能被它医治好。”

宝尔勒代一听活命棒能治宝驴的毛病，心里十分后悔，生气地说：“你为什么不早说？”

“早说了，让你把我的两件宝贝都抢去呀！”

“该死，该死！”老家伙急得抓耳挠腮，“巴拉根仓，我把你当成知己，可是你对老哥却要心眼呀！”

“谁料到你会把宝驴剥皮吃肉呢！”

“你快把她救活！这木棒真要是宝贝，我也不与你打官司了。”

巴拉根仓见老家伙又动心了，就像刚才念念叨叨了三遍，然后在老婆额头、四肢、胸口各点了一下，叫了声“起来”。

本来他的媳妇是假死，血是用羊血代替的，这时听到丈夫叫声，马上“哎哟”一声睁开了眼睛，好像久别重逢似的对丈夫说：“好人，你可回来了，官司打赢了吗？你每次出门总要这样折磨我，让我苦等你，以后再也不放你出去了。”

宝尔勒代一看活命棒真是好宝贝，就把巴拉根仓拉到院里，悄悄地说：“老弟，这件宝贝一定得再卖给老哥，要多少钱我都依你。”

“不行！这场官司非打不可！我正想把这活命棒献给王爷哩！”

宝尔勒代哪肯放过这件无价之宝呀！他死乞白赖地说啥也要买。他把银子、马匹连同金鞍子都交出来了，巴拉根仓才说：“你这人真像黏虫一样，粘住就没完。可是，宝贝一到你手就变成废物。你要是再把这件宝贝弄坏了，我可要到王爷那儿告你了！”

宝尔勒代得了活命棒，什么都不管了，高高兴兴地回家。在门口碰见老婆子出来迎接，他心想：何不试一下这活命棒，让老婆喜欢喜欢呢！

待老婆走进，还没来得及说话，宝尔勒代就举起木棒，朝着她的头顶“咔嚓”一下打下去，把老婆打死在地上。可是，他把宝贝木棒摔得碎烂，也没能把老婆救活。

打猎之功

宝尔勒代白音几次想捉弄巴拉根仓，结果都是搬起石头砸了自己的脚。他又恨又怕，干着急没办法，只好跑到老朋友好尔勒代诺颜那里告巴拉根仓。

好尔勒代诺颜派人把巴拉根仓抓起来，问他：“你为什么像狐狸一样欺骗宝尔勒代白音？”巴拉根仓仍不言声。好尔勒代气得嘴歪眼斜，拍案大叫：“你为什么像蠢牛一样不回答我的问话？”

“唉，诺颜老爷，先别发火么！”巴拉根仓不慌不忙地说，“您哪儿晓得我心里的苦处啊！我知道您和白音是老朋友，我要当着这么多人的面驳您的话，对您老人家也显得不够尊敬啊！您要是不怕脸上过不去，我就实话实说。”

本来诺颜有许多见不得人的丑事，听巴拉根仓一说，心想：这小子还不错，倒能为我着想。于是，他把差人都打发出去，温和地对巴拉根仓说：“这下没人啦，你说吧！”

“诺颜老爷，狐狸和小鸡在一起，小鸡总是被狐狸吃掉的。我要是有狐狸的本事，为什么宝尔勒代白音那么富有，我这么穷？他那么胖，我这么瘦？”

好尔勒代诺颜无话可答。

巴拉根仓又说：“诺颜老爷，常言说：‘再好的摔跤手也抵不过人多，再好的骏马也吃不消千条鞭子打。’宝尔勒代白音的财富堆成山，打手赛牛毛。别说我像饿狼，就是有猛虎的威力，能欺侮得了宝尔勒代白音吗？”

巴拉根仓见诺颜被问得张口结舌，又继续说：“我知道白音告我的状是为了那几件宝贝，可是这能怪我吗？我本来是想献给诺颜的，可是白音死乞白赖地硬逼着要，他也不把用法问个明白，宝贝都被他糟蹋了。诺颜不信，就让他把宝贝拿来，我可以当场试验。要是不灵，挨打受罪，我心甘情愿。”

因为宝尔勒代白音把宝贝全毁了，所以无话可说。

好尔勒代诺颜因为自己没得到宝贝，对白音也不满意，但又碍于老朋友的面子，判处巴拉根仓三个月的苦役，让他立功赎罪。

一次，诺颜邀请白音一块儿去打猎。巴拉根仓一路烧水做饭伺候他们。

到了深山，诺颜射了几只野鸡，交给巴拉根仓让他炖上。巴拉根仓把鸡毛褪净，塞了一肚子鸡粪，煮熟了才把鸡粪掏出来。诺颜和白音回来一吃，满嘴都是粪味，就问巴拉根仓：“喂，巴拉根仓！鸡肉为什么这么臭啊？”

“您不知道，诺颜老爷，野鸡的老家在昆仑山高峰，那里寸草不生，它们只能吃自己拉的粪，所以浑身都是臭味。”

诺颜一听，气得小黑胡子上下乱动。他就对宝尔勒代白音说：“这家伙真可恶，不把他治死，将来必是个大祸害！”

他们商量了个对策，倒绑巴拉根仓的双手，背后贴上条幅——“巴拉根仓有罪，应该饿死！谁要是给他吃的，与他同罪”，假惺惺地对巴拉根仓说：“你走吧！这儿用不着你了。”

巴拉根仓在路上很纳闷，背上写的是什么字呢？这两个家伙一定没安好心！于是，他找了块潮湿的地方，把背上的字蹭下去。他又往前走了不远，碰见个熟识的老牧人。

“喂，巴拉根仓，你怎么被人家绑上啦？”

“唉，不仅绑上了，背后还有字咧！可惜不小心，在路上睡觉时打滚儿蹭掉了。”

“什么字儿呀？”

巴拉根仓把事情一五一十地告诉了老朋友。牧人听后说：“我把你松开，快逃命吧！这些有钱有势的人不好惹。”

“别，别！”巴拉根仓说，“要走也不能这样子走。你帮我在背上再写两个字，我就有办法了。”

“写什么呀？”

“你写：巴拉根仓打猎有功，应该重赏，倒绑二臂，以试其心。”

巴拉根仓背着重新写好的字，来到好尔勒代诺颜家，到门口喊道：“来人哪，快看狗。”

“你怎么被绑上了？”家人出来问，“一定没干好事，惹诺颜老爷生气了吧？”

“我也不知道，快领我见太太去。她看了字儿就知道了。”

巴拉根仓见了太太，哭着央求：“太太饶命吧！太太饶命吧！”

诺颜老婆一看后边的字，笑着说：“别害怕，巴拉根仓！你打猎立了大功，应该重赏。老爷怕你淘气，才故意绑起你来。”

“哎哟哟，诺颜老爷真会开玩笑，吓得我差一点儿丢魂！”

诺颜老婆让仆人挑了两匹快马，装了好多银子，送给了巴拉根仓。当诺颜得知情况后，气得说不出一句话。

巧斗七个白音

毫吉格尔[1]得百灵仙药

从前，有个白音，他脑袋上一根头发都没有，所以人们给他起了个外号，叫毫吉格尔。说来也怪，有一天，毫吉格尔白音请巴拉根仓给他治病，不想，秃子没治好，却多了一个“臭”字，变成了臭毫吉格尔。

事情是这样的——

有一天，巴拉根仓正在野外赶路，忽然看见从东南方向的大道上来了一个骑走马的人。他穿着一身闪亮的绸缎，斜坐在鞍子上。巴拉根仓长着一双猎人的眼睛，远远一瞭，就认出是毫吉格尔白音。他知道毫吉格尔整天和他作对，这次相遇必定会找他麻烦。巴拉根仓脑子一转，便走到路旁一个草坡上坐下来。他掏出自己的破木碗，里边放了一些野花和杂草根子，一边捣，一边等着毫吉格尔白音。

眨眼工夫，喝得醉醺醺的毫吉格尔白音前后摇晃着，一阵风似的来到巴拉根

[1] 毫吉格尔：蒙古语，秃子。

仓面前。他连马都没下，也没有按蒙古人的规矩先问安，就傲慢地用银箍大马棒指着巴拉根仓说："喂！你就是那个诡计多端、撒谎骗人的巴拉根仓吗？"

"您说得不错，对该骗的就得骗。这就和治病一样，您不治它，它就天天让您不安生。"说完，他忙着捣那破木碗里的东西。

毫吉格尔白音早就想找巴拉根仓较量一下智慧，今天好不容易碰见，又见巴拉根仓冷言冷语，酒糟鼻子气得都发紫了。他翻身下马，捋着断梁胡子，生气地说："巴拉根仓，说大话算不得好汉，真有本领，你敢当面骗我一次？"

"这位朋友，还是赶您的路吧！"巴拉根仓头也不抬，继续捣他那野花杂草，"今天不用说骗人，就连自己这点急活儿都要赶到天黑哪！"

毫吉格尔心想：这小子不敢较量，想溜走，就继续追问道："喂！到底什么事那么忙？"

"您没有看见这碗里的东西吗？"巴拉根仓不耐烦地说。

毫吉格尔瞪大一对眼睛，瞅了老半天也不明白，问："这是什么东西呀？"

"配药！"

"什么药？"

"唉！对您说说也好，"巴拉根仓抬起眼皮看了毫吉格尔白音一眼，"虽然您刚才很没礼貌，可是行医人是不计较这些的。我这是遵照师父圣命，特地采集各种神草配制百灵仙药，给天下受苦人治病，专治歪鼻、斜眼、瞎子、聋子、瘸子、驼背、傻子、哑巴、秃头、烂疮等病。"

毫吉格尔听了，用手摸着他那像被羊啃过的秃脑袋，心想：我要是能长上头发该多好啊！可他又有点不相信，就问："你的仙药真的有那么大效力吗？"

"俗话说得好：'判断财宝的价值，一试就能评清；试验骏马的快慢，一赛就能看准。'因为我自己亲身体会，知道患病人的心情和难处，所以现在才这么热心配制呢。"巴拉根仓说。

"你是怎么治好的？"

“唉！说起来话就长了，”巴拉根仓说，“那还是小时候的事情。我刚生下几个月，就长了一脑袋叫胎毒黄的疮。阿妈见我满头是脓血，整天掉眼泪。阿爸请了好多大夫给我治，不但没有治好，满脑袋黄疮反而越长越多。阿爸一赌气，再也不给我治了。没过两年，我的小脑袋就像野甸子上扔了三年的羊头骨，光秃秃的了。八岁那年，从五台山来了个喇嘛。他一看我是个秃子，马上用这药给我治好了病。从此，我就拜他做了师父。您看，我现在的头发比原来还黑哩！”

毫吉格尔见巴拉根仓满头黑发油亮油亮的，就不顾一切地哀求巴拉根仓：“行行好，也替我治一治吧！”

“治倒是行啊，”巴拉根仓四平八稳地说，“就是药不容易配制，尚缺几种配料呢！如果您要急用，我把配方告诉给您，您派人去配制吧！”

“你的配方都用些什么药材？”

巴拉根仓从怀里掏出个小本，说：“这药说来也并不难配。我师父的配方上有扎嘎尔[1]的兰象苦胆、巴拉布[2]的黑虎脑浆、东方狗熊的心血、绿鼠尿、青龙粪、犀牛角、松鼠牙、藏红花、樟脑油、青岩苔、樟松籽、千人泪、万草根等材料。我已经配了整整三年，现在还没有找齐哩！您要治病，就按着这个方子去配吧。”

毫吉格尔白音听了巴拉根仓的配方，心想：啊呀！这么多珍贵的药材，我连听都没听说过，这药配齐了，药力准好。可他又一想，难住了，说：“唉！这么多稀奇古怪的药材，我上哪儿去找呢？”

“是哟，治病容易，配药难哪！”巴拉根仓继续捣他的破木碗。

“你这药还缺点什么？”白音问。

“缺料倒不多，就是万草根还差几样。”

“我帮你挖好吗？”

[1] 扎嘎尔：指印度。

[2] 巴拉布：指尼泊尔。

“咿！您怎么能认得出万草根，还是我自己挖好哩！”

“巴拉根仓呀，”毫吉格尔白音恳求地说，“我求你把好事做到底吧！不瞒你说，我就是此地财富最多的毫吉格尔白音。你要是把我的秃头治好，我会重重酬谢你的。”

“啊呀，”巴拉根仓故意吃惊地说，“闹了半天原来是白音大人。我巴拉根仓真是黄沙迷了眼，连山羊和骆驼都分不出来了。好吧，白音的话既出口，我也不能驳了。把您的帽子给我，您在这儿等着，我马上给您配料去。”

毫吉格尔白音高兴得摘下镶着锦缎边的翻沿帽，交给了巴拉根仓。

巴拉根仓接过白音的帽子，走到草滩里，装作挖草根，这个草堆前摸摸，那个草堆后蹭蹭，最后来到一束高大的沙蓬后面，往毫吉格尔白音的帽子里拉了屎，用屎和刚才捣碎的烂草根调匀，又拿出一块散白哈达盖起来，端到白音跟前说：“白音哪，祝您长出一头漂亮的黑发。不过，有几件事我要提醒您，请您务必照办。如果违了戒，冲减了药力，长不出头发来，您可别怨我的药不灵。”

“行，行，一定照办！”毫吉格尔恭恭敬敬地回答。

“我现在就替您把帽子戴上，绑扎紧。刚才说过，这药劲儿大，气味冲，头皮一定痛，您要忍住，千万不要揭开帽子。”

“好，好说，这都能办到！”毫吉格尔摸着秃头，一个劲儿点头。

“还有，”巴拉根仓补充道，“回家后让您夫人煮好浓茶，放上黄油、奶皮、红糖，趁热喝，要喝得浑身火燥，然后蒙上被子发发汗，这样，从胎里带来的毒气就一下驱净了。”

“行，行，这容易办到！”白音说。

“最后一点可有点儿难呀！”巴拉根仓很认真地说，“当您一出汗，药力就开始发作，那时药味也就会冲出来。这药味和您多少年的毒气混在一起，会散发出一股香不香，臭不臭，令人难闻的恶臊味。到那时，您夫人也许忍不住要说‘哎呀，扈扈’。女人失言不要紧，圣药效力可就要减退。您可千万别让您夫人失口。

如果她失了口，您必须打她，让她说‘这太好啦’，这样药力就可以增大。这三件事只要您牢牢遵守，我保管您三天以后长满漂亮的黑发！”

毫吉格尔白音心里特别高兴，让巴拉根仓给他扎紧帽子，说：“谢谢你，我一定要以五种牲畜来报答你！”

“别说这个啦，赶快回去喝茶吧！”巴拉根仓说。

“哎！”毫吉格尔白音跨上大走马，一溜烟奔回家了。

“喂，老婆子啊，快，快给我烧浓茶！”

“快拿黄油、奶皮子和红糖来！”

“喂！快给我暖上被窝！”

毫吉格尔白音一回家，一道接一道地下起命令来。

毫吉格尔白音的老婆见老头子眉飞色舞、兴致勃勃那股劲儿，就莫名其妙地问：“今天出了什么喜事啦！看把你喜成这个样子！”

“白音我今天交好运了！”

“什么好运？”

“我要长一头乌黑的头发！我要把毫吉格尔这个外号去掉！”毫吉格尔白音得意地咧嘴笑个不止。

白音的老婆以为他又喝醉了，也不再问，就按照丈夫的吩咐，给他铺床捂被，烧汤熬茶，侍候着。

毫吉格尔白音脱了衣服，钻进被窝，一碗接一碗地喝起放着黄油、红糖的热茶来。不一会儿，热得他浑身发燥，接着，汗水像水浇似的往外淌。这么一发汗不要紧，扣在帽子里的屎粪被汗水泡稀，一股股臭气直往外冲。毫吉格尔虽闻着这臭味感到恶心，但认为这是药力在发作，也就忍住了。白音老婆不知道这臭气从何而来，东闻西找，忽然看见从白音头上、脸上、脖子上淌出许多黏糊糊的东西，近前一闻，一股恶臭，不由得喊叫起来：“哎呀，你头上……”

毫吉格尔害怕药力减退，早已提防着哩！老婆刚喊出半句，“啪”地一声，他就给了老婆一记耳光！

“打我干什么！是你的帽子里流出来的……”老婆子委屈地说。

“啪！”又是一巴掌。

“这是你头上的臭味！”老婆大喊。

“啪！啪！”又是两个嘴巴。

老婆正要呼喊，跟他说理，毫吉格尔从被窝里跳出来，操起马棒就没头没脑地猛抽起来。他一边打，一边硬逼着老婆说“这太好了”。老婆被打得鼻青脸肿，实在忍不住了，只好说：“啊……呀！这……太……好……啦！啊哈……”

就这样，毫吉格尔白音和老婆子吵闹了三天三夜。三天后，他解下帽子一看，哪还有半根头发，本来是光秃顶，又被稀屎沤了三天，头皮全泡烂了，长了一头烂疮。这时，毫吉格尔才知道自己上当受骗，连连骂道：“可恶的巴拉根仓啊，你可把我害苦了。你别忙，迟早我要报仇！”

毫吉格尔急忙把脑袋扎进水缸里洗，可是不管他怎么洗，臭味也洗不掉。他又用开水掺碱来洗，臭味还是没除。他又请来喇嘛，烧香，做洗礼，祷告，驱鬼，念了七天七夜的消灾经，那个秃头的臭味依然如故。

从此，人们就在他的毫吉格尔上又加了个“臭”字。

铜锅生了饼铛

从前，有个叫伊德木海[1]的白音。这个白音十分贪图钱财，借出一分，总要赚回两分，无利不干。

有一天，巴拉根仓借他家的铜锅煮肉。伊德木海白音有意刁难，没等巴拉根仓把肉煮熟，就派人要锅。

[1] 伊德木海：蒙古语，贪吃、贪财者。

巴拉根仓边加火边说：“白音的这口灰锅，一到我家就养下了个孩子，等满了月再还吧。”

巴拉根仓打发走那个人后，赶紧煮熟了肉。

白音听了用人的转告，高兴地说：“我的锅产了仔的话，那就把锅和仔一起拿回来！”

不一会儿，伊德木海白音家的用人又来催锅，巴拉根仓便说：“大喜呀，大喜，白音的铜锅生了个饼铛。”说罢，他把伊德木海白音的铜锅和自己家的那口饼铛一起交给了用人。

伊德木海白音见借出一口锅要回了两口，寻思这买卖很合算。

等了几天，巴拉根仓又到白音家，说：“白音啊，我想煮一只整羊，请再借我一口大锅吧！”

伊德木海白音心想：借给普通锅，大不过赚个小平底锅；要是借个青铜锅给他，说不定能弄回一口小银锅呢。他便痛痛快快地把祖传的有四个把手的大青铜锅借给了巴拉根仓。

第二天，白音又打发用人去要锅。

巴拉根仓装出十分惋惜的样子对用人说：“咳！真倒霉，快回去告诉白音，他的那口青铜锅一到我家就去世了。”

白音一听用人的回话，暴跳如雷，跳下炕，跑到巴拉根仓的家，瞪大眼睛喊：“巴拉根仓！你说我的青铜锅死了？”

“是呀！”

“胡说！有生命的东西才能死，没有生命的锅怎么能死？”

听了白音的质问，巴拉根仓笑了，一板一眼地说：“白音，别急嘛。常言道：‘有生就有死。’这是极为浅显的道理。既然您家的锅可以生养，为什么就不能去世呢？”

伊德木海白音被问得张口结舌，不知怎么回答，只能“呼哧呼哧”地干喘气。

七峰红鼻梁的骆驼

有一天，巴拉根仓的一头黑牤牛死了。他剥下皮，正要把它拖到畜圈棚晒的时候，有七峰白鼻梁黄骆驼从南面跑到他家门前。

巴拉根仓认出这是莫瑞策[1]白音的骆驼，就用牤牛血把七峰骆驼的白鼻梁染成了红鼻梁。

不大一会儿，莫瑞策白音骑着黑走马飞快赶来，看到巴拉根仓就气喘吁吁地喊道："喂！巴拉根仓，你看见我那七峰白鼻梁骆驼跑过去了吗？"

巴拉根仓迎过去，先问了个好，然后说："看是看见了，可是我见到的是七峰红鼻梁骆驼，没有看见您的白鼻梁骆驼。"

"我问的是七峰白鼻梁骆驼，你偏说见了七峰红鼻梁骆驼，你怎么这样好找别扭，成心跟我捣乱！"

巴拉根仓见莫瑞策白音动了火，笑呵呵地说："唉，我的白音，别动不动就吹胡子瞪眼的。我看见的确实是七峰红鼻梁骆驼嘛！"

明明是七峰白鼻梁骆驼，怎么突然变成了七峰红鼻梁骆驼呢？莫瑞策白音早就痛恨巴拉根仓了，总想找茬儿整他一下，今天听巴拉根仓说的不贴边，以为这下子抓住了把柄，就说："你不是看见了七峰红鼻梁骆驼嘛，好，咱们俩打个赌，你要是撒谎怎么办？"

"很好！"巴拉根仓不动声色地说，"打赌就打赌！我说的话要是真的，您说怎么办？"

巴拉根仓这么一反问，莫瑞策白音的心可就七上八下乱跳了。可他又一想，明明自己的是七峰白鼻梁骆驼，难道一转眼工夫就变成七峰红鼻梁骆驼？绝不可能！

---

[1] 莫瑞策：蒙古语，打赌者。

他越想越觉着自己有把握。这便宜事儿，为何不干呢？于是，他对巴拉根仓说：“好！如果七峰骆驼是红鼻梁，我就把七峰骆驼送给你，包括我这匹全鞍的黑走马和驮的银子；如果七峰骆驼是白鼻梁的话，我就砍掉你的脑袋，烧毁你的家产！”

“真的吗？”巴拉根仓追问了一句。

“好马在于跑得快，好汉在于说了算。走，咱们现在就去看看谁是谁非。”莫瑞策白音紧紧跟着巴拉根仓。

莫瑞策白音让巴拉根仓叠骑在自己鞍后，两人顺着刚才骆驼走过的蹄印追了过去。

等到了达尔汗山脚下，一看七峰骆驼正在吃草。莫瑞策白音老远就认出是自己的骆驼，心里高兴，心想：巴拉根仓啊，巴拉根仓，你这骗子今天就要在我手里掉脑袋了。黑走马继续往前走，不一会儿来到七峰骆驼跟前，莫瑞策白音的脸“唰”一下变得像马粪蛋一样灰，果然是七峰红鼻梁骆驼。这时，巴拉根仓从莫瑞策白音身后跳下马，抓住缰绳说：“真假看清了吧？”

莫瑞策白音瞪大眼睛，愣愣地看着骆驼直出神。

巴拉根仓挖苦他：“朋友，好汉可是只能吃切下的肉，不收回说出的话呀！没有什么好说的，快下马来吧！”

赌是打输了。莫瑞策白音知道自己上了当，想说了不算，可又不肯在巴拉根仓面前丢面子服软，只好硬着头皮拿出赌棍的架势说：“哼！男子汉大丈夫，说到就做得到，走了就得留下脚印！”说罢，按照打赌的条件，他把骆驼、鞍马和驮着的一皮褡裢银子全交给了巴拉根仓，耷拉着脑袋灰溜溜地走了。

“白音，紧走两步吧，天黑了，小心喂狼！”

巴拉根仓骑上走马，赶着七峰骆驼扬长而去。

毫布达格卖黑牤牛肉

巴拉根仓打赌赢了莫瑞策白音，正赶着七峰红鼻梁骆驼往家走，忽然看见毫布达格白音骑着马迎面而来。他知道毫布达格白音是个有名的财迷，要是能得到银子，连命都不顾；要是能得到金子，就是把父母宰了卖肉都情愿。于是，巴拉根仓催马赶上前去，故意夸耀地说："您好，毫布达格白音。凭您的好眼力，看看我这几峰骆驼能值多少钱？"

毫布达格白音见巴拉根仓骑着一匹配着崭新银饰鞍的黑走马，赶着七峰膘肥高大的骆驼，心里很纳闷：这穷小子从哪儿弄来的这么多牲口。

"喂！巴拉根仓，你从哪儿弄来这么多好骆驼？"

"不瞒白音大人，我巴拉根仓是平地走福运，死了一头黑犴牛，正赶上犴牛肉涨价，一下子换来了七峰骆驼和一匹好走马！"

毫布达格白音听巴拉根仓这么一说，真有点儿糊涂了，连忙问："你别说带扣儿的话了，快告诉我，到底是怎么回事？"

"我不是说过嘛，我的黑犴牛死了，拉到集上卖肉。谁知镇上的犴牛肉比金子都值钱，除了换来这七峰骆驼和一匹全鞍好马外，光头蹄、下水还卖了这么多银子！"巴拉根仓说着又打开皮褡裢给白音看。

"是真的吗？"贪心的毫布达格白音一听银子响，馋得口水都流出来了。

"这不是摆在您的眼前吗？"巴拉根仓说，"我是个穷汉子，不是卖犴牛肉，从哪儿弄来这么多东西？您要不信，可以到我家看看嘛！"

毫布达格白音跟着巴拉根仓到家一看，圈棚前面果然晒着一张新剥下的黑犴牛皮子，心里一高兴，没有顾得上说句告别的话，便骑马走了。

当天晚上，毫布达格翻来覆去睡不着，一闭眼睛就是黑犴牛肉，骆驼，成堆的金子、银子……好不容易熬到天亮，他像一条饿狼似的跳进牛圈，把几头黑犴牛牵出来全都宰掉。

毫布达格白音茶顾不得喝，饭顾不得吃，剥下黑犴牛皮，装上黑犴牛肉，赶上几辆勒勒车，就去卖犴牛肉了。

"谁买黑犴牛肉，新宰的！"毫布达格白音一路扯着嗓门喊，"肥肥的黑犴牛肉，刚从圈里挑出来宰的，有人买没有？”毫布达格白音沿路走，挨门串，见人就问。

“新宰的黑牤牛肉啊，肉肥，油厚，一头骆驼换三斤，一匹好马外加个牛头！快来买吧，来晚了就抢不到手了！”来到镇上，毫布达格白音喊得更起劲儿了。

大热天，谁肯用骆驼、好马换几斤牤牛肉呢。再说，牧人杀掉牤牛是最不吉利的事情。所以，毫布达格走到哪里，人们都异口同声地骂道：

“谁要你那臭牤牛肉！杀死牤牛的败家子！”

“滚开！屠杀种牛想发财的魔鬼！”

“大伙儿快来看这个疯子呀！快来看呀，看这个杀牤牛卖肉的疯子！”

毫布达格白音走遍了远乡近邻，到处挨骂，到处被人嘲笑。最后，牤牛肉臭的臭，烂的烂，全扔了。

毫布达格白音知道上了巴拉根仓的当，气得昏迷了好几次，好不容易赶着空牛车回到家中，又病倒在床。

店里发生的故事

巴拉根仓的妈妈去世了。他把母亲的尸体烧化之后，将骨灰连同烧柴的灰一起装在毛口袋里，驮在七峰红鼻梁骆驼上，想运到五台山上埋葬。趁此机会，他也可以到外地长长见识。

巴拉根仓骑上黑走马，牵着七峰黄驼，翻山越岭，涉渡河流，经过包尔浩特，到了查干浩特。人们常说，凡是风能刮到的地方，都知道巴拉根仓的名字。巴拉根仓走到哪里，哪里就是家，哪里就有朋友。一天，他住宿在一家客店，店里的朋友们都热情地欢迎他，把他安排在上等房间。

巴拉根仓刚刚落脚，还没有来得及卸东西，正巧碰上好说大话、好摆架子的额尔勒夫[1]白音也来住店。这个白音进城做买卖赚了大钱，拉了几车绫罗绸缎、砖茶烧酒、金银宝石、糖果点心，途经这里返回后草地。

人们都知道巴拉根仓最能整治这些有钱有势、仗势欺人的财主们，就悄悄地对巴拉根仓说：“巴拉根仓啊，替我们出出气，狠狠治一下这个欺压穷人的额尔勒夫白音吧！”

巴拉根仓就和大家想了一个对策。

额尔勒夫白音进到店里，就言大气粗地喊：“店家，把你们最好最好的上房给我收拾好！”

“啊呀，不行啊，白音，”店家慌忙赔笑说，“这次您老人家只得委屈一下，住个下房了。”

“为什么？”额尔勒夫白音一听就发火了，“野兽的王子是老虎，飞鸟的皇帝是凤凰。后草地数我额尔勒夫最有钱，谁人敢跟我比高低？”

“您不知道啊，白音！”店家解释，“您也许跟这位客人未见过面，不相识，但一定听说过他的大名，他就是那个扬名大漠南北的巴拉根仓！”

额尔勒夫白音一听这名字，气得脸色苍白，大叫道：“噢，是答兰胡达勒齐穷光蛋啊！他凭什么如此发威？我听过他的名字，也早就想和他较量较量了。你快把他给我叫出来。”

“不用请！”随着这一声洪亮的声音，巴拉根仓从上房走了出来，走到额尔勒夫白音跟前笑着说，“穷光蛋巴拉根仓在此！你刚刚赚了两个半铜子儿，就要起威风了吗，白音！”

“啊——”额尔勒夫白音从未被人当众挖苦过，心里一震，仔细打量着对方，也故作镇静地冷笑道，“善于撒谎骗人的巴拉根仓就是你吗？”

“正是！我就是被人称作答兰胡达勒齐的流浪汉。”巴拉根仓回答。

---

[1] 额尔勒夫：蒙古语，好摆架子、自吹自擂者。

正当这时，店里一个伙计牵着巴拉根仓的黑走马跑来，着急地说：“哎呀，高贵的巴拉根仓啊，原谅小人不会办事。您这匹珍贵的马也太难喂养了，按您的吩咐送去拌人参汤的水，它一蹶子给踢翻了！这……”

“把它吊起来饿着！”巴拉根仓满不在乎地说，“这东西太可恶，我一不在跟前就捣蛋！”

额尔勒夫白音心里暗暗吃惊，一看这匹走马的毛蹄黑得油亮油亮，两只眼睛炯炯有光，竖耳挺胸，确实叫人喜欢。他想：听说巴拉根仓很穷，怎么竟是这般阔气。这时，又有一个伙计跑来说：“高贵的巴拉根仓啊，您那七峰骆驼驮的宝物全卸下来了，安放在什么地方好？”

“随便放到一个空房就可以啦！”巴拉根仓漫不经心地回答了一句。

“啊呀，这怎么成？”店伙计吃惊地说，“您驮的都是些珍珠、珊瑚、金银细软，万一出个差错，我们这个小店连人带东西都搭上也赔不起呀！”

“咳！你们看着办吧！”巴拉根仓仍然不在乎地说，“我巴拉根仓不是那种小气鬼，别说七个驮子货，就是七十个驮子，对我来说也不过是九牛一毛的东西罢了！”

额尔勒夫白音听着巴拉根仓的话，越发觉得奇怪：人们都说巴拉根仓无家可归，无畜可放，他哪儿来的成驮成驮的金银财宝呢？准是这个撒谎大王又在说谎话。想到这儿，他就问巴拉根仓：“你从哪里弄来那么多金银财宝？”

“有钱的白音可以成车成车地拉来绫罗绸缎，难道我巴拉根仓就不兴驮几驮金银财宝？”巴拉根仓故意说。

“答兰胡达勒齐，你不要胡吹！”

“光天化日，当着众人，我怎么敢胡吹！”

“那好，是真是假，咱去瞧瞧！”额尔勒夫白音来到外边一看，果真有七峰身高体肥的骆驼，驮鞍还未卸下来呢。他又见那七个驮子都是满满登登的，口袋缝得严严的，桩上栓着那匹黑走马，心里很纳闷，有点不敢相信自己的眼睛。不过，他还是装作神气十足的样子问道："喂！巴拉根仓，你驮子里装的是什么货？"

"咿！这驮子里全都是珍宝啊！"一个伙计说。

"我刚才不是告诉过你，我的驮子里是珍珠、珊瑚、玛瑙、银器、金饰等物吗！"巴拉根仓有点不耐烦地说。

"就是。这位贵客的驮子里有鸡蛋大的珍珠，馒头大的珊瑚、玉器、翡翠，尽是些稀有珍宝。您那几车货跟他的珍宝相比，那算啥呀！"伙计们纷纷议论。

"不可能，绝对不可能！"额尔勒夫白音反驳道。

"啊呀呀——哼！"巴拉根仓眯缝着眼，摇了摇头，轻蔑地看着额尔勒夫白音说，"人们都说额尔勒夫白音是个驰名草原的大富豪，今天一见，原来是个没有见过世面的目光短浅的货。他连比金银更贵的东西都不知道，还算什么白音，跟这种人又有什么可谈！"说着，他转身就走。

额尔勒夫白音是个爱摆架子、说大话出了名的人，从来没人敢瞧不起他，更没有人耍笑过他，哪受得了这种奚落，气得浑身乱抖。店家趁机说："哎呀！白音今天这个跟头栽得可不轻啊！不过，白音也该看清楚，人家这几驮子宝贝，可真比白音那几车财物价值多得多呀！"

"都是什么宝贝？"额尔勒夫为摸清底细，只好忍着满肚子气问。

"究竟什么宝，我们也不清楚。"店家说，"只听巴拉根仓喝着酒说：'你们总是抬举额尔勒夫白音，他算什么！科尔沁亲王买我一颗碗大的珍珠，就亲口出价一万两；换我一块三斤重的红宝石，就出三百匹好马！'我想，这七驮子宝贝，说不定就是珍珠、宝石一类的东西。白音，您要能把巴拉根仓笼络住，做成一笔买卖，赚几车银子还不是翻翻手的事。"

"胡说！"额尔勒夫白音总有点不相信，故意试探，"他一个穷光蛋哪儿会有这么多宝贝！"

"可您没有见人家饮马时，往水里兑人参汤啊！这可是我们亲手给做的呀！唉，说这个干什么，真是多嘴！"说完，店家扭身就走。

“回来！”额尔勒夫白音叫道。

“是，白音。您老有什么吩咐？正房可是真没有了！”

“你要记住，”额尔勒夫白音威胁店家，“咱们可是老相识，来往多年的朋友哩！我跟巴拉根仓谈买卖，可不许你的胳膊肘往外扭，替他说话！”

“是的！”店家连连点头道，“您老放心，咱们是低头不见抬头见。白音发了财，我们小店还不是跟着沾光。您老只要抓住他，我们一定摇旗呐喊，为您助威就是哩！”

额尔勒夫白音为了做一笔合算的交易，又把巴拉根仓请了过来，赔笑说：“别见怪，老弟。你这驮子里真的是宝贝吗？”

巴拉根仓在第一个回合中，从气势上压住了额尔勒夫，说话就更神气起来了。他说：“光天化日，三只猫六只眼瞅着，能撒谎吗？不瞒你说，我这两个驮子是宝物。这点货，高兴了，我可以一钱不取，白送给他；不高兴了，给我百万黄金都不卖。至于剩下的几驮子，是一些散金、银锭，人参、鹿茸、冰片、麝香之类的东西。”

“老弟，你能让老哥开开眼界，见识见识这些宝贝吗？”

“不能随便看。人常说，宝贝，宝贝，有福人见它可以享福，无福者见它就要受苦。想看宝贝也不难，得让我先看你的手纹、脸相。”巴拉根仓摆出一副盛气凌人的派头说道。

“看吧！”额尔勒夫白音也不示弱，还吹牛说，“看别的老哥不敢夸口，要看有福无福，谁不知我是有名的白音，天生的福相！”

巴拉根仓把额尔勒夫的手纹和脸相都仔细看了一遍，摇着头说：“唉！可惜呀，可惜！”

“怎么啦？”

“不行，不行。我不愿说出来惹老哥生气。我要是让你看宝，我得倒一场霉。咱们还是两便吧！”

额尔勒夫白音见巴拉根仓不肯给看，心想：哼！这个骗子，撒了谎怕露了馅儿呢！他追问："我要是看了，又怎么样？"

"唉！你一定要问，我就只好直说了。"巴拉根仓为难地说，"你长着一双血手，眼睛里充满了毒气。我的宝贝都是从洁白光明的路上来的，见不得腥污，你一看它们就会变成灰的。"

这一句话激怒了额尔勒夫白音，他觉得巴拉根仓在故意小看他，嘲笑他。他再也忍受不了，大声喊道："今天非看不可！大家可以作保，你的财宝如果变成了灰，我拿这几车金银财宝赔你损失；如果你的驮子里不是宝贝，而是别的什么货物，我让你巴拉根仓活着难出这个店！"

"对，对！"店家和看热闹的众人说，"我们给白音作保，凭我们白音还赔不起你这点珍珠宝贝？你太小看我们白音了！"

"唉！"巴拉根仓长叹一声，"这真是强龙压不住地头蛇呀！没想到我巴拉根仓在这里要倒大霉！"

"你这人说话怎么这么不受听。"店家指着巴拉根仓说，"我们白音不是无赖，能不讲理欺侮你吗？当着白音和你的面，咱们把白音的几车银子和你的七个驮子都摆在众人面前。如果你的宝贝变成灰，几车银子马上赔你；如果你的财宝没变，那就是你故意小瞧我们白音，我们大伙就不能让你活着出这个店！"

"对，对，说得有理！"众人七言八语地说。

"好吧！"巴拉根仓狠着心说，"到了你们地面上，就只好随你们的摆布。白音，咱们都是老大不小的人了，说话可不能不算数啊？"

"我白音说一不二，给我打开！"额尔勒夫白音大声喊起来。

很快，众人七手八脚地把七个驮子一一打开，额尔勒夫白音伸长脖子一看，被烟雾迷了眼睛，只听大伙喊道："哎呀！宝贝都变成灰了！"

"啊呀！我的阿妈呀……"巴拉根仓扶着驮子大哭起来，"我早就说过看不得，看不得，你们偏要看。看吧，我的无价之宝全成灰了。你那几车银子能赔得起吗？”说着，他又伤心地哭起来。

“白音，”店家趁机把额尔勒夫拉在一旁，悄声地说，“赶快赔两句不是，把几车银子留下来赶紧走吧！不然，一会儿巴拉根仓让你按数赔偿的话，你就是再拉几十车来也不够呀！”

额尔勒夫白音心里七上八下的没有主意，听店家一说，心里豁然开朗起来，忙说：“巴拉根仓老弟，这是我的不是。这几车银子就算送给你吧！以后再到我的家乡，请到老哥家去，我一定好好地招待老弟！”说完，他骑上马偷偷溜走了。

“伙计们！”店家大声喊道，“快把咱尊贵的巴拉根仓扶到上房去，别让他太伤心了。炒几盘好菜，烫几壶好酒，大伙陪着他喝两杯，劝解劝解吧！”

大伙簇拥着巴拉根仓进了上房。

“谢谢你，巴拉根仓！”伙计们一边喝酒，一边笑着说，“你可给我们出了一口气！”

巴拉根仓也笑着说：“别谢我了，歌是大家唱的，酒也应该大家喝。来，干杯！”

当天晚上，巴拉根仓把几车金银财宝分给了大家，自己也装了些。人们痛痛快快地喝了一夜酒。第二天，大家有说有笑地送巴拉根仓上路了。

出卖母亲尸骨的魔鬼

不知道谁那么多嘴多舌，把巴拉根仓去五台山葬埋母亲骨灰，回来时七峰骆驼还驮着金银的消息，传给混兆其[1]白音。话倒没传差，事儿也确实是这么回事儿，可是一到混兆其白音耳朵里，话就变了，事儿也变了，他把“葬埋”两个字听成了“出卖”。

[1] 混兆其：蒙古语，好贪便宜、好剥削者。

混兆其白音听到这个消息，真有点纳闷，心想：发财的门路真多呀！一个老人的骨灰也能换来金银财宝。他为了把事情弄明白，决定找巴拉根仓。

这一天，混兆其白音骑马来到巴拉根仓家，进门就像老朋友似的问："喂，巴拉根仓老弟，什么时候从五台山回来的？一路上辛苦了吧！"

巴拉根仓抬头一看，原来是混兆其白音，心想：这家伙是夜猫子进宅，来者不善，得提防着点儿。

"啊呀！原来是混兆其白音呀，快请坐，喝茶！"

混兆其贼眉鼠眼地扫了一下，问道："巴拉根仓老弟，怎么不见老阿妈呀？"

"她老人家不在人间了，我把她送到天国享福去了。"巴拉根仓回答。

"说是送到五台山了，是吗？"混兆其白音冷笑地说。

"是呀！"巴拉根仓有点莫名其妙，这家伙为什么明知故问？他究竟想要干什么？巴拉根仓停顿了一下，反问道："你家老人可健康？"

混兆其白音心怀鬼胎，他以为巴拉根仓是故意用话往别处引，不肯说出自己出卖母亲尸骨的事，就直截了当地问："巴拉根仓啊，老哥想打听一件事，行吗？"

"你有话就说吧！"巴拉根仓不耐烦地说，"别像羊拉粪蛋儿似的吞吞吐吐，让人不痛快。"

"对，对！这才像老哥的好兄弟。"混兆其白音亲热地说，"巴拉根仓，听说你这次去五台山，把你母亲的骨灰卖了，赚了很多钱，是真的吗？"

这时，巴拉根仓才明白混兆其白音的来意。

"哈哈哈……人要是走了运，什么稀奇事儿都能碰上。我巴拉根仓还不知道老母亲的尸骨到了五台山能这样值钱。你真行，混兆其白音！你这黑心人就专门打听这黑心事。哈哈……"

"咱们交情不错，"混兆其白音得意地说，"你就给老哥说说吧。常言道：

‘发横财就不怕扬家丑。’老哥也不是外人。”

“世上的怪事儿就是多。五台山的温宝[1]们见了老母亲的骨灰，都像疯子一样抢着买，你看！”巴拉根仓说着打开一箱金子，“要不是母亲的骨灰值钱，我一个穷光蛋，又不是神仙，哪儿来的这么多金银财宝！”

亮晶晶的金银照得混兆其神魂颠倒，听巴拉根仓这么一说，他更是迷了心窍，心想：这买卖倒是一本万利，上了年纪整天白吃饭的老太婆，竟然能换来这么多金银财宝。他急忙向巴拉根仓说了一声“谢谢老弟”，就往外走。

巴拉根仓一把拉住混兆其白音：“别走，听我好好告诉你。”

“哈哈哈……你又想撒谎骗我吗？”混兆其白音推开巴拉根仓，骑上马就跑了。

混兆其白音回到家里，一闭眼睛就梦见金银元宝像水一样滚来。就这样，在一个下雨的夜晚，他一刀杀死了正在睡觉的老妈妈，连夜把尸体驮在骆驼上，第二天就朝五台山奔去。

五台山路途遥远，他想早点儿卖掉母亲尸骨，早点儿发财，沿路见人就问：

“买不买我母亲的骨头？”

“要不要我母亲的骨头？三两银子换一两！”

天下爱财的人也有，不孝的人也有，可是谁见过用自己母亲的尸骨卖钱的。人们都以为他是疯子，走在哪里，他都听到人们咒骂他：

“滚开！你这吃掉母亲尸骨的夜猫子！”

“滚开！你这吃掉母亲脑袋的贪心魔鬼！”

“滚开！你这满手血腥的野兽！”

混兆其白音不理人们，心里暗暗想：哼，都是一群不识货的东西。看吧，老子到了五台山就会发大财的。

---

[1] 温宝：常住寺庙的喇嘛。

走了几个月，他来到五台山。一进寺庙，好多温宝都向他迎来。他急忙问：“温宝，我特地把母亲的尸骨从很远的草地驮来卖给你们，你们出的价钱可不能太少了。”

温宝们见他赶着几个骆驼，都以为是远路进香的施主，一听他要出卖母亲的尸骨，都气得浑身发抖。

“真是作孽的魔鬼！”

“真是罪恶的妖怪！”

混兆其白音见众喇嘛都骂他，真有点儿着急了，连忙跪下磕头说：“诸位活佛啊，我不是魔鬼，也不是妖怪，我是诚心诚意把母亲的尸骨卖给你们的呀！你们怕出大价钱也不要紧，我可以便宜点儿卖！”

“快滚！不要玷污了我们圣洁的佛庙！”

“快滚！快滚！”

温宝们有的用拐杖，有的抛石头，有的拿念珠，一齐动手，打的打，抽的抽，抛的抛，把混兆其白音赶出了五台山。

混兆其白音被打得头破血流，鼻青眼肿，手也伤了，腿也瘸了。他想回家，路途遥远，又没有盘费；想去寻死，又舍不得家里那么些牛羊。他前思后想，左右为难，坐在五台山下抱头大哭起来。

至于后来混兆其白音是死是活，人们也没有兴趣再去听了。

医治罗锅

宝尔勒代、伊德木海、毫布达格、毫吉格尔、莫瑞策、额尔勒夫、混兆其等几个白音先后中了巴拉根仓的计，吃尽了苦头，个个气炸了肺。一天，他们聚在一起议论怎么对付巴拉根仓。

“巴拉根仓这小子坏透了，我们得想个法子除掉他！”

“不拔掉这个祸根，我们就别想活！”

“咋弄死他呢？”

“干脆装进口袋扔进江里算啦！”

…………

众人你一言我一语商量好了，来到巴拉根仓家，二话没说，就把巴拉根仓抓起来装进毛口袋里。

“巴拉根仓，论口才我们说不过你，比智慧也没你多。今天，我们下定了决心要把你扔到江里，看你还有什么本事出来！”没等巴拉根仓说话，他们就扎起口袋嘴，用杠子抬起来，气冲冲向江边走去。

烈日当头，火燎火烤，道路坑坑洼洼。这七个白音没出娘肚子就让人侍候惯了，哪能吃得消这种苦，一歪一斜，累得浑身冒汗，个个像大热天的狗一样直喘气。正好不远处有个村子，七个白音想去吃点儿饭，喝点儿茶，歇歇脚，可又怕被人发现口袋里装着个大活人。几个人找了棵树，把口袋挂在树枝上，就朝村里走去。

巴拉根仓在口袋里憋得难受，心想：难道真让这几个坏蛋害死不成？说来也巧，正愁没办法时，他忽然听见树下有个人嘟嘟囔囔：“啊，多稀罕的玩意儿！说它是灵窝吧，悬挂着；说它是捡羔袋吧，又太大。这……”

巴拉根仓从毛口袋小缝往下一看，原来是罗锅儿宝尔泰白音。他灵机一动，计上心来，一边挣扎一边叫唤道：“啊哟，好舒服，宝囊可真灵验！”

宝尔泰白音一听口袋里有人说话，很惊奇地问：“你是什么人？”

“我正在治病！”巴拉根仓从口袋里回答。

“你治的是什么病？”

“不瞒你说，我从小得了抽疯病，半身不遂，罗锅，瘸子，一直不能坐起来。三天前，我有幸见到一位神仙。他看我病重，就拿出个口袋，把我装进里面，说：‘这是个宝囊，在里面待上三天三夜保你康复。’到今儿个整三天了，说来真

宝囊可真灵验!

灵，我的病被它治好了。”

“真的吗？”宝尔泰白音半信半疑地问。

“不信你把我放出来看看！”

老家伙从树上放下口袋，解开一看，哪有瘸腿、背驼、半身不遂的影子，是个膀宽体壮的棒小伙子。

巴拉根仓站起来，抖抖身子说：“老人家，我真没想到自己能变成这模样啊，回了家恐怕连我老婆也不敢认哩！这可全仗这宝囊呀！”说着，他跪在地上给毛口袋磕了几个响头，拎起来就要走。

宝尔泰白音急忙上前拉住他说：“小伙子，得病的人应该知道患者的苦处。你看我这罗锅儿能不能治好？”

巴拉根仓故意装正经，上下端详一番宝尔泰白音说：“你只有罗锅这一种病吗？”

“是啊！”

“准能治好！”

“那……那快点儿把我装进宝囊吧！”老家伙哀求道。

“这宝囊可有个忌讳，三天之内不论碰上什么事儿都不准出声，一吱声就不灵验了。这是那位神仙的旨意。受得了你就进去，受不了就算啦！”

宝尔泰白音一心想医治好罗锅，一口答应了。巴拉根仓把他装进口袋里，按原样儿挂在树枝上，把一切收拾妥当，赶着宝尔泰白音的羊群走了。

七个白音从村里吃饱喝足之后回来一看，口袋原封没动，一摸，人也在里面。他们又抬起口袋走向大江，走一步，打一拳。

“看你巴拉根仓还要什么花招！”

“有本事到阴曹欺骗阎王去吧！”

宝尔泰白音被打得实在吃不消，听声音又像是毫布达格等几个白音，用嘶哑的嗓音喊道：“兄弟们，别打啦！”

“谁是你的兄弟！”又是一顿猛打。

“我是宝尔泰白音，不是巴拉根仓！”

“你休想再骗我们，这回决不上你的当。”七个白音打得更起劲了，最后把老家伙打得不再出声，直接扔进江里。

进龙宫受恩惠

七个白音把毛口袋扔进江里，满以为把巴拉根仓弄死了，个个高兴，有说有笑地往回赶路。

“叫这小子见了阎王才解恨呢！”

“听说他家还有不少值钱的东西，明天去分了算啦！”

“他媳妇可是个漂亮女人哪！”

几个坏蛋你一言我一语高兴地前往巴拉根仓家。走到半路，他们遇见一个赶羊群的人，到跟前一看，不是别人，正是巴拉根仓，惊得七个白音半天说不出话来。

巴拉根仓笑了笑说：“诸位安康。你们看什么呢？”

毫吉格尔白音上前抓住巴拉根仓的袖口，上上下下仔细打量一番，说：“你真的是巴拉根仓吗？”

“不是我巴拉根仓还能有谁。”

“你……你怎么又回来了？”毫布达格白音战战兢兢地问。

“别提啦！”巴拉根仓说，“这次可交了个好运。”

额尔勒夫白音又端起他那臭架子，问：“扔进江里没淹死，难道又交了个好运？”

巴拉根仓清了清嗓子，一本正经地回答道：“你们把我扔进江里时，真把我折磨苦了。可是，一到江里，就像有人架着我走。等我睁开眼睛一看，嘿嘿，原来是来到一座大宫殿，龙王坐在宝座上正给子孙们分家产哩！既然人家救了我，我就得上去帮他们分东西。后来他们相了我的面，看我是个有福气的人，干活又麻利，赏给我一群羊，还想给我点金银、珍珠、玛瑙，看我一个人背不动，让我赶着羊群回来了。”

七个白音你看我，我看你，心想：该不会是巴拉根仓说谎吧！

“你们不信，那这群羊哪儿来的？”巴拉根仓装出很生气的样子。

七个白音听后个个咂舌，羡慕巴拉根仓真走运，便着急地问：“这会儿工夫，龙王的子孙们分完财产没有？”

“对啦，你们不提我差点儿给忘了，回来时有个管家叫我再来，说是金银财宝分三天，今儿个才是头一天。我想把羊群赶回家，回头再到龙宫去。”

“那你把我们也领去吧！”七个白音恳求道。

“当然可以。俗话说：‘造福者长命百岁，作孽者堕入地狱。’你们没把我扔进江里，我哪能弄到这么多羊。我正想好好报答你们哪！”

白音们听了巴拉根仓的这些话，更是高兴，说：“你真够朋友。你先别回家啦，就领我们去一趟龙宫吧！”

巴拉根仓思谋了一会儿说：“走就走吧！”

巴拉根仓赶着羊群，带领七个白音来到了江边。这些家伙望着深蓝的江水和翻滚的浪涛，你推我让，谁也不肯先下水。

巴拉根仓指着江面上的羊群影儿说：“尊贵的白音们，快来看，龙王的子孙还没分完羊呢！你们可真有福分啊！现在去，你们不但能分到金银珠宝，还可能弄到牛羊呢！你们不往里跳还等什么？”

伊德木海白音是个出了名的老财迷，见财就贪，见便宜就占。他想比别人多分点东西，就第一个跳了进去。只见他嘴里喊着：“快……来！”两手往上一摆，再也不见影子了。

巴拉根仓着忙催白音们：“快跳啊！叫你们快去呢！”

站在江岸上的六个白音都想抢先一步，争先恐后，“扑通扑通”地跳进了江水里。

巴拉根仓望着滚滚大江，哈哈大笑道："好啊！好啊！你们也有今天！"说完，就赶着羊群回家去了。

教训唯利是图的商人

用巧计整治奸商

草原上出了一个巴拉根仓，他专好整治那些骗人的奸商。奸商们都很害怕他。

旅蒙商潘辉是个狡猾、阴险的人，人们都称呼他潘买卖。他骗了草原上很多人的钱，人们非常痛恨他。虽然潘买卖害怕巴拉根仓，可是他为赚钱，仍然不断地在草原上卖东西。这次他带来了很多的铁锅，和过去一样，又骗了很多人的金银。这样，他越来越害怕巴拉根仓了。为了给自己壮胆子，他嘴里还不停地喊着："我做的买卖，只有赚，没有赔。我就是闭着眼睛也知道巴拉根仓心里在想什么，你们何必怕他！"

一天，真碰巧，他真的碰上了巴拉根仓。巴拉根仓站在潘买卖的跟前说道："我就是巴拉根仓。你不怕，你就等着我。我有点事去一下就来，回来后，咱们看看到底谁怕谁。"潘买卖听巴拉根仓说完，还装着不在乎地点头答应了，可是心里却是七上八下的，非常害怕。

潘买卖等了一天一夜。夜里，下起了倾盆大雨，把潘买卖浇了个透，冻得他浑身直哆嗦，直流清鼻涕。结果巴拉根仓没有来，他知道自己被巴拉根仓捉弄了，扫兴地往回走。

雨越下越大，潘买卖没有找到一个住处，不仅被雨浇得湿透了，而且将近两天没有吃饭，头晕眼花的，浑身没有力气。大草原上要说百里不见人，就一个人也碰不上。这时，他想：如果碰上一个人，那该有多好。正在这时，远远地望见一个人，潘买卖高兴地想：人不死，天有救。

潘买卖有气无力地向那人摆手叫唤，那个人也摆手示意。潘买卖忙乱地赶着车往前奔去，只见这个陌生人站在泥坑里，用力地拉着一个马尾巴。没等潘买卖开口，这个陌生人就对潘买卖说："我这匹马是专在地里行走的。我不让它走，它偏要往地里钻。现在谁也弄不出来，只有用我的神马鞭才能赶它出来。你来替我把马尾巴抓住，别让它往里钻。我家就在离这不远处的村子，我骑上你的马去取一下鞭子。等我回来把马弄出来后，我们再一同回家去！"

潘买卖替他抓着那个马尾巴。陌生人上了他的马，笑嘻嘻地对潘买卖说道："潘买卖，没有想到我就是巴拉根仓吧！"

潘买卖气急了，把马尾巴向外一拉，原来是一个断了的马尾巴。巴拉根仓骑着马，带着潘买卖骗来的很多金银走了。潘买卖想追也追不上，只好赶着车，拉着铁锅往回走。

黄昏的时候，雨越下越大，草原上没有一处能避雨的地方。潘买卖没有办法，只好将铁锅顶在头上避雨。不知什么时候，巴拉根仓从他背后又悄悄地走过来了，像雷鸣似的喊道："潘买卖，巴拉根仓来了！"潘买卖听说巴拉根仓又来了，吓得魂不附体，全身发抖。他"啊"地一声大叫，回头一看，铁锅掉在头顶上，把他砸死了。

井底捞鼻烟壶

从前，有一个丑麻子商人，每到春季，这位商人用他的粉嘴黑驴驮上一些布匹、针线、剪刀、篦子等货物来到草原，走浩特、串牧村，做点买卖。他可会赚钱啦，一拐子线换一张羊皮，一个顶针换一张羔皮，做件蒙古袍的绵布要用一头二岁子牛换，一匹麻缎就得拿一头带犊母牛换。一到秋天，他就拉着载满皮张、驼毛的车子，赶着成群的牛羊，返回多伦淖尔。

那时候，草原上的牧人也怪可怜的，明知道丑麻子很坏，可是他们没有买东西的地方，所以一到春天还得买他的货。巴拉根仓知道了丑麻子高利盘剥穷苦牧人的行径，非常气愤，总想找个机会收拾他一下。

一天，巴拉根仓站在井台旁饮马，打老远看见丑麻子牵着他那粉嘴黑驴向井台走来。巴拉根仓急忙从马尾上抽下几根毛，把玛瑙鼻烟壶拴住，吊在井口挡木上，自己拿着水斗趴在那里装作捞东西的样子。丑麻子也来井边饮毛驴，看见巴拉根仓忙乎的样子，问道："你好啊，忙什么呢？"

"咳！好什么呀，我把玛瑙鼻烟壶掉进井里，捞不上来正发愁呢！"巴拉根仓头也没抬地说。

巴拉根仓指着倒映在水中的鼻烟壶的影子，让丑麻子往井里瞅，说："你看，我的鼻烟壶就在井底躺着哪！”

“对，对，我也看见了。”丑麻子见到鼻烟壶的影子信以为真了。

“朋友，”巴拉根仓为难地问道，“你会游水吗？”

“会！”丑麻子满有把握地回答。

巴拉根仓急忙拉住丑麻子的手恳求道：“太好啦！你要是会水，请帮个忙，下井给我把鼻烟壶捞上来……”

“咿！这么凉的水，怎么好下呀？”丑麻子故意刁难他。

“唉！我这玛瑙鼻烟壶是用两匹好马换来的上等货。这样好不好，你若是给我捞上来，我把这匹全鞍马当作酬劳送给你。”巴拉根仓极为诚恳地请他帮忙。

见利不要命的丑麻子一听说要送给他全鞍马，顿时脸上露出笑容，亲亲热热地说：“好说，好说！你大名叫什么，咱俩交个朋友吧！”

“我的名字叫银布敦[1]。”巴拉根仓高兴地说，“跟你做朋友感到很荣幸。等一会儿捞出鼻烟壶，咱俩到我家好好喝一顿。”

二人结为朋友后，丑麻子立即脱个精光，说：“银布敦，你把腰带解下来，把我放下去！”

巴拉根仓用腰带把丑麻子送到井底，收起腰带说：“你钻到水底找吧！”说罢，他拿起吊在井口挡木上的鼻烟壶，又将丑麻子的衣服和驮在毛驴上的货全驮在自己的马背上走了。

丑麻子下到井底寻呀，找呀，摸了一次又一次，忙了老半天也没有捞到鼻烟壶，就冲井口喊道：“喂，银布敦，我怎么捞也没有捞到你的鼻烟壶。井水太凉，我冻得受不住了，快拉我上去吧！”

很长时间，他也不见银布敦回话。

“喂！银布敦！你在干什么呀？”丑麻子可着嗓门喊了一阵子，井上毫无动

[1] 银布敦：蒙古语，大。

静。丑麻子觉着不对劲儿，费劲地爬出井口，银布敦早已走得无影无踪了。他再一瞧，呀！自己的衣裳和驮在毛驴上的货物也不见了，只有粉嘴黑驴摇动着长耳朵站在井台旁。

转了半辈子后草地，向来没吃过一点亏的丑麻子，今日被银布敦骗得个精光，气得肺子都要炸了，可他毫无办法，只好光着身子骑上黑毛驴寻找人家。

丑麻子走着走着，来到一户人家，这家正在举行婚礼。远近来的老老少少，男男女女，喇嘛俗人，宾客们看到骑着毛驴的光腚人，大家十分惊奇，议论纷纷。

“这是干什么的人？”

“是不是个疯子？”

“那么大个人，为什么光着腚？”

有几个小伙子跑到丑麻子跟前问道：“你是干什么的？来这儿做什么？”

丑麻子跳下毛驴恭恭敬敬地行了个礼：“你们看见过银布敦吗？”

大伙一听这话气得臭骂道：

“你爹的脑袋才这么大！”

“快把这疯子赶走！”

“滚！滚远点！”

人们抛石块，扬沙土，把丑麻子轰走了。

卖 酒

从前，有个瘸腿麻子旅蒙商，他每年都到草地来倒卖烟酒、砖茶、布匹。他往白酒里兑水，往黄酒里兑糖茶，把一坛酒变成三坛酒，从中牟取暴利。

有一年，草地举行敖包会，瘸腿麻子又拉上几车大篓子酒来赶集。路上他遇见巴拉根仓。为了把酒卖得快些，他对巴拉根仓说："喂，老弟！你帮我卖酒好吗？"

"咳！我可干不了你这种把白水当烧酒卖的骗人勾当。"巴拉根仓拒绝道。

瘸腿麻子知道巴拉根仓是个聪明伶俐、能说善辩的小伙子，便再三央求："我不是让你拿壶卖酒，只要求你和我一块儿在众人面前吆喝，夸奖夸奖我的酒就行了，事后定会重谢你。"

巴拉根仓想了想说："行！"

第二天，他俩来到敖包会上，找个角落卖酒。

"好烧酒，甜黄酒，快来买呀！"瘸腿麻子吆喝着。

巴拉根仓也站在车轱辘上夸起瘸腿麻子的酒来：

阿尔扎[1]、豪尔吉[2]，

是母牛乳汁的滋浆；

白酒、黄酒，

是五谷杂粮的津液；

大米、白面，

是佐餐的佳品；

烈酒、露浆，

是饮料的珍品。

谁要是能胜过米糖的儿子，

来吧！请你买这好酒。

快来尝尝，

先尝后买。

快来喝呀，

这个酒兑的水少。

快来买呀，

买这兑水少的酒。

…………

人们从巴拉根仓的吆喝中知道瘸腿麻子往酒里兑水，谁也不买他的酒了。

瘸腿麻子喊了一整天，把嗓子都喊哑了，也卖不出一斤酒，这才醒悟过来，埋怨道："巴拉根仓，你为什么把我往酒里兑水的事儿给嚷嚷出去了？"

"什么？"巴拉根仓当即回击道，"是你的酒兑了水人们才不来买呢，还是因为我说了兑水的实情才不来买呢？好啦，好啦！我以后不再吆喝兑水，行了

[1] 阿尔扎：头次回锅的奶酒。

[2] 豪尔吉：用奶酒再次酿制的烈性奶酒。

吧！”

过了几天，又有一个大庙会。巴拉根仓又跟着瘸腿麻子来到庙会卖酒。

来呀，来买酒呀！
烧锅酿制的上等酒，
小米酿制的好黄酒。
先来者能买到，
来迟则喝不到。

瘸腿麻子扯开嗓门叫卖道。

巴拉根仓站在车上夸奖起瘸腿麻子的酒：

奶酒、黄酒，
是牛乳的精品；
酒浆、玉露，
是米谷的津液；
奶食、乳品，
是夏季的美餐；
乳酒、果汁，
是喜宴的珍品。
谁能喝尽这篓酒，
来呀！好汉们。
谁若不怕醉倒，
买吧！拿碗痛饮。

瘸腿麻子听着巴拉根仓的夸奖词，心想：这回一定卖不少！他也学着巴拉根仓叫卖道：

谁能喝光这篓酒，
来呀！朋友们。
喝我的酒，
保你满意，
来买吧！
喝个痛快。
…………

巴拉根仓接着又吆喝道：

来呀！
好黄酒，
色浓，味甜，
是兑红糖茶水的酒，
快来买呀！

瘸腿麻子一听这话，气得黄瓜脸憋成了紫茄子。他说："你这是什么话？"

"我没有说兑水呀！"巴拉根仓反驳道。

瘸腿麻子气得没办法，便赶走了巴拉根仓，亲自卖酒。可是，人们已经知道他的酒兑了红糖茶水，所以谁也不去买他的酒。末了，瘸腿麻子把几车大篓酒原封不动地拉回去了。

打官司

很早以前，有一个旅蒙商，他是多伦淖尔七个麻子商贩之一，外号叫斜眼麻子。斜眼麻子一到冬天，就用一头灰毛驴驮上布匹、针线、冰糖、烧酒之类什物，游走草原叫卖。那时候，牧人手里没有钱，他就赊账给牧民，谁家拿他一包针，谁喝了他一瓶酒都记在他的小摺子上。等到夏秋时，他一算完账，骑着大马，赶着成群的牛羊回多伦淖尔。

一年秋天，斜眼麻子返回多伦淖尔时，牵着驮满皮张的十峰骆驼，顺着金黄的大道大摇大摆地走着。在他身后不远处，跟着一个衣着破烂、哭丧着脸的老汉。

在三岔路口上，巴拉根仓遇上了他们。他看见老汉满脸泪水，便问原因。老汉诉苦道："唉，全怪我糊涂啊！前年我赊账喝了斜眼麻子两瓶酒，给老伴扯了丈八尺布，去年又从他手里赊了两块砖茶和三包火柴。今年他到家一算账，就把我家唯一的命根子——带犊的花乳牛顶账了。老伴一气之下咽了气，我也不想活了……"

巴拉根仓听了老人的叙说，看着大摇大摆走远的斜眼麻子的背影，沉思了一会儿，对老汉说："老阿爸，别难过。您如果相信我的话，先回家等着，待到明年夏天，我就把斜眼麻子的十峰骆驼赶来顶您的花乳牛！"

"我知道富人们都说你是说谎大王，不相信你，可我信得过你。"老汉高兴地返回家。

巴拉根仓暗中跟上了盘剥牧民的吸血鬼斜眼麻子，一连跟了三天的路程。走到离多伦淖尔百十多里路的满都勒图庙附近时，斜眼麻子想叫牲畜和骆驼歇一歇，就在荒草甸子上支起帐篷住下来。他把牛羊和骆驼放开，让它们吃草去了。

巴拉根仓来到吃草的十峰骆驼跟前，仔细记住了每峰骆驼的毛色、牙口、体型和特征，然后用烧热的烟锅在每峰骆驼的大腿根内侧烙下圆圈印子后，便回了家。

次日，斜眼麻子照常拆下帐篷，驮上皮张，赶着牲畜上了路，不久就回到了多伦淖尔。

第二年春天，斜眼麻子用十峰骆驼驮上各种货物又到后草地做买卖来了。巴拉根仓看见他，迎了过去："你怎么偷了我们的驼骆？"

"什么？ 我这是做买卖赚的驼骆，你讹人！"斜眼麻子当然不服，二人便吵了起来。

最后，二人吵闹着到总管大人那里打官司。

"是这样，"巴拉根仓说，"去年秋天，我们艾里[1]丢了十峰骆驼，原来是被这个斜眼麻子偷走了。请总管大人判明是非，公断此案，还我十峰骆驼。"

总管大人审问斜眼麻子："你去年偷赶了人家的十峰骆驼吗？要如实招来！"

"不！大人，"斜眼麻子气得憋红了脸，用不太熟练的蒙古话申辩，"我这些骆驼是做买卖赚来的。他这是诬陷我。"

总管大人又问巴拉根仓："你凭什么说他偷了你的驼驼，你认准了吗？你的骆驼各有多大牙口，有何特征，打着什么印记，一一细说。"

[1] 艾里：蒙古语，村落。

“是！大人，”巴拉根仓立即回答，“我的十峰骆驼里有刚刚五岁口的黄公驼两峰，一峰左耳上开有横剪记，一峰左腿上打有铜钱烙印；双峰直立的黑驼三峰，全都是右耳后面开口的剪记和打着桃形烙印；牙已开缝的白鼻梁母驼两峰；交叉峰的白驼一峰……”

总管让文书记录下巴拉根仓的供词，回头又问斜眼麻子：“你的骆驼有何牙口，何种特征，有何印记，细细说来！”

斜眼麻子听了巴拉根仓讲述十峰骆驼的特征跟自己赚的十峰骆驼一模一样，回答总管：“我的十峰骆驼的特征，跟他说的完全一样，不过有一点不同，每峰骆驼右侧大腿上打有‘宝’字烙印！”

总管大人听了斜眼麻子的供词，又审问巴拉根仓：“人家的骆驼右侧大腿上烙有‘宝’字印记，你的骆驼有吗？”

“没有。”巴拉根仓回答，“不过，我的十峰骆驼不仅有明烙印，还有暗烙印，每峰骆驼大腿根内侧打有圆圈印记。”

斜眼麻子自以为得了理，急忙说：“总管大人，我的骆驼大腿根里可没有任何印记！”

“尊敬的总管大人，”巴拉根仓当然不放过这个机会，请求道，“一查看骆驼，是非自然分明了。请大人一同前往。”

“好的。”总管大人答应了。

总管大人带着下属，领上打官司的双方，一块儿查验了那十峰骆驼。从骆驼的颜色、牙口到体型、特征，与巴拉根仓说的完全相符。所不同的是十峰骆驼的右侧大腿上烙有 “宝”字印，再查看大腿根内侧，确实烙有圆圈印记。查看完，总管回府审问道：“巴拉根仓，你不是说你的骆驼右侧大腿上没有‘宝’字烙印吗？这一点上你输理了。”

“不，大人，” 巴拉根仓申辩道，“我的骆驼是去年夏秋丢失的，这个‘宝’字印是今年春天烙的，显然，是他偷走后烙上去的……”

“是的，是的……”斜眼麻子感到事情不妙，但也讲不清楚是怎么回事儿，急出了一身汗。

“听着！”总管一拍案，审判道，“经本官审察，是斜眼麻子偷了人家的骆驼，以旧印为证，你说的‘宝’字印是偷走后烙上的。你不仅不如实招供，还想抵赖，看来你是惯盗。来人啊！”

总管把十峰骆驼判给巴拉根仓，并按规章下令打斜眼麻子双五十板，判了他十年苦役。

巴拉根仓赶着十峰骆驼来到老汉家里，说：“老阿爸，去年秋天我不是答应还您十峰骆驼吗？现在送来了！”

老人出来一看，面带疑问地说：“这是斜眼麻子的骆驼呀！”

“奸商敲诈去的骆驼，我打官司赢回来了！”巴拉根仓笑着回答。

讽刺封建迷信

老佛迷拜师

一天，巴拉根仓出远门，正是七八月间，天上一丝云彩也没有，太阳像团大火似的在头上烘烤着，草原散发着闷人的热气。他走得人困马乏，口干舌燥，想找个地方休息一下。正好在不远处有几座蒙古包，他近前一看，几个包又窄又小，周围破得大窟窿小眼睛，连风沙都挡不住。

“你好，远方的客人。”几个穷苦的牧人向他打招呼。

“你们好。水草可丰美，牛羊可平安兴旺？”巴拉根仓也向主人们问候。

“好啊，好啊。吉祥的话送上门来，主人的心情总是愉快的。”牧人们说着把他让进包里。

巴拉根仓进门看了看，像老熟人似的笑着说：“你们的牛羊成山遍野，多得像天上的星星。可是，这蒙古包上的窟窿眼儿，比山上的牛羊还多呢！”

人们被这个无拘无束的生客逗笑了。一位年老的牧人端给巴拉根仓一碗奶茶，说：“别看这蒙古包又黑又窄，破烂不堪，它对于远方客人就像妈妈的胸膛一样温暖。你要是到了贡勤白音家，别说炒米奶茶，大门都难进，连句和气的话都听不到啊。”

巴拉根仓很快就和大家熟悉了。原来这些人都是贡勤白音家的牧工。贡勤白音是个大财主，又是个长年诵经拜佛的佛迷。人们都说他是“不穿紫袍的喇嘛”。他为了满足拜佛念经的嗜好，专门修盖了一所大院，布置得像佛殿一样。穷人别说走进这佛堂大院，就是在门口路过一下，贡勤白音就说他们踏脏了他的圣地，训斥一顿。

巴拉根仓听罢，晓得这个贡勤白音是个装神弄佛、迷惑人的伪善家伙，就想捉弄捉弄老佛迷，让穷苦牧人开开心。晚上他和牧人们一说自己的意图，老牧人连忙阻止。

“放心吧，老阿爸，三天以后我要让你们这破旧的蒙古包来个大翻新。”巴拉根仓自信地说。

第二天，巴拉根仓故意喝得醉醺醺的，脸上涂了些锅底黑灰，穿了一件男不男女不女，既不是俗人长袍，也不像是佛徒衣服的怪装，歪歪扭扭地来到贡勤家门口。他刚闯进大门，就被管家喝住了：“站住，哪来的疯子？”

“你是什么人？”巴拉根仓眯着眼睛看了看说，“啊——原来是贡勤的管家呀！我不和你这凡夫俗子说话，快叫贡勤出来见我！”

管家一听，心想：我从来没见过这人，他怎么会认识我？管家想拦住巴拉根仓，又怕弄脏了衣服，急忙跑到里边说：“白音哪，不知从哪来了个疯子，见人就打骂，真像经上说的那个魔鬼。”

“把他撵走！”贡勤大声吼叫。

“不行呀，白音。他说我是凡夫俗子，一定要找白音亲自说话。”

贡勤一听，心里有点奇怪，就随管家出来看，果真是个疯子，上前说：“喂，你是什么人，敢在这儿胡闹？”

“哈哈哈……”巴拉根仓大笑，“你是念经修行的，我也是佛爷的信徒，怎么你竟像个肉眼凡胎的俗人一样说话。”巴拉根仓目不转睛地盯着贡勤说。

“你从哪儿来？”贡勤问。

“神州天国！”

“去哪儿？做什么？”

“云游四海，到处为家，为天下人祝福。”

贡勤听了，觉得此人说话不凡，一定有点来历，不敢轻举妄动。于是，他急忙请巴拉根仓进他的佛堂，端茶倒水，毕恭毕敬。巴拉根仓也不客气，坐在正中央的地毯上，一边喝茶一边问：“你诵经修行有多少年了？”

贡勤回答：“我这玛尼珠捻了整整二十年了。”

“佛光在你身上有什么感应？”

“最明显的一件是，”贡勤认真地回道，“我过去最爱生气，现在只有慈悲善心，一点气性都没有了。”

“真的吗？”

“我修身养性一片诚心，多少年来不图人间富贵，只望死后灵魂升天，名列仙群——”

不等贡勤说完，巴拉根仓跳了起来，照他脸上“啪”一声打了个响脆的耳光。贡勤两眼冒火星，脸蛋火辣辣地痛，一怒之下揪住巴拉根仓骂道：“你好大的胆子，竟敢打我。”

“善哉，善哉！你诵经念咒二十个春秋，原来没有半点诚心。”巴拉根仓把老佛迷一把推开，哈哈大笑，接着他大哭起来，说，“吾师如来呀，你让弟子度化他，他不听呀！看来，弟子白白地把善心用在这孽种孽障身上了。请吾师原谅弟子未从佛旨。”他又哭又笑地闹腾了一阵子，甩袖撩襟往外走。

老佛迷见了巴拉根仓的举止言谈，本来已有了三分起敬，方才又听到是如来派来度化他的，心中更是敬慕万分，便飞跑出来，在门口追上巴拉根仓，“扑通”一声跪在地上，双手抱住他的腿，哀求道：“弟子有眼不识泰山，罪孽深重，求大仙慈悲。弟子修行不诚，请大师教诲。”

“滚开，孽障！你可知道你前世原身是何物？”巴拉根仓从怀里掏出一个用莜面捏成的小狗，生气地说，“你看，因为你偷吃了如来佛祖的供奉，师父生气了，要把你打入十八层地狱。我再三求情，师父才让你下界修行。谁知你又被金钱迷窍，贪得无厌，剥削俗民，尽干罪孽勾当，眼看就要血光临头，你还执迷不悟。我现在就去阎王那里，把你的原身交给他。”说着，他一甩袖子又要往前走。

“仙师饶恕，仙师饶恕，请宽恕弟子修心不诚。”老佛迷吓得面如土色，跪在地上一个劲儿地磕头。

“唉，你呀，哼！”巴拉根仓又掉下眼泪，指着他手中的小面狗说，“你跟我多年，我本想使你转生成人，要你好好修行，将来改邪归正，或许还能归天成佛成仙。可是，谁知你邪气入骨三分，恶性不改，这……唉！我怎么有脸再向师父求情呢！”

老佛迷听了这一席话，觉着事情还可以挽回，更是感激万分，头磕得更勤、更响了，说：“仙师慈悲吧！若是仙师不嫌，小人愿认您为道师，叩拜门下，求仙师严律教诲。”

“唉！”巴拉根仓一声长叹，“一来，你原是跟我多年，旧情难割难舍；二来，你我缘分尚未断绝，所以我才向你道破了天机仙言。如今，既然你诚心拜于我游仙门下，我可以收你为门徒。不过有一条，万不可泄露天机。你我今日之谈，半句也不能外讲，如若不然，必遭五雷击顶，回生为狗种。”

“叩谢师傅。恩师训诲，弟子感恩不尽。师傅既来弟子舍下，望请多留几日，诱导弟子修身修性之道，顺便也好尽孝敬之心！”贡勤此刻视巴拉根仓为天神下界，信服得五体投地。

“好吧，正好有几件前缘来了，我也好趁此机会了却前缘。”巴拉根仓答应留下来。

师教弟从，诵经讲道。转眼工夫，巴拉根仓在贡勤家住了三天。

再说，三天不见巴拉根仓回来，老牧人和大伙惦记起来，担心他到贡勤家受苦。这时，只见贡勤白音亲自牵着一匹雪白的高头骏马，鞍上坐着一位身穿金黄袍、头戴桃形帽的喇嘛爷，来到牧工们住的破蒙古包前。那位喇嘛爷拱手下拜说：

“三百年前小仙在途中遇难，多蒙几位勇士相助脱险。小仙两袖清风，一直未报诸位的大恩大德。幸而小仙收了个有钱的弟子，现在给你们带来了几顶新蒙古包和一些衣食银两，略表小仙的敬意。”

牧人们抬头一看，喇嘛爷不是别人，正是巴拉根仓。见贡勤白音对他恭恭敬敬，大伙你看我，我瞅你，心里都暗自发笑：老佛迷呀老佛迷，原来你也有被镇住的时候呢！

查布干其[1]的虔诚

很早很早以前，在召庙附近住着一位萨尤[2]女人，她受戒入了佛门，获得查布干其之称，整日吃素不动荤，口念玛尼苦修行。

人们都说她信佛虔诚，从不伤害生灵，积德深厚，来世必得圣灵变成神仙。巴拉根仓却不相信这些话，总想找个机会试探试探这个查布干其的虔诚。

一天，二人在途中相遇了。巴拉根仓上前问道："查布干其大婶，您去哪儿啊？"

"瞧，你这个年轻人真不懂事，"乌巴桑吉满不高兴地训斥道，"对受戒修行的佛徒怎能称大婶，应当叫积德的施主！"

"啊，啊！"巴拉根仓立即改口，"施主，您受戒当佛徒多少年啦？"

"不多，不多，受戒已有四十来年，不过静心修行也不过是二十多年罢了。按佛经上的说法，天上一日，地上一年，所以我获得佛训还不到三十天哩！"查布干其摆出一副佛门弟子的姿态念叨着。

[1] 查布干其：蒙古语，削发受戒的女佛徒或削发的老年妇女。

[2] 萨尤：蒙古语，吃素、吃斋者。

“您的信念可真坚定！”巴拉根仓又问道，“还需要多少时日，您才能完成修身呢？”

萨尤乌巴桑吉听了，心想：嗳！凡人俗子就是不懂佛家道事呀！她便回答：“按照佛法纪元，念诵玛尼经一百零八天，每日把这一百零八颗玛尼珠捻动一百零八遍，功果就圆满了。”

“啊呀，这可真得下许多功夫，没有坚定的意志是不成啊！老施主，我真不明白，您如此下功夫修行，到底是为了什么呀？”

“你哪里知道，”查布干其解释，“佛经玛尼是通往神灵之路的桥梁，这是佛家的妙法，能使超亡者升天，能叫人度难脱苦。人们活在世上，按照佛经的要求专心立志，坚持念玛尼，苦苦修行，死后就会把灾孽丢在下世，灵魂可升天成佛成仙，极乐无穷啊！”

正当萨尤查布干其紧闭双目，合掌念叨之际，巴拉根仓从草丛里捉住一只蚂蚱，高兴地说：“老施主，请看，这只该死的蚂蚱落在我脚上，我一下就捉住了。”

“咦呀，佛主保佑！你这人怎么如此邪恶，为什么祸害生灵？快放开它！”乌巴桑吉生气地叫嚷起来。

“怎么，这种对人畜有害的东西不能捉？”巴拉根仓说。

“我们佛门的人以善为本，最忌伤害生灵。你害死蚂蚱，真是罪过，罪过啊！”

“我也是信佛之人，可是不知道其中道理，请施主指点！”

“杀害生灵，就伤了天地和气。因为草丛里有蝼蚁的生命，所以走路不能走草丛。在大道上遇到一切生灵要闪路，让生灵先行。只有处处以生灵为重，才是信佛的人。”

趁她说话不注意的时候，巴拉根仓把早就揣在怀里边的一只瘸腿兔子掏出来，轻轻地放在地上。兔子憋闷了好久，见新鲜草地就撒起欢来，蹦跳在查布干其面前。巴拉根仓叫道："老施主，一只兔子！"

查布干其止步一看，果然是一只肥大的兔子，腿还有点瘸。这一下，她把什么都忘了，着急地说："快！到前边截住它！"兔子见人拦住去路，扭身往回跑，查布干其猛力扑了个空。她舍不得放走兔子，急中生智，用玛尼珠使劲打兔子。正巧玛尼珠碰上石头，"哗啦"一声，一百零八颗串珠撒得满地都是。她气急了，拼命追赶，半天才把兔子抓住。她气喘吁吁地说："叫你跑！"

"施主，请别伤害生灵，快放了它吧！"

巴拉根仓见自己喂养的兔子被掐得"唧唧"乱叫，心里也舍不得。

"这是魔鬼！它扰乱了我讲佛传经！"查布干其狠狠地说。

巴拉根仓一看，兔子被掐死了，就对查布干其说："看你把它掐得没气了。"

"感谢老佛爷，给我送来一块魔鬼肉！"

"看你的玛尼珠都摔撒了。"

查布干其脸一红，想了半天说："年轻人知道什么！这玛尼珠就是一百零八个罗汉，要不是他们布下天罗地网，这魔鬼还拿不住哩！"

"施主，您不是萨尤吗？"巴拉根仓笑着问。

查布干其恼羞成怒，狠狠地瞪着巴拉根仓，半天才说："为魔鬼开脱，真是罪过啊，罪过！"

葛根[1]吃饺子

巴拉根仓走进阴暗的大门洞，从铜铸的四大王中间穿过去，来到葛根的朱红大院里。

透过松柏的树隙，巴拉根仓一眼就看见葛根、经师正要与大喇嘛共进斋食。

这位胖得流油的葛根，尽管庙库与庙仓里有使不尽的金银财宝和用不完的牛马骆驼羊，但他的吝啬劲儿在纳文十旗[2]里还是最出名的。巴拉根仓知道这是一个手里滴水也不会漏的吝啬鬼，咳嗽了一声，然后放开喉咙喊："宝古达[3]葛根，巴拉根仓来看您了！"

葛根一听巴拉根仓来了，赶忙把一铜盆饺子从桌子上端下来，盖住盖，坐在上边。在葛根的暗示下，经师把银制的酱油壶和醋壶揣进了怀里，大喇嘛把旁边的银碗和象牙筷子塞进了袖筒里。两个人若无其事地端坐在黄缎褥垫上。

坐在饺子盆上的葛根问道："巴拉根仓，你来这里干什么？外边有什么事吗？"

---

[1] 葛根：蒙古语，活佛。

[2] 纳文十旗：纳文指男孩。这里指原哲里木盟十个旗的统称。

[3] 宝古达：蒙古语，圣贤，圣人。这里专指活佛中的最高者。

巴拉根仓回答："外边没有事，这屋里却有邪气。"

"什么邪气？"

"就在你们三位身上。"巴拉根仓把三个人逐个扫了一眼。

"就在我们三个身上？"葛根吃惊地问道。

"是的。"巴拉根仓指着大喇嘛说，"您袖筒里有筷子样的蛇和碗样的臭虫。"

"那我的身上呢？"经师问道。

"您怀里有酱油壶和醋壶般的蝎子。"巴拉根仓说。

"我身上呢？"葛根问。

"您屁股底下有铜盆般的老鼠！"

葛根、经师和大喇嘛全都目瞪口呆了。

巴拉根仓从容镇定地说："我要在屋里消灾除祸。"

葛根、经师和大喇嘛惶恐起来。

巴拉根仓口吐大气，嘴里念念有词，举起双手，做出擒拿妖魔的姿态，大声喊："我要灭蛇、灭臭虫、灭蝎子和老鼠！"

大喇嘛一看巴拉根仓的手向他伸了过来，吓得急忙把碗筷都扔在地上。经师也把怀里的酱油壶和醋壶扔在了地上。葛根一紧张，那肥大的屁股坐进了饺子盆里。

关老爷下跪

巴拉根仓被叫到雕梁画栋、金镂玉刻的关帝庙里，关老爷对他说："巴拉根仓，你不是最能说谎吗？今天我请你替我说个谎。你的谎言要是灵了，我就把这几天百姓献寿的祭品全都给你；你的谎言要是不灵，我就让你一辈子头疼脑热，浑身不舒服。"

"关老爷，您是扬名世间的佛爷，干吗让我说谎呢？"

关老爷露出十分为难的样子说："今天，我遇到了四件难办的事情，不说谎就有损于我的名声，所以特地请你这位说谎大王。"

巴拉根仓十分关切地问："什么事？"

关老爷说："岭北的牧民要求我明天无论如何也要把风给煞住，他们好晒羊皮。我正准备答应他们的要求时，岭南的农民又来要求我明天无论如何给放放风，他们好扬场收夏麦。"

"嗯，这是两件事。还有呢？"

"不一会儿，岭东的牧民要求我明天给他们一个晴天丽日，他们好赶着马群前往夏营盘。我正准备答应他们的要求时，岭西的农民又来要求我明天给他们耕云播雨，他们好种荞麦。你说我该怎么办？"

“啊，是这四件事啊！”胸有成竹的巴拉根仓说，“那么，我要是不说谎就给您想出个办法，请问关老爷，那该怎么办呢？”

唯我独尊、自以为是的关老爷一听巴拉根仓挑战的口气，非常不满地说：“我是请你来说谎，不是向你讨办法，你懂吗？连我这堂堂的佛爷都没有办法，你能有什么办法！”

“我有办法就是了。”巴拉根仓毫无惧色地说道。

关老爷一看巴拉根仓的口气这么大，就说：“你要是能解决这四个难题，我向你下跪三天；你要是说大话解决不了，我就让你瘫痪一辈子。”

巴拉根仓望着关老爷手下的众佛说：“你们都听见了吧！我相信关老爷说话是算数的！”

“少说废话，一言为定。”关公怒气冲冲地说道。

“你就快说吧，佛主什么时候说话不算数啦！”关老爷手下的小佛也在一旁帮腔。

于是，巴拉根仓清了清嗓子，不慌不忙地说：“我看这事好办。明天，岭北来个风平草静，岭南来个夏风习习，岭东来个碧日当空，岭西来个阴雨绵绵。”

听巴拉根仓这么一说，关老爷和众佛大眼瞪小眼，一句话也说不出来了。关老爷无地自容，只好乖乖地跪在巴拉根仓的脚下，众小佛也跟着跪了下去。

借马打场

有一年，巴拉根仓种了两天地[1]的那木哈[2]。说来挺走运，这年风调雨顺，庄稼长势非常好。秋收了，巴拉根仓高高兴兴地割了地，堆了垛，正要打场，难住了。从本屯借不到拉磙子的牲口，这可怎么办呢？这时，巴拉根仓的老婆提醒他：“你不会去找我阿爸借一头毛驴使唤吗？”老丈人特别吝啬，巴拉根仓是知道的，所以从不去他家借东西。眼下打场要紧哪，他只好捏着鼻子去老丈人家借驴。老丈人家离巴拉根仓家约有三十里。巴拉根仓走到半路，遇见了在大树下乘凉的关老爷。他一见拴在树上的赤兔马，心想：借用关老爷的马打场岂不更好？于是，巴拉根仓走到关老爷面前，“扑通”一声跪下来。

关老爷看见巴拉根仓满面愁容的样子，便问：“你有何难处啊，愁成这个样子？”

“嗨！”巴拉根仓长叹一声，“我老婆就要生孩子了，我去请接生婆，正好遇上了您。这真是该着我走大运了。大慈大悲的关公佛啊，您行行好，把您的赤兔马借我用一用吧！我到东屯去请接生婆，回头就把您的马送回来……”

---

[1] 两天地：东北地区耕地的面积单位，一天地相当于十亩左右。

[2] 那木哈：蒙古语，科尔沁方言，即将地翻了之后漫撒着播种的庄稼，一般种糜子时用此法。

关老爷听了巴拉根仓的述说，心想，生与死乃是世人一大事，我身为佛爷，理应相助，就答应道："去吧，快去快回。"

巴拉根仓立即叩了三个响头，解下赤兔马，一溜烟向东驰去。

巴拉根仓飞马来到关公看不见的地方调转马头，绕道回了家。他把鞍子卸下来，套上磙子打起场来。说真的，关老爷那匹赤兔马不但跑得快，拉起磙子来力气也很大。到了日落西山，月出东山时，巴拉根仓把一个月的场全打完了。他想备鞍给关老爷送马，又一想，借一回牲口不容易，为什么不趁此机会把一年的米也碾出来呢？于是，巴拉根仓又把赤兔马套在磙子上，连夜碾起米来。快天亮时，赤兔马碾出了够全家一年吃的米。这时，巴拉根仓又困又饿，很想尝一尝新米的味道，就让老婆炒了两锅米。

这样，又打场，又碾米，巴拉根仓整整忙活了一天一夜。

关老爷和周仓、关平三人坐在大树下等啊等，日头都偏西了，也不见巴拉根仓送马来。红日落山，皎月都东升了，他们仍不见巴拉根仓的影子。黑天半夜的，他们上哪儿去找巴拉根仓呢？无奈之下，三人就在大树下过夜。清早醒来，关老爷对周仓说："你顺着马蹄印去找找巴拉根仓吧！"

周仓扛起关老爷的偃月刀，顺着赤兔马的蹄印儿，左走右拐，绕来转去，一直追到巴拉根仓的家。他抬头一看，关老爷的赤兔马拴在巴拉根仓家的马桩上，像是落了水的耗子，浑身湿漉漉的，直滴答水呢！

周仓把偃月刀立在门口，走进巴拉根仓家一看，巴拉根仓和老婆正在炕桌上吃奶油拌炒米呢！

巴拉根仓一见满脸大胡子的周仓，便急忙跳下炕，恭恭敬敬地请周仓坐到正坐，递上奶茶。

周仓瞅了一眼巴拉根仓的老婆，盛茶端碗，举动很利索，不像是坐月子的人。他又在炕上东寻西找，也看不见婴儿，感到纳闷儿，便问："嗯，巴拉根仓，昨天不是说你老婆要生了，去请接生婆嘛，怎么……"

“啊！”巴拉根仓解释道，“昨天走时，我老婆确实肚痛来着。可是当我把接生婆请到家时，她肚子又不痛了。接生婆检查后，说是月份还没有到，我就把她送回去了。您瞧，我这是刚进屋喝两碗茶，您就追来了。”

周仓听了巴拉根仓的话，觉着合情合理，也就没再说什么。说话的当儿，巴拉根仓的老婆早已经拌好奶油炒米，送了上来。

“请圣人尝尝我们蒙古人的奶油拌炒米吧！新炒的鲜米，深秋的奶油，吃着最香不过。”巴拉根仓殷勤地招待着客人。

周仓本来野宿露营，又一天一夜没下饭，闻着香喷喷的奶油炒米味，馋得口水都流出来了，接过碗大口大口地吃起来。

不知是因为吃了奶油拌炒米迷糊，还是野外过夜没睡好的缘故，周仓一撂下碗筷，便昏昏沉沉地倒在炕上，“呼呼”地打起鼾来了。

关老爷跟关平俩蹲在大树下等呀等，等到了晌午，还不见周仓回来。关老爷有点急了，他说：“你去看看周仓出了什么事，怎么还不回来？”

关平也顺着赤兔马的蹄印儿来到了巴拉根仓家。他见桩上拴着的赤兔马和门口立着的偃月刀，便知周仓在此。他从窗户向里一看，嘿！周仓四仰八叉躺在炕上打鼾，睡得正香呢！

好家伙，我和老爷又冻又饿地等你回去，你倒好，在这儿睡大觉！关平气得抄起偃月刀，往周仓屁股上狠狠捅了一下，说：“老爷叫你哪，快起来！”

周仓被捅醒，忽地坐起来，瞪着碗大的眼珠子扫视着四周。巴拉根仓见势不妙，急忙前去请关平进屋。

“佛爷独自在树下等候，不得耽搁！”说罢，关平和周仓骑上赤兔马匆匆离去。

智惩阎王

奇怪的尸体

财资万贯的白音，权势显赫的诺颜，诡计多端的奸商，披着袈裟的活佛，早就把巴拉根仓看成眼中钉、肉中刺，恨透了他。他们要不单个来，要不结伙来，专找巴拉根仓闹事，决心除掉这个祸害。结果怎么样呢，这些白音、诺颜们不但动不了巴拉根仓一根毫毛，反而吃了不少苦头，有的人还送了性命。

就拿七个白音来说吧，他们本来想倚仗自己的权势惩治一下巴拉根仓，哪成想反倒被巴拉根仓扔进江里丧了命。虽然这些白音死了，可是阴魂不散，一齐又跑到阴间地狱向阎王告巴拉根仓的状：

我们丧命太冤枉，
特来向您诉诉状。
生在世间享清福，

有权有势有威望。
只因出了巴拉根仓，
好景不长受遭殃。
他施展阴谋和诡计，
要了性命又夺钱。
我们原来未造孽，
遭害致死实在冤。
血海深仇谁给报，
我们才来求阎王。
把这恶棍提了来，
千刀万剐解解恨。

阎王一听，暴跳如雷，马上叫来黑头鬼：

世间出了个巴拉根仓，
坑害白音作恶多端。
今日派你到人世，
速去拿他来归案。

黑头鬼领命前去捉拿巴拉根仓。

巴拉根仓智慧超群，他早已料到投江丧命的七个白音不会罢休，肯定到阴间向阎王告状，那时老阎王也不会轻易饶过他的。于是，他就做了一些准备：把仅有的几只羊和破烂家当分给了贫苦乡亲，自己跑到江岸边搭了个白帐篷，躺在里边装死。

阎王的使者黑头鬼边走边打听，听说巴拉根仓在西河沿，跑去一看，巴拉根仓早就死了。他半信半疑，把帐篷里里外外看了个细，觉得很奇怪，说他是冻死的，身上穿着羊皮袄；说他是饿死的，身旁还放着吃剩的半碗炒米；说他是渴死的，枕边放着熬好的药。看着眼前这一切，黑头鬼真如丈二和尚摸不着头脑了。抱着头想了一会儿，他也没想出个头绪来，只好回阴司向老阎王如实禀报："遵照阎王您的令前去捉拿巴拉根仓，他已死在西河沿，转回向您来禀报。"

阎王听后，沉思了一会儿，疑惑地问道："查看清楚了没有？"

"查看清楚了，是真死了。"黑头鬼急忙回答。

阎王还是不大相信，又叫来专门登记死人的管账鬼，说："听说巴拉根仓死了，你查查名单！"

管账的小鬼把所有的生死簿都拿出来查了个遍，根本没有巴拉根仓的名字。

老阎王知道上了巴拉根仓的当，立即恼羞成怒，大骂道："你这个蠢货，连真死和装死都弄不清！"说完，他叫几个小鬼把黑头鬼重重打了一顿。

让牛头马面拉磨

老阎王惩治了黑头鬼后，把牛头马面叫来，下令："你们俩马上到人间去，把坏蛋巴拉根仓给我捉来。"临走时，他又吩咐二鬼："当心，千万别中了巴拉根仓那小子的奸计。"

二鬼领命，前去捉拿巴拉根仓。

巴拉根仓聪明过人，能预见未来。他料到牛头马面要来拿他，就淘了几口袋黄米，到村头碾房碾起米来。

不一会儿，牛头马面果真来了。他们追到碾房，冲着巴拉根仓大声喝道："走吧，巴拉根仓！阎王派我们来捉你，你还有什么说的？"

巴拉根仓不慌不忙地说："早知道阴司二位要来捉我，特意淘了这么多黄米。我打算把黄米碾成面，蒸些粘豆包，路上好做干粮。"

二鬼听后，不耐烦地问："要多长时间才能碾完？"

"大概有两天差不多了，就请二位等一等吧！"巴拉根仓推着碾子漫不经心地说。

"这还了得。先前你装死把黑头鬼骗走，叫我们翻阴司生死簿，大闹了三百六十天，现在又叫我们俩等两天，阎王生了气怎么办？别啰嗦了，快走吧！"二鬼十分焦急地说。

巴拉根仓做出为难的样子说："到你们阴曹地府要走那么远的路，不准备些干粮，路上饿了怎么办呀！唉，如果我是个白音的话，到畜群里随便牵来两头牛拉拉碾子，不是又快又省劲儿？可我穷得连条狗都没有，只好自己推了。"

二鬼也无奈了，只好等着巴拉根仓碾完米。

巴拉根仓一边推着碾子，一边暗暗地瞅着牛头马面的神色，估计时机已到，便说："你们俩怕误了公事，可帮我推一推碾子，这样不就能快一点儿推完吗？"

牛头马面一想，等也是个白等，帮他快点碾完好赶路交差，就答应道："行！"

于是，巴拉根仓把二鬼套在碾杆上，"快点，快点！"巴拉根仓一边大声吆喝，一边用鞭子狠狠地抽打。

二鬼又累又痛，实在熬不住了，便苦苦哀求道："快把我们卸下来吧！别说等两天，就是二十年也行。"

"不行！阎王的命令谁敢违抗。"巴拉根仓还是不停地甩鞭子。

"老兄，求求你，快把我们卸下来吧！"

"你们动不动就把好端端的人拉到地狱，把他们折磨得死去活来，今天也让你们尝尝这滋味。告诉你们，我巴拉根仓不是好惹的，快拉！"说完，他又劈头盖脑地抽打起来。

牛头马面只好忍着痛，流着汗，拉着碾杆一个劲儿地跑。一天熬过去了，他们被巴拉根仓打得浑身皮开肉绽，才碾完一口袋黄米。二鬼上气不接下气地哀求道：“巴拉根仓老兄，行行好，快放开我们吧！”

“再敢惹我不了？”

“不敢了，不敢了！”

“再折磨穷人不了？”

“不了，不了！”

“快给我滚！”巴拉根仓给二鬼卸去了套绳。

牛头马面怕再上当，连草料也不敢吃，夹着尾巴逃跑了。

给秃头鬼安头发

巴拉根仓捉弄牛头马面，估计阎王会派秃头鬼来拿他，就扎了个草人，用猪尿泡把草人的头蒙上，画上鼻子、眼睛，使它看上去就像个真人，随后又准备了一把锥子、一缕猪鬃。

不一会儿，秃头鬼来了，气冲冲地给巴拉根仓下了命令：“巴拉根仓，快跟我走，阎王在等你！”

“是！是！”巴拉根仓不住地答应着。

“你把牛头马面打得遍体鳞伤，起都起不来了！我可不会上你的当，快走吧！”秃头鬼咬牙切齿地说。

“你稍微等一会儿，我给这秃子安上头发就走。”

秃头鬼这才注意到巴拉根仓用锥子往那个秃子头上扎了一下，安了一缕头发，不一会儿半个头上长出了黑黑的头发。秃头鬼看着看着，不由自主地摸摸自己光秃秃的脑袋，心想：不妨叫他也给我治治，多好啊！他抬头看了看太阳，问：“还得多长时间？”

“快，再有一袋烟工夫就行了。”巴拉根仓一边给草人安头发，一边慢吞吞地说。

秃头鬼看巴拉根仓快安完头发了，凑过来，满脸堆笑地央求道：“喂，巴拉根仓，能不能给我也安个头发？”

巴拉根仓十分惊讶地说：“原来你也是个秃子？”

“是啊！”秃头鬼说完摘下帽子，把秃头伸给巴拉根仓看。

巴拉根仓瞟了一眼秃头鬼，满有把握地告诉他：“是秃子我都能治，治一个好一个，治两个好一对儿。你愿意，我马上给你治。”

“那就快点儿给我治吧！”秃头鬼高兴地说，“治好了，我到阎王面前替你说说情，报答你治病的恩情！”

“那倒不必，就怕你受不了。”巴拉根仓端详着秃鬼的头，接着说，“你这秃病不同一般，病根很深了，要治好，比别的秃子难得多了。”

“没事儿，只要能长出头发来，再疼再苦我也能忍受得了。”

巴拉根仓看秃头鬼治病的心情急切，便指了指草人说：“要想让头发扎得深，长得牢，也得像他那样被我捆起来——”

不等巴拉根仓说完，秃头鬼连连答道：“这好办，这好办，一切都依你！”

“那就别喊疼啊！”巴拉根仓说完，用绳子把秃头鬼捆得紧紧的，拿起锥子就狠狠地往秃头上乱刺，然后用盐水浇洗一顿。一根头发还没安上，秃头鬼就疼得哇哇大叫。

“哎哟，疼死我了！巴拉根仓，你轻点儿扎不行吗？”

“别叫唤！一说疼就不灵了。”巴拉根仓继续用锥子刺着。

秃头鬼实在忍不住了，哭丧着脸叫道：“巴拉根仓老兄，我可不治病了，再治我就活不成了。你放开我吧！我再也不敢来打扰你了！”

巴拉根仓看秃头鬼一把眼泪、一把鼻涕的狼狈相，心想：收拾得差不多了，该把他放了。

秃头鬼死里逃生，灰溜溜地跑回了阎王殿。

给烂眼鬼点眼药

秃头鬼走后，巴拉根仓想到阎王这回一定派烂眼鬼来，就用生火化了一勺胶水，身旁放了一小块烂羊皮，在乳钵中放进一些辣椒、花椒，一个劲儿地捣着。不一会儿，烂眼鬼果真来了。

“你这个诡计多端的巴拉根仓，这次休想逃脱，阎王命令你快去，走吧！”烂眼鬼一见巴拉根仓就盛气凌人地说。

“你稍等一下，配完这副药就走。”巴拉根仓很平静地答道。

“别要花招了，快要死的人了，还配什么药？”

“你们这些阴曹鬼呀，就会坑害人，连一点慈悲之心都没有。”巴拉根仓抬头瞅了一眼烂眼鬼，一字一板地说，“我们南村有个年轻人得了烂眼皮病，快要瞎了。我见他怪可怜，配这副药给他治治眼睛。”

烂眼鬼一听，急忙问：“你配的这眼药治什么病？”

“烂眼皮、红眼圈、斜眼、眼翳、睁眼瞎子，什么眼病都能治。小时候我害过一次眼病，眼看两眼要瞎了，师傅就用这药治好了我的眼睛。”

烂眼鬼眨了眨烂眼皮，试探着问：“能不能给我也治一治眼病？”

“其实，你这眼病比起我的轻多了，点一点就会见效。”巴拉根仓见烂眼鬼要上圈套，便进一步引诱他。

“要是这么灵，你现在就给我点上点儿，试一试。”

“我是治人的眼睛，鬼眼不治！”巴拉根仓故意打起腔来。

“我们这些鬼天天生活在阴间，老见不着阳光，所以我的眼圈烂得更厉害了。如果不赶紧治，我的眼睛迟早会瞎的。求求你，就给我治一治吧！”

烂眼鬼越是着急，巴拉根仓越摆起架子来，说：“这次配的药只治一个人的，你的烂眼圈嘛，以后再说吧！”

烂眼鬼见巴拉根仓不想给他治眼，心里思谋：我既要捉拿他归案，又想求他治眼病，那人家怎么肯答应呢？想来想去，他觉得还是治好自己的眼病当紧，又向巴拉根仓哀求："阎王有命，我出于无奈才来捉你的。老兄行行好，就给我治一治吧！"

巴拉根仓见他中了计，心里暗暗高兴，可是表面上故意装出不耐烦的样子说："别诉苦了！我问你，能忍受住疼吗？"

烂眼鬼一听有门了，马上答道："一定能忍受得了，不信你试试看！"

"你受不了哭闹起来，阎王又说我骗你了，给我再加罪怎么办？"

"你不相信我的话，干脆把我捆起来点药吧！"烂眼鬼急得再也忍不下去了，立刻叫巴拉根仓把他捆起来。

巴拉根仓顺水推舟，先用牛毛绳子把烂眼鬼的手脚捆得紧紧的，接着将捣好的辣椒、花椒揉进他的眼睛里，最后把涂上胶水的那块皮子往上面一贴。烂眼鬼痛得一头倒在地上滚叫起来："好你个巴拉根仓！好你个巴拉根仓！"

巴拉根仓看着他，哈哈大笑起来："怎么样，好受不好受？你们这些魔鬼把好端端的人无故打入十八层地狱随便折磨，从来不想别人的痛苦。今天，我也叫你小子尝尝这滋味。"

"巴拉根仓老兄，我再也不敢来捉你了，磕个头求求你，快把绳子解开吧！"烂眼鬼像捣蒜一般，不停地给巴拉根仓磕头，苦苦哀求。

"今后再敢来坑害百姓不？"

"不敢了。"

巴拉根仓听完烂眼鬼的话，才把他放开。烂眼鬼赶快揭掉那块贴在眼睛上的小皮子，结果连他的眼角、脸皮一块儿撕了下来。烂眼鬼疼痛得难以忍受，嚎叫着抱头逃走了。

钻缝鬼进猪尿泡

烂眼鬼上当受骗后，哭哭啼啼地跑回阎王殿，诉说了没有捉成巴拉根仓的原因。阎王听罢大怒，就派钻缝鬼前去捉拿巴拉根仓。这个鬼不像别的鬼，它没有形体，可有个本事——见缝就能钻进去。

巴拉根仓料到这次阎王要派钻缝鬼来，就想了个好主意。他把屋子的门窗糊得严严实实的，又准备了一个吹得鼓鼓的猪尿泡等着钻缝鬼。

这个见缝就钻的鬼腾云驾雾来到巴拉根仓的屋子跟前，想从门缝钻进去，门被裱得死死的；想从窗户钻进去，窗户也被糊得严严的，实在无法进去。于是，他在屋子周围左转三圈，右转三圈，也没找到可钻的缝隙。无奈之下，他站在屋外大声喊："巴拉根仓在家吗？"

"在家呢，你是谁呀？"巴拉根仓从屋里问。

"我是阴间的使者，快开门！"

"又是来捉我的吧！进屋坐一坐，喝口茶。放心吧，这次我一定跟你去。"

"你的屋子连个缝儿都没有，怎么进去啊？"

"你别急嘛，理应亲自出去迎驾，可我得了个既不能见阳光，也不能着风的缺德病，现在正发着汗呢！你不是能钻缝嘛，我给你扎个眼儿……"巴拉根仓说着，拿大针在窗户上扎了个小眼儿，把猪尿泡对准针眼儿，"进来吧！"

钻缝鬼见有缝可钻，高兴极了，心想：好你个巴拉根仓，这回看你还要什么把戏。他一边叫喊，一边顺着针眼儿一钻，"嗖"地一下，不偏不倚，正好钻进了猪尿泡。巴拉根仓赶紧用绳子把猪尿泡的口儿一扎，将钻缝鬼闷在里边。然后，他提着猪屁泡走到大街上，对着一群小孩说："你们看这玩意儿好玩儿不？"

孩子们一看是一个吹得鼓鼓的猪尿泡，便高兴起来，争着要玩。

巴拉根仓一本正经地说："这个猪尿泡可好玩儿哩！拍它的话，它能蹦起来；踢它的话，它还能‘哎哟哎哟’乱叫，快来试一试！”说完，他就扔给了孩子们。

孩子们追着猪尿泡把它踢过来踢过去，玩儿得好不痛快。可在猪尿泡里边的钻缝鬼被踢得实在受不了啦，便“哎哟哎哟”地呻吟开了。孩子们听到叫声更觉得新奇、好玩，争抢着踢个没完，把钻缝鬼踢得鼻青脸肿。幸好有个草刺把猪尿泡划了个小口，钻缝鬼趁机钻了出来。他再也顾不上捉拿巴拉根仓，一溜烟逃回阎王殿去了。

猴鬼屁股着火

阎王见钻缝鬼也上了当，吃了亏，灰溜溜地跑了回来，更加大怒。他把聪明伶俐的猴鬼叫来，下令道：

人世间的巴拉根仓，
心底狠毒，手段凶残。
眨眨眼睛就是计，
白音诺颜遭其殃。
已派众鬼去捉拿，
皆遭毒害好凄凉。
因你勇敢又有谋，
命你前去把他捉。
对他的阴谋和诡计，
定要小心别上当。
你若提他来见本王，
功劳簿上记头等功。

高傲不凡的猴鬼当着众鬼受到这般夸赞更不知天多高、地多厚了。他立即辞别老阎王，前去捉拿巴拉根仓。

猴鬼没有去过巴拉根仓的家乡，一路走，一路打听。当时正值七月炎夏，天气酷热。猴鬼跑了半天又饥又渴，累得浑身是汗，正想歇歇脚弄点东西吃，看见不远处有个村庄，便十分高兴地朝前走去。走到村边，他见一个老头儿坐在柳树下吃着桃子。猴鬼一见桃子就垂涎三尺，一步也不想走了，便在树旁一块光滑的石头上坐了下来。刚坐下，他觉得屁股底下黏糊糊的，但是他一心想骗个桃子吃，也不顾屁股了，嘴里不住地念叨着："好热的天呀！"眼珠子骨碌碌地老盯着桃子转。

"三伏天嘛，天气热。喂，老兄渴了吧，给你个桃子吃。"树荫下的老头儿从筐里拿出一个桃子给他，便与猴鬼唠起嗑来，唠一会儿，给一个桃子，再唠一会儿，再给一个桃子。就这样唠着、吃着，眼看太阳快落山了，树下的老头儿问："喂，天不早了，你想到哪里去呀？"

"我是阎王派来的使者，要去捉拿巴拉根仓！"

"巴拉根仓犯了什么罪？"

猴鬼答道："要问巴拉根仓有什么罪，三天三夜也数不完。坑害白音诺颜还不算，阴司众小鬼也被他欺骗。"

猴鬼又吃了个桃子，眨了眨眼接着说："阎王特派我来捉他。你认识那小子吗？"

"唉！"树下的老头儿长叹一声说，"原来我这个小人竟与世间的活鬼、阴间的魔鬼结下了这么大的怨仇啊！"

"什么？你就是那个该死的巴拉根仓？"猴鬼立刻惊叫起来。

"小人就是巴拉根仓，怎么样？"

"好哇，看来你的死期已到，我就是来捉你的。"猴鬼呲牙咧嘴地伸出魔爪要扑向巴拉根仓，哪知他的屁股早就被死死地粘在巴拉根仓事先涂了胶的大石头上，一动也不能动了。

“我的天神爷呀，不跑可不行了！”巴拉根仓说着拎起筐子就跑。

猴鬼急了，猛地使劲一站，就把屁股上的皮肉撕下一大块，鲜血直流，痛得他捂着屁股团团乱转。

巴拉根仓回过头来指着猴鬼的屁股大叫：“还不快跑，你的屁股着火了，再迟一会儿你要被烧死的！”

猴鬼信以为真，吓得撒腿就跑，连头也没敢回。

七鬼畅游人间

这年的六月，正是寺院的喇嘛们做面塑的时节。巴拉根仓赶到美岱召，在厨房里当了扎麻[1]。

再说阎王，他看到先后派去的七个小鬼不但未能捉来巴拉根仓，反而个个被整治得死去活来，就把黑头鬼、牛头马面、烂眼鬼、钻缝鬼、秃头鬼、猴鬼全叫来，大发雷霆，拍桌子骂道：“连一个小小的巴拉根仓都治不了，真是一群废物！这次你们一起去，非把他给我捉来不可！”

一提起巴拉根仓，七个鬼个个胆战心惊，你看我，我瞅你，没一个吱声的。可他们谁也不敢违抗阎王的命令，只好硬着头皮一起出动了。

众鬼来到巴拉根仓家一看，连个人影也没有，一打听，知道他在寺院里做活，他们就追到美岱召。

巴拉根仓料到七个鬼要一起来，想好一个对策，事先在芒扎[2]锅里化了些胶水涂在火房里屋的炕上。不一会儿，七个鬼找来了。

“看你这回往哪里逃！”众鬼一起上手要绑巴拉根仓。

[1] 扎麻：寺庙中的伙夫。

[2] 芒扎：寺院法会上用的茶。

巴拉根仓心中想，阴间的魔鬼虽不怕世间的人，可不敢惹额斯勒比[1]佛祖，随即说道："今天你们不来，我也准备去哩！不过，我想在下地狱之前先给寺院佛爷的弟子们做做饭、烧烧菜，洗清今世的罪孽。如果不让我做，佛爷知道了是不会饶恕你们的。"

众鬼听后，有点儿胆怯，便问："你这锅芒扎什么时候煮好？"

"鸡叫前差不多了。你们先到屋里歇一歇。天亮后咱们一起走。"巴拉根仓边说边把众鬼领进里屋。

小鬼们进门一看，墙上贴着许多山水画，个个惊叹不已："这是什么地方？"

"这是人们生活的世间乐园，你们没见过吧？"

七鬼头一次看到这么美丽的景色，觉得十分新奇，个个赞不绝口。巴拉根仓摸透了他们的心理，就说："你们想观赏这世间乐园也不难，只要有颗虔诚的心就行了。"

"怎么个观赏法？"众鬼异口同声地问。

巴拉根仓故意拉长声调念道："丢弃歹意私心，就寝佛门仙境。世间美丽乐园，定能再现梦中。"

七鬼听后急忙说："别瞎扯了，哪有睡觉的空儿。快干你的去，煮好芒扎赶紧赶路。"

"一夜工夫足能睡个好觉，还能畅游一番人间乐园哩！"

众鬼听了巴拉根仓的话，觉得他说得也对，再加上大热天赶了一天的路，实在累得不行了，好好睡一觉，一来能在梦中见识见识人间美景，二来也好歇歇身子骨。这不是两全齐美的事嘛。大家一合计，就依着巴拉根仓的话，上炕并排躺下了。由于过度疲乏，他们的头一挨枕头便都打起呼噜来。

睡了很长时间，别说观赏世间美景，他们连个梦都没做成。机灵的猴鬼最先

[1] 额斯勒比：婆罗门教中的天神。

醒来，要起身哪动得了。原来，身子已经和炕板粘在一起了。他忙着推醒其他的小鬼，他们也被死死地粘在炕板上。还是猴鬼心眼多，他出了个主意，众鬼同时起身。大家就听猴鬼的话，齐心协力“哧”地一声往上一掀，连炕板也被掀了起来。七鬼怎么弄也弄不掉炕板，无奈之下便哀求巴拉根仓：“请帮帮忙拿掉这该死的炕板吧！”

巴拉根仓哈哈大笑，说：“活该，活该！这是额斯勒比佛祖在惩罚你们哪！”

一听这话，七鬼才发觉又上了巴拉根仓的当，便背着炕板跑回阎王殿了。

答兰胡达勒齐

秃头牧童智胜可汗*

很早以前，有一个名字叫亢盖的可汗。因为他心狠手毒，人们都称他为黑心肠可汗。这位黑心肠可汗生有一男一女，儿子是个白痴，公主却是浑身闪光、美貌非凡的女子。有一天，黑心肠可汗心想：世间凡人子弟都比我儿子聪明，有才智，要是不把他们消灭掉，等我死后他们就会抢夺我儿子的可汗宝座。于是，为了消灭掉才能超过自己儿子的男子汉，可汗想出了个绝妙法子。

一天，黑心肠可汗发出了这样一个通告：谁若当着可汗和众臣的面说出七十个谎言，作为奖赏，愿将公主嫁给他；要是说不上七十个谎言，立即杀头。

黑心肠可汗的国土非常辽阔，南北，从答兰哈剌[1]到达赉湖；东西，从兴安岭到阿尔泰山。他派出一万个信使传发这个通告。

诺颜、白音等权贵们的子弟以及平民百姓的男儿中，不知有多少自以为能说上七十个谎言，想娶美丽公主为妻的人。可是——

---

* 这部分选取的内容均出自蒙古族古老的民间故事集《答兰胡达勒齐》，它产生于13~14世纪，是《巴拉根仓的故事》的最初原型。

[1] 答兰哈剌：蒙古语，黑色的山脉，即阴山。

只能在灰色帐幕中，
自称贤人的骄子；
只是在黑色蒙古包里，
自以为胜过可汗的人；
诺颜们的淘气儿，
白音们的嫩宝贝，
不用说讲出七十个谎言，
就连像样的五句假话也说不出。
这样，利刃下掉头的人不知有多少。

于是，说出七十个谎言即可娶可汗公主为妻的事件，就成了全国青年男子们每天谈论的话题。

当时，黑心肠可汗手下的一个大臣家有个放牛犊的小牧童，闻知此事，心中不平。一天，当可汗的大臣回到家时，放牛娃就问："今天有多少人到可汗宫里说谎了？"

"在青天般的亢盖可汗面前，没有一个当即说出七十个谎言的男子汉，去的人全都被砍头了！"大臣说。

小牧童听了愤愤不平，心想：这位可汗心有多狠啊！他这是要把世上的男子汉全都要杀光呀！我去撒上七十个谎，非挫败他的阴谋不可。他就对大臣说："阿哈[1]，明天我到可汗宫里当即说上七十个谎言，将浑身闪光的美丽的公主娶回来！"

"哈，哈哈！"大臣听了，大笑道，"寻死的老鼠，去摸猫儿屁股；吃饱燕麦的寒鸦，偏落狮子头上。我的秃头老弟呀，你连五个犊牛都管不住，要当着众大

[1] 阿哈：蒙古语，现代蒙古语里是哥哥的意思，古代蒙古语或某些方言中指叔叔。

臣的面，冲着青天般的可汗，还想说七十个谎言？你连一句假话都讲不出，被人砍下你的秃头，白白地送死不成？量着被子的长短，伸开腿为好；数着马群的多寡，打口哨为妙。拉倒吧，我的老弟。你不嫌自己脑袋多余，趁早赶上牛犊到沙窝子里玩耍去吧！”

第二天一清早，大臣把牧童叫起来，连茶都没有给他喝，同牛犊一起赶出去了。秃头牧童赶着牛犊到了野外，杀死一头最肥的牛犊，用火烤熟，吃个饱。然后，他在牛犊的琵琶骨上写了几行字：

饿极的牧童吃饱无罪，
无主的牛犊回家是理。
发出通告是可汗的权力，
遵旨前往的牧童有据。
大臣阿哈呀，您不要生气，
小弟牧童将快去速回！

写罢，拴在一头牛犊的脖子上，把牛犊赶往大臣家，自己便去可汗宫里。

当秃头牧童来到可汗宫时，手持值牌的门官，肩扛长矛的卫士们，谁也没有瞧他一眼。秃头牧童就从站着的人胯下钻了进去，从坐着的人腋下爬了过去，来到宽敞的可汗宫帐里，站在可汗面前低头行了礼。

黑心肠的亢盖可汗看着秃头牧童问：“拖鼻涕的秃头牧童，你来见我有何事？这里没有你立脚之地，赶快滚出宝帐！”

“俗话说：‘与其说话不算数的可汗，还不如忠诚厚道的老汉高尚。’向全体臣民发出通谕，这是可汗您干的勾当？”秃头牧童理直气壮地说。

可汗听了大吃一惊：“是个说狂言的秃头，有什么事情快快讲！”

牧童向可汗陈述道：“按照可汗通谕规定，我是当着您和大臣的面，说上七十个谎言，为娶公主为妻而来拜见可汗的人。”

“哈哈哈！”可汗大笑道，“不自量力的白草鼠，偏要跟旱獭摔跤比武。秃头牧童你有何本事？只怕你连五头犊牛都管不住，还自以为聪明不凡。白音、诺颜们的子弟来了很多，不用说当即说上七十个谎言，连五句假话都无一人说得出。他们通通被砍头弃尸野甸，这消息你曾听说了吧！”

秃头牧童回答：“八十层水晶宫里，坐着一位那冉公主。世间所有骄健勇士，谁都未能将她娶走。来了个骑癞驹的拖鼻涕娃，却打开水晶宫娶走了公主。可汗，您可曾听说过这个古老的传说？”

可汗听了，大怒道：“嘴快舌尖，好厉害的秃头，到这里自找苦头吃。死神已向你招手。好吧，讲吧，讲吧，谅你三句谎言说不出口。”

秃头牧童拜谢可汗后说：“骏马奔驰，不达目标不停蹄；男儿讲话，说一不二要算数！”

接着他就当场说起七十个谎言来——

“当须弥山尚未形成土丘时，当浩瀚的香海还没有变成水洼时，当我爷爷还躺在摇篮里时，当生身的父亲尚未出世时，我正放牧着太爷爷的马群。一匹三岁骒马，怀驹三年整，又空怀三年，突然脱群跑掉了。于是，我就用那没有生长的树干做成套马杆，用桦树灰打成套绳，捉来那没有脊梁的马，配上那没有肚带的鞍，骑上它去寻找那匹逃走的黑骒马。

“走着，走着，我想攀登到汗山顶望一下逃走的马儿。我往上一爬，咳！岩石上马蹄陷得一步也迈不动了。没有办法，我步行下山。汗山的岩石也吃不住我踩，一踩就是一个坑。经不住步行人，这算是什么山。

“我气得登上了亚慢虫的犄角。嘿！摇晃了一会儿，它把我支起来了。我站在亚慢虫犄角上放眼望去，四野空空，什么也没看见。

“我走下了亚慢虫犄角，又骑上没有脊梁的马儿登上高高的沙梁。不成想，沙梁也经不住我踩，一块一块儿地直往下塌。呸！连一个人都托不动，这算是什么沙丘！

“我一气之下又攀上枯干的针茅草。针茅草摆动了几下，却经得住我踩了。我站在针茅草尖上正在东张西望，忽然天空不见云彩下起了冰雹，没有下雨却发了洪水。我挨了一阵冰雹，蹚过洪水，走呀，走呀，一直走到天黑，在野外过夜。那年夏天，五黄六月正闹着雪灾，我差一点冻死。我冻得实在睡不着，就打着水绒冰石的火镰生着了火，烤了烤也不管用。最后没有办法，我就铺着马尾巴，盖着马鬃睡着了。嘿！睡出了一身汗。

“第二天，我起来又向前走。走到一个沙窝，我忽然听到‘哗啦哗啦’、‘噼嘁啪喳’的响声。是什么东西呢？我爬上沙丘顶一看，好家伙，蜥蜴和跳鼠在打沙蓬籽呢！蜥蜴在抽打，跳鼠在清理；蜥蜴用尾巴扫着，跳鼠拿耳朵簸着。它们把打好的沙蓬籽堆积起来，正为分沙蓬籽吵架：

“‘呼哧哈嘁，你分的多了！’

“‘噼嘁啪喳，我分的少了！’

“蜥蜴和跳鼠正争吵个不休，我走过去，用海碗给每人分了七十碗，又用祭奠桶[1]给每人分了七桶，这才平息了它们的争吵。这么一来，蜥蜴和跳鼠高兴得跳了起来。

“‘你给我们分了沙蓬籽，太好啦！得酬谢酬谢你！’它俩把分剩下的沙蓬籽全送给了我。

“我高兴极啦，拿起沙蓬籽正往前赶路，又从艾菊丛里传来奇怪的声音，‘扑隆咣啷，噗哧啪哧，嗷勒盖钦，布勒盖钦’。这是什么声音？我回头一看，沙蒿丛中，有一群麻雀在尺骨孔里搅着酸奶油正在争吵。

“它们看见我问：‘您去哪儿啊？’

“我说：‘寻找牲口的人，打听一下我逃跑的骒马。我又饥又渴，请给我喝

[1] 祭奠桶：蒙古族有一种古老风俗，将祭祀供品放在一个小木桶里长期保存并传给后代，以示祖业的继承。装这种祭祀品的桶被称为祭奠桶。

点酸奶吧！’

“众麻雀说：‘赶远路的人一定很累，这大冷天准是很渴，吃啊喝啊，喝啊吃啊，先给我们分好奶油再说！’

“于是我就拿起没有底的囊不哈[1]给每只雀分了九次，又用没有边的碗各分给了九十下。

“麻雀们感激不尽，把分剩下的奶油都送给我了。我高兴之余便动起手来，用那麻勒吉草做成桌面，砍下若勒图呐草做成了桌腿，这样就做了两条腿的桌子。我把炒好的沙蓬籽碾成面，拌上喷香扑鼻的奶油，足足吃了十大碗，又喝了十大碗油。我吃饱喝足，乐得肺子都要爆炸了。因得到收获而骄傲，为吃饱喝足而振奋，乐得我脚不沾地，轻飘得在藓苔尖上飞跑。在那边的平原边上，出现了顶天立地的城墙。这可能是个大巴扎[2]。我想登上墙头看看我的骒马。

“我跑上城楼顶一看，这哪里是城墙哟，原来是一群蚊蝇弟兄们聚在一起正为分家产而争吵不休哩！它们一见我，都争着向我告状。听了它们的诉状，我说：‘凡能按头和单个数算的东西，一律对半平分不偏不倚；至于锅碗瓢盆、坛罐碟盘，通通劈成两半各得其一。’

“我公正地解决了蚊蝇们的纠纷之后，蚊蝇们拿上东西各自飞散了。这时，城墙也倒塌了，我也连人带马地摔了下来，一头扎进冻土地里。钻进地里不要紧，我觉得就像是睡在铺着软垫的床上，像盖上厚被子似的舒服极了。我想，就在这儿暖暖和和地度过严冬和酷春吧，于是就一动不动地睡着了。

“我再醒来时已是春天，蝎子草都已结了籽。我猛地一下钻出地面，顺着没有车辙的山路走去，忽听肚子传来‘咕咕哝哝’、‘呼噜噜’的声音。这是怎么回事儿？我把耳朵贴在肚皮上细一听，糟糕！

“‘我饿啦！’饥肠气得正在那里来回打滚。

---

[1] 囊不哈：蒙古语，用生牛皮或马皮制成的奶桶。

[2] 巴扎：蒙古语，集市，市场。

“‘我空了！’胃肠急得正在那里敲锣打鼓。

“好吧，弄点什么吃呢？我左看看，右瞧瞧，还算走运，碰上了肥美的猎物：在那四十个牧场距离处，砧子山的顶尖上，四年来产卵的四岁母蚊蹲在那里王拉屎撒尿哩！它拉出的粪团有一匹马大，撒下的尿流成了山洪。

“我高兴极了，拿上没有上弦的弓，搭上没有雁翎的箭，将弓张成望月状，‘嗖’地放出了鸣镝。箭头正中蚊胯裆，将蚊身劈成两半。我急忙跑去剥开它的皮。它的鼻子尖上有蹼状油，大腿根下有枝叉油，琵琶骨上有四指油。我打断肱骨一看，‘噗噜噜’，骨髓直往外流。我便把那只蚊肉驮在马鞍上，捡来驴粪蛋，燃起一团篝火，往上没叫冒烟，朝下未落灰烬，饱餐了一顿油汪汪的烤蚊肉，最后还剩下了一大半。随后，我将胫骨和四根长肋解下来往马背上一驮，马儿说什么也驮不动。无奈之下，我将蚊子肉装入火镰袋里，却没有装满。

“我骑上没脊梁的马儿继续往前赶路，去寻找那匹黑骒马。忽然，从背后传来铁器撞击声，‘铮铮锵锵，咔喳喳’、‘叮叮当当，啪喳喳’。我回头一看，原来是我的腰刀跟刀鞘正在打架。

“‘咔喳喳，你多吃油了！’

“‘啪喳喳，我没吃到油！’

“我气得吼了两声：‘虽然刀刃吃了点肉，难道你刀鞘就没有沾骨髓油？谁多谁少？多吃了怎样，少喝了又怎么着！’骂罢，我往腰带上一掖，刀刃和刀鞘再也没有吭声。

“我又继续往前走去，可又出现了奇景：三九严冬转成暖秋，天空出现了三个日头，烤得大地冒青烟，引起了一场干旱灾祸。本来我吃了一顿肥蚊子肉，又在野外走了五七日，嘴干口又渴，气短汗如雨。

“我见人便问：‘你们这儿有井吗？’

“‘井被风刮走了！’人们异口同声地回答。

“‘那刮走的井在哪里？’

“‘在枯海那一边！’

“我到枯海那边寻找被风刮走的水井。我在洼地和山脊上转了两百圈，凹头山顶上住了二十天，终于找到那口被风卷来的井。我走到跟前一看，上边没有井口，井底又不见水，想打点水喝吧，跟前又没水斗。我前看看，后瞅瞅，远近不见任何东西。

“这可怎么办呢？我耷拉着脑袋想了想，突然想到一个好办法：嗨！愁什么呀！摘下脑袋，用颅壳做成水斗；掏空胸膛，用空腔做水槽；打开腹部，拿饥肠做拉绳。就这样，我井里打上水，自己先喝个饱，又把马儿饮足。

“我又往前走去，只见山丁子的树根朝天，用枝叶划拉着，正捡落地的果实。我催马向前，跑上山丁树顶眺望了一会儿逃走的黑骒马，什么也没看见。不过，在黄洼滩那一边，顺着宽敞的大道有一长串搬家的车辆。太好啦！何不前去打听打听马儿的消息。我跨过五道岗，穿过山峰沙丘，正在往前追奔，忽听到‘嘿哟嗨呀’、嗨呀嘿哟’之声，震得草原乱颤。

“什么东西？我好奇地顺着大道向前追去，路沟里满是泥水，马腿陷进泥里，怎么也跑不动了。平坦的大路哪儿来的泥水？我一生气，扛起马儿向车队追去。追到跟前一看，呸！哪是搬家的车队，原来是六七十只刺猬驮着盐块搞运输。三岁子和四岁子各驮了一口袋，二岁子和三岁子各背了三两筐。原来这是这群刺猬流下的汗汇到路沟里积成了泥水。

“‘哪里的运输队，前往何处去？’我这么一问。

“刺猬们回答：‘君主大仓的车队，正在往回返呢！’

“‘驮的是哪里的盐？行情价格可低廉？’

“‘额吉淖尔的大青盐，价钱比冰糖昂贵！’

“我又向刺猬们打听那黑骒马的消息。

“它们说：‘看见过，看见过，是昨天中午前后，在无边大海的对岸，蓝色柴达木的密林中。’

“打听到黑骒马的消息，我高兴极了，赶忙向前跑去。可是我的马儿累垮了，如何是好？我正发愁，从飞鼠住的岩洞窜出一只蹦蹦跳跳地在玩耍的小田鼠。于是，我捻起蜘蛛丝做成十庹长的套绳，把烧掉的小白蒿和黄蒿做成金接头和银杆的套马杆，上前去套小田鼠，却套住了一只公黄羊。多么肥美的乌策[1]肉啊！我直乐得手舞足又蹈。选择了一个口朝东北开的深谷，我把公黄羊肉切成球，想晒成风干肉。我将马儿拴在山前榆枝头，没成想系在了鹿角上。我将套马杆挂在枯树上，结果错套在了天鹅脖子里。然后，我就将黄羊肉切成球，挂在那没顶的断崖头。

“接着我又往前走，来到那空野之处，看见七顶雪白的蒙古包，没门，没天窗，又没有系绳。我想进去借个宿。没等我走到跟前，‘哑的哑的’、‘果的果的’地全飞上了高空。我仔细一看，哪里是七顶蒙古包哟，原来是七只大天鹅。我又爬上长在粗艾菊顶上须根触天的白山蓟，瞭望我那黑骒马。戈壁沙丘的这边，三指山的那面，外围大海的里头，刚迪[2]树林之中，看见一只大黑物。我定睛细观察，就是我那匹逃走的黑骒马，还产下了一匹大马驹。你猜那马驹个儿有多大？它把母马绕了三圈。

“我倒骑上没有脊梁的马儿，越过没有山脊的耸峦，跨过没有岗坡的丘陵，来到外围海海岸边时，海水混浊不清，正沸腾着稠泥浆呢！怎么渡海呢？思谋了一会儿，我想出了一个妙法：将刀鞘当作木舟，用鞭杆做成橹，找到无人过的渡口，在海上漂游。那混浊的海底被我看得一清二楚。别看水面一片平静，水下可热闹非凡：白肚鳟鱼喂着幼犊，鳄鱼放牧着牲畜，鳊鱼在烤制哈那，金鱼正放声歌唱，螃蟹也婆娑起舞。

“我坐在刀鞘舟上东看西观，欣赏这大海的风光。在那边深不可测的海底，碰上漂在泡沫上的鱼鳞岛。我登上鱼鳞岛一看，草原上的旱獭抽打着胖头鱼的毛，正在擀制毡片哩！

---

[1] 乌策：蒙古语，冬储春用的整畜肉。

[2] 刚迪：印度古传说中的森林之名。

“我走过去，用自己没有脊梁的马帮它们拉了一阵毡磙子。旱獭们很高兴，酬谢了我一块够做毡袜的毡片。

“来到大海，不捕捉点鱼虾就走，那太可惜了！我想到这儿，把旱獭酬谢我的毡片撕开，织成八角形扣网，把自己的皮靴头当作鱼钩，捕了不少虾，钓了很多鱼。我又把捕捞和钓来的鱼虾当作回礼送给旱獭们，划着鱼鳞岛渡过了大海。

“来到刚迪林间一看，呸！这哪里是什么高山丛林，是哈尔勒岱老汉的大胡子覆盖了大半个世界。我那黑骒马逃到这里，产下了一匹漂亮的幼驹。它脖颈没有鬃毛，屁股上也没尾巴，全身没有一根毫毛，浑身乌黑油亮，像是光滑的水獭。

“我想抓住骒马领上小驹往回返，那小驹蹦蹦跳跳，说什么也不跟我走。我想抓住它牵上走，小驹不让我靠近。我便拔掉哈尔勒岱老汉鼻孔里的两根粗毛，搓成三股套索，一下套住了小驹的细脖颈。可是，连蹄皮都没有干的小幼驹尥开蹶子，把套索断成了三节。

“用什么东西才能套住这马驹呢？我用烟灰搓成套绳，用碱葱根做成套马杆，追上去一套，正好扣住它的大胸口。嘿，这灰绳子可真结实，受惊的马驹可劲儿向前拉，拉了半天也没拉断。它就这样拖着我，使干地渗出三尺水，洼地扬起万丈尘烟，山岭岩石被踏成沙漠，一片密林被踩成平原。我把套绳拧在马驹腹部，双脚登着蚂蚁巢，咬紧牙关全力一拉，这才勉强站住了脚。我抓住了小马驹，骑上骒马，抱起马驹想走时，黑骒马被压得趴倒了。我回头骑上马驹，抱起黑骒马，蹦蹦颠颠，颤颤悠悠，走得可轻快了。

“我想返回去渡过大海。十冬腊月闹干旱，海水沸滚得全枯了，我顺利地走出了大海。这样走着走着，我肚子饿得‘咕噜咕噜’响起来了。我想起了存放在火镰袋里的蚊子肉，就在荒滩野甸、沙岭丘坡上寻找起火撑子和锅。很幸运，走不多远，我发现三堆牛粪正燃着红火炭呢！太巧了！我心想烤蚊子肉吃吧！我蹲下一打火镰，‘扑啦啦’一声，那三堆牛粪飞上了天空。

“牛粪怎么会飞上天空呢？我好奇地仔细一看，原来是三只鹌鹑。我很高兴，不管怎么说，得找个人家设法弄点吃喝吧，又往前走去。在那荒芜的沙丘前，有座灰褐色的蒙古包，从天窗冒起白烟，直直地冲上天。我走进蒙古包一看，满脸胡子的老太婆怀中抱着祭奠桶，生一对乳房的老汉手里端着供品盘，老老少少一家人把蒙古包挤得满满的。

“‘娶走吧，福运和财产，呼来[1]！呼来！呼来！’

“他们正在祭火神。我为了得到供品，往老太婆的木桶里放了蚊子的腿骨，在老汉的木盘中添上了蚊子的肋骨。

“老汉、老太婆非常高兴，将我赠给的蚊肉分给了孩子们。全家人可劲儿吃了一气也没有吃完。我也是饱餐了一顿肥肉，困得顺哈那倒下去，放开喉咙唱着歌睡着了。

“快到半夜时分，我在梦中忽然听见奇怪的声响，是天空劈雷，还是车轮滚动？

“‘噼嘁啦嚓，你得了奖。’

“‘嘁哧咔嚓，我没得赏。’

“醒来一看，我的两只靴子正打架哩！

“‘怎么啦？’我审问。

“‘它多吃了油。’

“‘我比你吃的少！’

“两只靴子向我告状。这倒底是怎么回事？我细一想，原来昨天晚上我吃完肉擦手上的油时，只抹在一只靴子上，忘了给另一只靴子抹了。于是我说：‘你们只为了一点点油水乱吵乱闹，不叫人家安睡！’说着，我就打了多吃油的靴子两个耳光，少打了少吃油的靴子一个嘴巴，接着又睡着了。

“早晨起来我想穿靴子，一只靴子不见了。一问，原来是它觉得主人委屈了

---

[1] 呼来：蒙古语，集聚来，是招财招物的用语。

它，说了一声‘亲昵者得偏爱，不爱者受虐待’的话，就跑走了。我怎么委屈了它呢？想起来了，夜里给两个靴子断案时，以为打了多吃油的两个耳光，结果迷迷糊糊错打了没有吃到油的靴子。

“我立即顺着靴子的脚印追去，踏着蜘蛛网转了十圈，踩着昆虫脚印赶了二十圈，到了一户人家。这家人正在举行婚礼。我那只靴子跑到这儿当上了用人，正端着一盘盘肥肉忙活着哩！

“尽管我为它的逃跑而生气，但是一见到靴子，我便高兴了。我立即把它抓过来套在脚上，参加了宴席。婚宴上的人们一见我说：‘嘻嘻嘻，看他有多怪！呵呵呵，瞧他多稀奇！’

“怎么啦？他们笑我什么呀？一时弄不明白他们的意思，我就端起酒碗喝酒。哟，我找不到嘴了。嘴呢？我一挠头，脑袋也不见了。呀！脑袋怎么丢了呢？我忽然想起来了，那年我到没有口的井，用脑袋做水斗打水喝了之后，就把它丢在那里了。我马上顺着原路返回，来到那口被风刮来的水井跟前一看，我那可怜的脑袋歪歪扭扭地躺在那里。我伸手一捡，可不得了，我的脑袋，朝阳面被晒得软绵绵，前后左右长满了青苔，背阴面冻得硬邦邦，上上下下结上了冰块，嘴里蜘蛛筑起了巢，耳朵眼内毛毛虫在乱跑，眼窝里黑蝇下了虫卵，鼻孔中生出了宿草，又脏又臭，简直不能要了。

“哎！这脑袋可怎么处置。我想了想，与其捡回这破脑袋，倒不如做一个新的换上它。我就把原来的头扔掉，和上粪团和泥巴，重新捏了个脑瓜，后脑勺上带钩钩，脖子下面有底座，比起旧头更漂亮，生着三五根头发。比起父母给的脑袋，还是自己捏的好。

“我把捏好的脑袋往脖颈上一安，左右摇晃了几下，粘得稳稳当当了。然后，我就望着丢弃的脑袋掉下三滴眼泪，摸着新安的脑瓜咧嘴笑了一气。

“当我戴上新脑袋返回家时，我家周围布满了畜群。走进蒙古包，我问躺在摇篮里的爷爷：‘我们家哪儿来的这么多牲畜？’

“爷爷说：‘异国他乡的亢盖可汗要把你招为女婿，将美丽的公主嫁给你，送来了这许多订婚彩礼。可汗的恩惠实在美，当礼品送来的牲畜繁殖得如此快，真稀奇。种公牛生了犊子，公骆驼下了小羔，公种山羊生了小绵羊，公绵羊却下了山羊羔，儿马子也下起了小驹。’

“我听了，高兴地捉住一只小羊羔，配上鞍鞴，拜见岳父大人——亢盖可汗。”

“胡说！你这秃子真可恶！”可汗一听秃子牧童的话，气得暴跳起来。

秃头牧童稳坐宝帐中讲了七十个谎言，闯过了可汗设下的难关。

“可汗大人，这您可就输了！公主该是我的了！”

秃头牧童这么一说，可汗这才恍然大悟，明白自己失言了。话已说出口难追回，告示已发出难销毁。可汗正面笑了三遍，转脸哭了三次，把美丽的公主嫁给了秃头牧童。

从此，秃头牧童得了个人人喜欢的绰号——答兰胡达勒齐。

兄弟三人

很早以前，有兄弟三人同住在一起。有一天，兄弟三人进山砍柴，天已很晚，决定露宿在森林中。升火烧饭时他们才想到，由于来时太匆忙，把火镰忘在家里了。

“这可怎么办？”弟兄三人正在为难，突然发现离他们不远的地方有火光。

“瞧，真走运，那不是篝火吗？我去借火种。”老大说罢，朝火光跑去。

老大跑到火光跟前一看，篝火旁坐着个老汉。

“请您给我一块火种吧！”老大说。

老汉说：“你要是给我说上七十个谎言，可以得到火种。不然，我不但不给你火种，还要从你脊梁上拉下三指宽的皮条！”

老大无可奈何，答应了老汉提出的条件，说起谎话来。可是，老大没有说几句谎言，就说出了真话。

老汉立即抓住老大，按谈定的条件，从他的脊背到臀部拉下了三指宽的皮条，火种也没有给他。

看见老大没有弄来火种，老二生气地说：“我去准能拿来火种！”说完，他就走了。

老二来到老汉跟前说："请您给我一块火种吧！"

老汉又说："你要是能说上七十个谎言，可以给你火种。不然，我就从你脊梁上拉下三指宽的皮条。你敢答应吗？"

老二答应了老汉的条件，就开始说起谎来。可是，他连一句像样的谎话都说不出来，就被老汉从自己脊背上拉下三指宽的皮条，赶了回去。

"多可恨！唉，你们俩不会说谎，为什么要答应人家的条件？常言道：'结怨不过遇三遭。'我去试试看！"老三说罢，奔老汉的篝火去了。

老三见到老汉，同意了他提出的借火种条件，同时他也提出了一个要求："如果我说上七十个谎言，就从你脊梁上拉下三指宽的皮条，而且在我说谎的时候，不许您插话！"

老汉答应了老三的要求。

于是，老三像客人似的盘腿坐在篝火旁说起七十个谎言来。老汉不声不响地坐在一旁听着。他是这样说的——

"早先，我们同胞兄弟四十个。家里有一匹花斑骒马，它身上的花斑点也有四十个。四十个兄弟们骑花骒马时，各自坐在各自的斑点上。我的座位是在花骒马尾巴尖上的斑点。

"有一年冬天，父亲叫我们兄弟四十个去耕地。耕地时，我们也是坐在各自的斑点上赶马。到了秋天，庄稼长得很茂盛。可是，突然飞来一大群从未见过的怪鸟，每棵秸秆上都落了一只，吃起了粮穗。

"怎样才能保住庄稼呢？我们合计了一会儿，就在花骒马的尾巴上绑了榔头。这样一来，花骒马每甩动一次尾巴，就能击毙一堆怪鸟。

"我们拾啊捡呀，捡了一仓库怪鸟。食物充足了，人们也变胖了，进屋时都要侧着身子才勉强挤进门。尽管大家都胖了，但是我们骑花骒马时照常分头坐在各自的斑点上。春天来临，又到了耕地的时候。由于饲养得不好，老干重活，花骒马很快就瘦成了皮包骨，一根根肋条都能照透日月。花骒马再也驮不动货，拉不动犁了，身子断成两截倒下去了。我们把花骒马的胸腔和腹部粘在一起，又用柳条子缝合住。

“花骒马果然活过来了。我们又让它干起各种农活。结果由于过度劳累，花骒马终于死掉了。我们想尽了各种办法，也没能使它复活，只好把它的尸体埋在地边上。

“说也怪，缝合花骒马的那些柳条被雨水淋得生根发芽，长成了冲天般的高大柳树。我们兄弟四十个便顺着那棵柳树向上爬，一直爬上了天。到了天上，我们拜见父神麻兰[1]和天母优拉[2]。他们拿出酸乳、奶酪、奶皮子等等，热情地招待了我们。

“我们兄弟四十个受到父神麻兰和天母优拉的盛情款待时，有很多天神出出进进服侍着。因为天神太多，我们无法弄清他们的名字。

“忽然，我们又发现天上皮靴奇缺，多数天神都光着脚。我们把自己的靴子用高价出售给了他们。

“我们从天上往下看，看见人间闹了灾害，牲畜瘦得很，一头牛只换一个苍蝇。大伙又顺着芦苇秆下到人间抓起苍蝇，一共抓了几十个口袋的苍蝇。我们从冰面上拖着苍蝇横渡了大海，来到了南州。那里苍蝇行市很高。我们拿苍蝇换牛，结果换了许多牛。

“兄弟四十个赶着牛群回到了海岸。那时，大海的冰已溶化了，无法再从冰面上滑回家。我们只好把所换得的牛全部杀掉，把油炼了往海里倒。牛油流到海水里，立即凝固成油柱，在海面上形成了一座大桥。我们拿上所换得的货物，从油桥上走过去，顺利地到达了彼岸。回家后，我们拿牛皮制作了许多靴子。然后，我们又顺着那棵柳树爬上了天，把靴子高价卖给了天神们。从此，天神们都有了靴子，再也不光脚了。

---

[1] 父神麻兰：布利亚特方言，三十三个佛教天神中的男性。

[2] 天母优拉：布利亚特方言，三十三个佛教天神中的女性。

“过了一段时间，其他兄弟们都下到了人间，只有我留在了天上。天上的仙女们可真漂亮！她们都愿意嫁给我。可是，按照她们祖先的规矩，天上的仙女不能嫁给世间俗人。我不能跟仙女们结亲，只好向她们致敬告别。我要下人间时，柳树已经折倒了。这可怎么办？地上的人不能在天上久留，我该怎么下去呢？想了又想，我也没想出什么好方法。

“我往下一看，真巧，有一粒谷穗在空中飞扬，一片片谷壳儿飞到我身边。我捡起谷壳儿搓成绳子，将绳头系在天宫大门的把手上，顺着谷壳绳子往下滑。我一边往下滑，一边接着拾起空中飞舞的谷壳搓绳子。忽然，风停了，谷壳儿也不飞扬了，没法再接着搓绳子了。我悬在空中往下瞅，离地面还远着哩！真不幸，这时又刮起大风。我抓着谷壳绳子悠啊，荡啊，谷壳绳子一下就被风吹断了。

“我不停地下坠，最后落在了泥沼地里，全身陷进泥泞中，只露出个头。我挣扎了一阵，连手指都不能动。我在地里迷迷糊糊地打起瞌睡来。这时，来了一位打草的人，‘唰’地一下把我的脑袋给割掉了。不一会儿，飞来一只大鸠，把我的脑袋错看成是树墩子，在上边下了蛋，又飞走了。

“我睁开眼睛一看，又跑来一只灰狼。那只狼悄悄地走到我脑袋跟前，衔起鸠蛋就要逃走。我急忙咬住狼尾。狼被我吓得猛一窜，嘿，它从泥土里把我的身子拽出来了。这得感激救我性命的狼先生。我穿过森林走着，看见一只奇怪的鸟儿在一棵枯树洞里钻进钻出，忙个不停。那树洞里有什么呢？我爬上树干往洞里看时，不慎头朝下、脚朝天掉进树洞里，再也出不来了。我急忙跑回家拿来斧子猛劲儿砍了一气，才把那棵枯树砍倒，拔出了身子。

“我又往前走，森林深处传来呻吟的声音，好像是什么东西在哭喊。我好奇地走过去一看，哟！我的敖特伯[1]骑着您的托岱[2]走着哩！您的托岱累得浑身是汗，像六月的狗似的舌头耷拉出老长，直哼哼哩——”

---

[1] 敖特伯：布利亚特方言，祖父。

[2] 托岱：布利亚特方言，祖母。

“胡说！”老汉听了老三的谎言，气得全身发抖，按捺不住性子跳起来吼道，“魔鬼！你的敖特伯什么时候骑过我的托岱来着？”

老三认真地说：“老大爷，您为何气成这个样子？您不是让我说七十个谎言吗？我是按照您的要求在说谎呢！现在，您的行为证明我说的是谎言了。”

于是，他把老汉按倒在地，不顾他喊叫，从脊背上拉下了三指宽的皮条，说：“您要记住，害人者终归是要以害已告终的！”说罢，老三拿起火种，拿上两个哥哥的脊背皮返回去了。他来到两个哥哥跟前生起了火，把背皮给他们贴上，治好他们的伤，过起太平的生活。

机灵的塔柱与可汗

很早以前，有过一个可汗。这个可汗每年都要把全国能讲故事的人召集来，将一个盛满金子的大盘放在他们面前说：“谁若说谎言，让我说出‘胡说’者，奖给这盘金子；如果我听着认为是‘可以这样’者，打他一百皮鞭。”

这样，城中广场里聚集起听众，来观看谎言家们在可汗面前争高低。可是，不论人们怎么说谎，可汗每次都说‘可以这样’，然后就鞭打讲故事的人，把金子收回去。

有一天，可汗又召集起全城的人，把那一大盘金子拿出来摆上，唤来所有讲故事的人，叫他们说谎话。可是，讲故事的人吓得没有一个敢出来说谎了。可汗很气愤，说了一声“把他们通通赶走”，然后就返回宫去了。第二天，还是没人敢来讲故事。

到了第三天，可汗又召集起人们。大家仍旧不声不响地坐着。忽然有一位名叫塔柱的机灵小伙子站了出来，他走到广场中央对可汗讲道：“当我生身的父亲尚未出世之时，跟着我爷爷来到这里。那时，我们筑了几个蜂巢养蜂过活。每个蜂巢有多少蜂，我都记得清清楚楚——”

可汗打断他的话：“可以这样嘛！”

塔柱接着讲道："我们怕丢了蜂，每天都要清点一遍。有一天晚上，我们一数，少了两只蜂。爷爷生气了，就命令我去找蜂。我走呀走，找了好一会儿也没找到。走累了，我脱下靴子躺在灌木丛中睡着了。忽然，我被一阵吵闹声给惊醒了，醒来一看，我的两只靴子在打架——"

可汗又打断了他的话说："可以有这种事嘛！"

"我拉开两只靴子，把靴子穿在脚上，继续向草原深处走去。走着走着，我走进了森林。在这儿，两只狼正在跟我的一只蜜蜂撕斗哩！狼看见我就逃跑了。我的蜂跟狼斗架时，把一条腿弄断了。我砍下一棵树，换下了蜜蜂的断腿，打发它找爷爷去了——"

可汗又插话："这么做也可以嘛！"

塔柱喘了口气，接着又讲："我又去寻找另一只蜜蜂。我要是找不到蜜蜂，爷爷一定会生我的气。就这样，我走啊，转啊，半路上遇见了一群猪。放猪的是一位老汉，穿得破衣烂衫，满头乱发都擀了毡，两只眼睛糊满了眼屎，驼背，瘸腿，长得非常难看。这是谁呢？我走到跟前细瞧，这才认出来，原来是可汗您的父亲，我家的放猪娃——"

"胡说！绝对不可能！"可汗从坐位上跳了起来。

广场里的听众哗然骚动，塔柱端起盛满黄金的大盘，大步流星地走出了广场。

聪明的布达木舒和白音打赌

这个故事发生在什么时候，布达木舒是什么时候的人，谁也说不清楚。大家只知道布达木舒有一条毯子，平时他就睡在它上面。另外呢，他还有一件袍子，是用老羊皮缝的。

在离布达木舒住地不远的地方，有一座富丽堂皇的寺院。寺院里住着一位以智慧超众而驰名四方的活佛。

通常活佛总是沉默寡言地坐在经堂里，默默地用心与菩萨交流，是一位虔诚不二的信士弟子。

而布达木舒呢，却老是想要说话，有时还一边说一边动着脑子。他总也坐不稳当，好像有三十只跳蚤在咬着他，一会儿跳到这儿，一会儿又跳到别的地方。不论在什么地方，就是在经堂里，布达木舒也不轻意地把心里的话讲出来，所以任何人都不清楚他在想什么。只有一件事布达木舒心里最清楚，那就是死了不如活着好。他一心向往的是能过上好日子。

有一天，布达木舒又饿得发慌了，便朝可汗手下的那些诺颜们的帐幕里走去。这天晚上，诺颜们正围坐在一起。他们抽着烟，高谈阔论着。

布达木舒从他们身旁一边走，一边自言自语地说："我要让活佛在我面前站起来！我要让他喝我提来的牛奶！”

可汗的诺颜们听了布达木舒的话，停下吸烟，哄堂大笑起来。

“哈！哈！哈！布达木舒又饿得发昏了。听，他又在乱咕哝些什么呀！活佛在咱们诺颜面前还没有站立过呢，又有谁看见过活佛从别人手里接过一碗牛奶呀？”

布达木舒说：“什么叫乱咕哝呀！我说的是让活佛在我的面前站起来！”

“他不会站起来的！”诺颜们很肯定地说。

“我是说，活佛要从我手里接过牛奶，还要尝尝那牛奶的味道。”

“他也不会接受的！”诺颜们又说。

“那好，我们打赌吧！”布达木舒提议，“如果我输了，我就白白给你们干十年活；要是我赢了，你们就养活我十个月。”

诺颜们听了很开心，认为条件对他们很有利，于是欣然同意。

布达木舒从家里拿上自己那条毯子就出发了，不大一会儿就到了喇嘛寺。

他来到经堂时，大腹便便的活佛正坐在那里念经哩！他站了一会儿说：“最尊敬的活佛！您在自己的毯子上坐得时间太久了，可能是因为出汗过多，毯子已经湿透了。如果您伤风了，会打喷嚏的，这样就会影响您祷告。所以请您站起来一下，我好把干毯子给您换上。”

这时，活佛正沉迷在佛经里。按照通常的规矩，如果在来人的面前站起来，就一定要向他问好，并且要从他手中接过一碗牛奶。活佛此时此刻完全忘了这个规矩，不知不觉地站起来。

这正好符合布达木舒的心愿。

“您好！”布达木舒说着，把一碗牛奶同时端到活佛的嘴边。

“你好！”活佛只好这样回答着，并且喝完了一碗牛奶。

布达木舒利索地给活佛换上了毯子，然后走出来。诺颜们立在大经堂的门外，清清楚楚地看见了这一切，也听到了他们的对话。诺颜们打赌打输了，他们只得养活布达木舒十个月。

当布达木舒在诺颜们那里吃完了最后一顿肥美的手抓羊肉时，他又说：“我打算让活佛把那顶铜帽子交给我哩！”

这一次，诺颜们不是得意地嘲笑布达木舒，而是尖酸地耻笑了他一场。他们想：自从盘古开天以来，在人世间，还没听说过活佛把自已的帽子给别人。布达木舒太狂妄了。现在可该轮到咱们赢他了。于是，他们满口应承地说：“好吧，让我们再打赌吧！”

“那好。如果我输了，我给你们白白干三十年的活儿；如果我赢了，你们得养活我三十个月。”

“我们同意。”诺颜们说完就躺下养神了。

而布达木舒却去打猎了。他猎获到一只狼獾，用狼獾皮缝了一顶帽子，然后拿上这顶帽子去喇嘛寺。

活佛的帽子是一顶古老的帽子，古老得连哈玛尔大阪比起它来都算是年轻的了。山岭上因为有来往行人，所以会踩出一条小路。活佛的铜帽子，在那经常用手拿着戴上摘下的地方，天长日久，也磨出了一个窟窿。

布达木舒来到大经堂站在活佛的面前。这时活佛恰好没有念经，他看到布达木舒后便一直盯着他那顶新帽子。活佛怎么也猜不出来这顶帽子究竟是用什么皮子缝制的。他曾戴过海狸皮的帽子，所以仅仅知道有海狸皮。像现在这么漂亮的帽子，却是他从来也没有见过的，因为从不曾有人送过他这般珍贵的礼物。活佛默默地在一旁瞅着它，嘴里不肯说出来，但心里实在是太喜欢这顶帽子了。

布达木舒一声不吭地站在一边儿，他发现活佛对他的这顶帽子十分眼红。

“尊敬的活佛！”布达木舒终于先开口了，“上一次我发现您的帽子磨出了一个洞。如果没有帽子，您是无法坐在这里的。那么，现在您该怎么办呢？”

“你说得对呀，布达木舒。”活佛说，“我的帽子磨出了一个洞，每当刮风时，我就感到很冷。而且在我思考的时候，冷风还往往把我的意念给吹到九霄云外去。帽子是该补一下了，我想这得麻烦你。在修补帽子窟窿期间，我是不是暂时戴上你的帽子，好坐着念经呢？”

就这样，活佛把自己的铜帽子交给了布达木舒。

这会儿，诺颜们正得意洋洋地夸说他们这次同布达木舒打赌注定要赢了。他们心安理得地坐在帐幕边等候着。可是，他们突然发现布达木舒戴着活佛的那顶铜帽子走来。

百姓们看见了布达木舒，高兴地喊起来：“机智的布达木舒！聪明的布达木舒！布达木舒这次又赢了！”

诺颜们只得再养活布达木舒三十个月。

到了第三十个月最后一天的晚上，布达木舒问诺颜们：“活佛是不是在我面前站立过？”

“站立过！”诺颜们回答。

“活佛是不是喝过我拿来的牛奶？”

“他喝过！”诺颜们又回答。

“活佛是不是将他的铜帽子给过我？”

“他的确给过！”诺颜们回答。

“真是这样吗？”

“的确是这样！”

“如果是这样，”布达木舒说，“我现在就要让活佛学狗叫。”

诺颜们一听这话，没有一个不惊得跳起来的。他们说：“啊？看样子你是发疯了！怎么能让一位活佛学狗叫呢？”

“你们乱喊些什么？”布达木舒说，“我们最好再来打一次赌吧！我输了，就给你们白干三十年的活儿；要是我赢了，你们再养活我三十个月！”

这次诺颜们都急着要跟布达木舒打赌，因为他们认为布达木舒说不定会打退堂鼓。

布达木舒说："跟我走，你们就站在大经堂门外等着瞧吧！"

诺颜们一个个急忙穿上长袍跟着布达木舒。

他们来到大经堂门前时，诺颜们被留在门外，布达木舒朝经堂里走去。

布达木舒来到活佛面前，想了想说："最尊敬的活佛！您是世上最聪明的人，您是无所不知、无所不晓的。请您评论评论吧！我对人们说，在不同山谷里的狗，其叫声是各不相同的。可他们却不肯相信我的话，还要跟我争论哩！您评评这个理，究竟谁对？"

"布达木舒，我说你简直是个大笨蛋！"聪明的活佛说，"所有的狗，不论是哪个山谷里的，它的叫声本来都是一样的嘛！"

"最尊敬的活佛！在我去过的一个山谷里，狗是这样叫，嗡——嗡——汪；而我到过的另一个山谷里，狗却是那样叫，汪——汪——嗡。"

"我说布达木舒呀，你那耳朵该让人好好揪揪啦！难道你是聋子吗？我敢说没有一条狗是你那样叫的。"

"哦，最尊敬的活佛！您当然是对的，您的话也完全是对的！"布达木舒点着头说，"我确实是个聋子。因为您是世上最聪明的活佛喇嘛，您必然知道狗是怎样叫的了。"

"我都知道。"

"尊敬的活佛，哪怕是把您的聪明才智分给我一丁点儿也好。请您告诉我，狗到底是如何叫的呢？我一旦清楚了，就不再去胡说八道。这样，我也不会给人们造成混乱。我只是要求您学狗叫的时候，声音要大一些，好让我能听得清楚。"

"那么，你就听着，"活佛神气十足地说着，同时用尽力气学起狗叫来，"汪——汪——嗡！汪——汪——嗡！汪——汪——嗡！布达木舒呀，就是这般叫法。你听清楚了吗？"

"谢谢您，活佛。我听得一清二楚。"布达木舒说完，就急忙走出大经堂。

诺颜们立在门外耷拉着脑袋，脸上青一块，白一块，一副垂头丧气的模样。

“你们全听见了吧？”布达木舒问诺颜们。

“我们全听见了。你这个该死的东西！”诺颜们说。

“反正我怎么都一样！”布达木舒高兴地说，“是你们要养活我，而不是我要养活你们。你们还是赶快去给我煮羊肉、做酸牛奶吧！”

诺颜们恨得布达木舒咬牙切齿，而布达木舒却笑嘻嘻地走在诺颜老爷们的前面。

小秃头牧童智胜恶毒的白音

很早很早以前，有一个残暴又贪财的白音。他雇用长工的时候，答应每天给长工一两银子的工钱。但是他每雇用一个人，只用一个月就把他辞退。到了月底最后三天时，恶毒的白音就使用诡计，不但不给长工三十两银子，还把雇工赶走。

白音家西边的村子里住着两个秃头兄弟。有一天，哥哥来到白音家请求当雇工。恶毒的白音端详了一会儿秃头牧童说："你愿意在我家做工可以，每天我给你一两银子的工钱，只用一个月。不过有个条件，你要是违抗我的话一次，就罚你十两银子；若是违抗两次，就扣取二十两工钱。"秃头牧童听了白音的话，心想：不就是干一个月嘛！只要我不违背白音的话，干上一个月的活，就能得到三十两银子。于是，他答应了白音的条件。

秃头牧童不管活有多苦，身体有多累，他都竭尽全力去做，完成了白音指定的活。到了第二十八天头上，白音把秃头牧童叫到屋里说："孩子啊，你干了二十多天活，把我的骡子和马都使瘦了。我家房顶瓦缝里长了一些细嫩的草，骡和马只要吃到这些草，就会长肥。你赶紧把骡马牵到房顶，喂它们吃瓦缝里长的草！"

牧童听了白音的话难住了，就说："老爷，我怎么能把骡子和马牵到房顶上呢？"

白音听了牧童的话，捋着胡子说：“你是不是想违抗我的话？你要是不照办，就扣你十两银子的工钱！”

秃头牧童就这样被扣掉十天的工钱，共计十两银子。

到了第二十九天，白音又对牧童说：“今天我想吃白面馒头。我家院墙东头有磨盘，院墙西有碾磙子，后院里有个栗牤牛。你去把碾磙子放到磨盘上，套上栗牤牛，磨出白面来！”

牧童发愁地说：“我一个人怎么能把碾磙子放到磨盘上呢？”

白音却慢声慢语地说：“你违抗了我的话，还得罚你十两银子。”说完，白音又从他的工钱里扣了十两银子。

到月底第三十天头上，白音又把牧童叫到家里。秃头牧童惊恐地来到白音跟前时，白音开了口：“小子啊，去，把村西头那口井给我背到院子里来！”

秃头牧童愣住了，挠着头说：“老爷，井怎么能背来呢！”

“你又违抗了我的话，罚你十两银子！”白音恶狠狠地说，又扣掉牧童十两银子的工钱。

恶毒的白音就这样使用诡计扣掉了牧童一个月的工钱。他使唤了牧童三十天，一两银子也没有给牧童，就把牧童赶走了。

秃头牧童回到家里把自己的遭遇讲给了弟弟，弟弟听了说：“哥哥，我明天到白音家，把该挣的工钱都拿回来！”

第二天，弟弟小秃头牧童来到恶毒白音家。白音一见大秃头牧童的弟弟小秃头牧童来了，高兴地说：“你在我家干多少天的活？”

小秃头牧童回答道：“干一年也行，做一个月也行！”

“我只用你一个月！”白音说，“一天的工钱是一两银子。如果你违抗我的话一次，就罚你十两银子！”

小秃头牧童转了转眼睛说：“那您就罚我的银子吧！”

小秃头牧童便在恶毒白音家当了雇工。当他做到第二十七天活的那天，白音把小秃头牧童叫到跟前说："你用我的骡子和马用得太狠了，骡子和马都瘦了。今天你把骡子牵上房顶，让它们吃长在瓦缝里的细嫩草，好让骡子增长体力！"

小秃头牧童二话没说拉长门前水井的辘轳绳子，把骡子牵到房后院捆住它们的身子，回头摇起辘轳。骡马果然被拉上房顶，可是白音家房顶的瓦盖"噼里啪啦"散落一地，房梁也吱吱作响。

白音急忙跑出来阻止小秃头牧童。小牧童对白音说："您违背了自己的诺言，我罚您十两银子！"白音无奈，只好给了牧童十两银子。

第二天，白音把小秃头牧童叫到家里说："今天我想吃白面馒头。我家院西墙东头有磨盘，院墙西边有碾磙子，后院里有栗牤牛。你去把碾磙子放到磨盘上，套上栗牤牛，磨出面粉来！"

小秃头牧童还是一言不发，到后院里对白音说："劳您大驾，把牤牛赶出院子。"

那是一头野性十足的暴烈牤牛，动怒就顶撞人。白音吓得说："哦！我……我……我害怕！"

小秃头牧童说："您又违抗了我的话，再罚您十两银子！"

恶毒白音丢了二十两银子，气得直咬牙。第二天一早，他再次把小秃头牧童叫来："小秃头孩子啊，村西头有口井，你今天把它给我背回来！"

小秃头牧童还是不声不响地出去，背来一大堆绳子，对白音说："请您带我去那口井，我好去背来。"

他只好带小秃头牧童来到村西头的井旁。小秃头牧童到了井口跟前，把长绳打开说："老爷，请您下到井底把井给我捆好，我好背走。"

白音听了这话，束手无策地说："孩子啊！我怎么能捆住井呢！"

小秃头牧童一听这话说："您又违抗了我的话！"说完，小秃头牧童又罚了他十两银子。

小秃头牧童从恶毒白音那里得到六十两银子高兴极了。

恶毒的白音输掉六十两银子，心痛得要命，又想出一个恶招。他把小秃头牧童叫到家里说："我领你到储存自己银子的地方，从那里给你取银子。我骑毛驴走，你步行跟上我。如果你落在我的毛驴后头，别想拿六十两银子；若是你赶在我的毛驴前头，我把姑娘嫁给你。"

小秃头牧童二话不说地接受了白音的条件。

第二天一早，白音骑上毛驴出发了，小秃头牧童寸步不离地跟在毛驴身边。当小秃头牧童看见白音的钱庄，把事先准备好的炉灰撒在毛驴头上，然后撒腿就跑。毛驴的眼睛被炉灰蒙住了，东奔西穿，就是不往前走。

当恶毒的白音费很大劲儿赶到钱庄时，小秃头牧童早已坐在钱庄喝茶了。

白音一见小秃头牧童，就恭恭敬敬地行礼，说："你真是一个聪明有才的小伙子！我愿意把姑娘许给你，现在我在你后背写下许言。"

小秃头牧童相信了白音的话，急忙脱下上衣，高高兴兴地转过身。

恶毒的白音在小秃头牧童的背上写了如下字句："我已经输给了秃头牧童。小秃头一到家，你们就砍下他的头，挂在树上！"

小秃头牧童兴致勃勃地往白音家走。半路上，他来到一个村子，对识字的人说："请您给我看看，白音在我背上写了什么？"那个人把真相告诉小秃头牧童。小秃头牧童让别人擦掉白音写的字，然后又写上："我输给了秃头小子，已答应把女儿嫁给他。见字立马让女儿跟秃头结婚！"

小秃头牧童到了白音家，让白音夫人看后背上写的字。白音的老婆读了小秃头牧童背上的字，不敢怠慢，立刻让姑娘和小秃头牧童梳洗打扮，拜了天地。

当恶毒的白音不慌不忙地回到家时，他女儿和牧童已经拜了天地，一起在门口迎接着他哩！

"这是怎么回事？"白音问老婆。

"按你写的字照办的呀！"老婆回答。

恶毒的白音一听，知道又上了小秃头牧童的当，"嗨"一声长叹，昏倒在地上。

神树治残疾

答兰胡达勒齐在年轻的时候，酸甜苦辣什么都尝过，可以说，除了没有尝到死亡的滋味，别的什么都经历过。

有一年秋天，答兰胡达勒齐被达赖王爷叫去做塔哈拉，限定七十天为期。答兰胡达勒齐赶着那七十匹黄骠马群，驮上双层布的帐篷，领上大花脸狗，单人独骑启了程。

天刚亮挤奶时分，答兰胡达勒齐从古图河达格台井启程，当天夜里在荒滩上露营，次日连夜赶到王府衙门。

在达赖王府，答兰胡达勒齐这个塔哈拉可真忙，今天去南苏木送信，明日到北山传令。答兰胡达勒齐马不停蹄地东驰西骋，饿着肚肠来回跑，吃尽苦头活受罪，好似在烧红的石板上走行。

在王府当差期间，答兰胡达勒齐与王爷的小夫人相恋了。二人常幽会在河边，紧紧地拥抱，情意绵绵。夜半相会，五更走散。他们的行迹被老王爷察知。他妒忌得暗施毒计，制造借口将答兰胡达勒齐逮捕并逼供。王爷说："你辱骂过活佛是寄生虫，你污蔑喇嘛爷是浪荡种，你攻击我奸诈成性。无法无天的答兰胡达勒齐，不受管教的伯楞僧格[1]穷鬼，你鄙视朝廷，侮辱佛教，造孽无际，犯下滔天大罪。你如若抵赖，依法严惩，要如实招供。”

王爷在答兰胡达勒齐的双脚上加了八十斤的铁镣，用细弓弦勒答兰胡达勒齐的皮肉，弄得答兰胡达勒齐伤痕累累。王爷还用钉板滚答兰胡达勒齐的身体，用木板夹他的手指。

答兰胡达勒齐咬紧牙没吭一声，更没有低头认什么罪。王爷用刑失效，决定判答兰胡达勒齐死刑，打算把他绑在树上烧死。

第二天，王爷带领侍臣衙役将答兰胡达勒齐押送到森林里，选了一棵伊都干毛都[2]，把他吊绑起来。“喂，狡猾的孽种答兰胡达勒齐，今天你可就逃不出我的手心了。现在执刑的时辰尚不到，大家先去喝茶、吃饭，一会儿回来再点火，烧死这个诡计多端的撒谎大王。”说罢，王爷又带领众人打尖去了。

吃了官司的答兰胡达勒齐被吊捆在伊都干树上，望着旷野丛林心潮澎湃，唱起了歌：

五颜六色的彩蝶哟，
飞来转去落在花朵上。
被绑在树上等死的僧格哟，
想来思去落在情人身上。

答兰胡达勒齐独自吟唱时，王爷的亲信萨拉诺颜骑着大走马路经这里，看见答兰胡达勒齐就问：“被吊捆在独棵树上，哼哼叽叽伤心歌唱，你是个发了狂的疯子，还是做了替身鬼而悲伤？”

---

[1] 伯楞僧格：巴拉根仓在喀尔喀地区的别称。

[2] 伊都干毛都：蒙古语，意为神树，是萨满教风俗之一。在一片森林中，选择一棵最高大的树，挂上神幡等，把它作为神树。

“唉，请诺颜大人原谅。” 答兰胡达勒齐回答，“奴才曾患腰腿痛病多年，卧床不起，吃汤药、西药、丸药、糊膏药，办法想尽都未见好。后来，天神保佑，也许该我幸运，遇见一位神医。他告诉我，在这棵神树上吊捆，陈病残疾全会好。我照着他的话，吊捆在这棵树上。这方法真灵，不到昼夜工夫，我的老病已好转。所以我心里一高兴，看着这秀丽的山色美景，就唱起歌来了。”

萨拉诺颜听后，惊异了半天，又问：“喂，是真的吗？你叫什么名字？多大年纪？家在何方？”

“我这个人哪，”伯楞僧格说，“不用说对高贵的官员大人，就是对卑贱的奴隶，也未曾讲过半句假话。我的名字叫伯楞僧格，现年三十二岁，家住汗山南麓。”

“噢，是这样。狗东西，赶快给我滚下来！”萨拉诺颜神气十足地命令道，“比起你这下贱的奴才，我是个头戴顶珠孔翎帽，参与王府政务的官员。跟你一样，我也得了那种该死的腰腿疼病。我去过南方的宫本[1]，北方的大库伦[2]，还请大夫名医看过多次，也没有治好病，所以我才返回来。我总算碰上好运气，在这儿遇上了你。同病相怜嘛！你得帮帮我哩！你快给我下来，让我也试一试！”

“不成啊！小命红线一条[3]，对谁也是珍贵啊！我的病正在好转，怎么好半途而废呢！” 答兰胡达勒齐没有答应诺颜的要求。

这一下诺颜可真生气了，他瞪大眼珠子吼叫道：“我并没有问你乐意不乐意，而是命令你。少说废话，我会叫你滚下来的。”说着，诺颜拔出刀子割断捆绳，把答兰胡达勒齐给松开了。

“哎，有什么法子呀！” 答兰胡达勒齐叹气地说，“愿您福星高照，长命百岁。那我就帮您把病彻底治好吧！”说着，答兰胡达勒齐就把萨拉诺颜按照原来的

[1] 宫本：地名，即塔尔寺。

[2] 大库伦：乌兰巴托的旧称。

[3] 小命红线一条：在蒙古地区的民间，人们视动物的生命线为胸腔里的主动脉，故有此称。

样子吊绑在大树上，又说："请诺颜大人虔诚些，在您的病痊愈之前，可不能吱声讲话啊！"

"好的，好的。本诺颜今天借你的光哩！你先骑我的马回去吧。"萨拉诺颜高兴地说。

答兰胡达勒齐便骑上萨拉诺颜的大走马驰出了老林。过了不久，王爷打完了尖，吃饱喝足，又带领他的官衙兵丁返回来，冲着绑在树上的人问："喂，可恶的答兰胡达勒齐，你还活着吗？"

"仍然照旧！"萨拉诺颜回答。

"仍然照旧？今天非把你的骨头烧焦不可，点火！"王爷气呼呼地下令道。

人们七手八脚地在大树下堆好干柴，燃起了大火。

"请等一等！"萨拉诺颜急得直喊，"我不是答兰胡达勒齐，是萨拉诺颜！"

"你还想装萨拉诺颜来骗我！加火！"王爷又命令道。

"我是萨拉诺颜呀！王爷，我是巴图孟克……"萨拉诺颜再喊叫也是无济于事的。王爷终于把自己的亲信萨拉诺颜当作答兰胡达勒齐烧死了，然后率领人马返回府。

第二天，答兰胡达勒齐骑着萨拉诺颜的大走马，一溜烟跑到王爷的大门口。王爷见了答兰胡达勒齐，惊奇地问："昨天我把你烧死了，今天你怎么骑着这么好的马在这儿走呢？"

"事情不一定都随您的心呀，王爷大人。"答兰胡达勒齐认真地说，"您昨天是烧死了我，可阎王爷查看了他的生死簿，说我是冤枉死的，又让我活了命，还送了我这匹全鞍马，放我回来了。"

俗话说："做贼心虚。"王爷见答兰胡达勒齐活着回来，心里很紧张，又问："那……阎王对你没有说别的吗？"

"是说来着。"答兰胡达勒齐趁机说，"阎王打开他的生死簿告诉我：'对世间的男人们，老佛爷只准他们娶一个老婆。可是，达赖王爷却娶了两个老婆，太作孽了！你回去将他多娶的一个老婆接走。’所以我今儿个是来接女人的，您给不给呀？”

王爷听了，直愣愣地望着天窗答应说：“嗯，嗯，娶走吧！”

第二天早上，答兰胡达勒齐迎着太阳起了床，丢弃官府的当差公役，穿上了蟒缎袍，做了新郎。答兰胡达勒齐又赶着七十匹黄骠马，领上答兰胡达勒齐心爱的新娘，大摇大摆地走出王府，高高兴兴地放声歌唱：

俊美的黄骠马儿哟，
膘肥毛亮健又壮啊！
世间相爱的情人们哟，
祝你们幸福地配对成双。

就这样，答兰胡达勒齐一路唱着幸福的歌儿回到了家乡。

结 账

谈起我旗的诺颜，
是个愚蠢透顶的混蛋，
吃喝玩乐，挥金如土，
游山逛景，花银如水，
巧立各种名目从货栈贷了巨款，
什么盛产畜产品之地主人的份，
什么满洲皇帝宠臣的份，
什么旗府首领的份，
什么兵营将军的份，
什么盟长命令的份，
什么急需上贡的份，
什么朝政旨令的份，
什么向万岁祝寿的份……
贷款的名目数不清，
欠下货栈上万两银。

为还清诺颜欠下的债，
铁打的马镫被磨烂，
大印的字迹也已磨平。
信使传令飞向四处，
全旗各敖特克承担不起。
把百姓的财产摊派尽，
向施主伸手乞求也不管用。
最后商定重新核实账目，
派我答兰胡达勒齐去谈判。

为澄清诺颜欠下的债务账，
答兰胡达勒齐我来货栈。
住在货栈豪华房间，
翻开账目一笔一笔细查核算。
错记之处画点点，
一字一数争不休，
墨迹不清用水浸。
向掌柜献殷勤讨好，
对记账员施计吓唬住。

账目越核实差错越多。他们说是对了，答兰胡达勒齐偏说错了。他们整整查了二十个昼夜。双方口径不一争吵起来。

“在这儿干扰太大，”掌柜说，“咱到野外安静地核查吧！”

临出发前，答兰胡达勒齐回到房间，从羊肚里装些血揣在怀中。

第二天来到郊外，掌柜抢走了厚厚的账本，“噼里啪啦”算了一阵，“对了，你们欠我一万两银！”

“对，正好是一万两。”答兰胡达勒齐说，“好吧，掌柜先生，那我们就用世上最珍贵的无价之宝来抵还你们的债，你们可要？”

“不管你什么宝，我都敢要。”

“世上再也没有比人珍贵的宝了，所以我现在就拿我的脑袋抵偿你一万两银子！”说着，答兰胡达勒齐就拔出刀子刺进胸口，扎开“鲜血”，假装晕倒。

“可不得了，一万两银子不要了！”掌柜的丢下账本慌忙逃走了。

待他们走后，答兰胡达勒齐起来把账本全烧掉了。过了几天，当答兰胡达勒齐走进货栈时，掌柜就说：“咿！你这人跟答兰胡达勒齐长得一模一样啊？”

“据说可怜的答兰胡达勒齐叫人逼债自杀了。阿弥陀佛，愿他托个好生。掌柜你可安康？”答兰胡达勒齐故意说。

“哪里，我现在一听说‘一万两银子’就头疼，别再提它了！”掌柜从此再也没有向答兰胡达勒齐所在的旗要账。

这样，清了混蛋诺颜欠下的巨债，旗里的百姓才喘了一口气。人们高兴地说：“我们的答兰胡达勒齐永远不死，因为他是为大家活着！”